BASTEI
LÜBBE
TASCHENBUCH

Über die Autorin:

Lioba Werrelmann, Jahrgang 1970, stammt aus dem Rheinland, hat Politische Wissenschaften studiert, volontierte und ist seit 1989 für verschiedene Tageszeitungen, Radio- und TV Anstalten (WDR / ARD) als Redakteurin und Kommentatorin tätig, vor allem in Köln und Berlin. 2014 erschien ihr autobiografisches Sachbuch *Stellen Sie sich nicht so an*. *Hinterhaus* ist ihr erster Kriminalroman.

LIOBA WERRELMANN

HINTERHAUS

KRIMINALROMAN

BASTEI LÜBBE TASCHENBUCH

BASTEI LÜBBE TASCHENBUCH
Band 17827

Dieser Titel ist auch als E-Book erschienen

Originalausgabe

Die Veröffentlichung dieses Werkes erfolgt auf Vermittlung der literarischen Agentur Peter Molden, Köln.

Lektorat: Friederike Achilles, Köln
Titelillustration: © shutterstock / ZRyzner / DmitrievLidiyi / Thomas Sandberg
Umschlaggestaltung: Massimo Peter-Bille
Satz: Dörlemann Satz, Lemförde
Gesetzt aus der Minion Pro
Druck und Verarbeitung: CPI books GmbH, Leck-Germany
ISBN 978-3-404-17827-8

5 4 3 2 1

Dieser Roman ist ein fiktionales Werk. Handlungen und Personen sind frei erfunden. Ähnlichkeiten der Figuren, einschließlich ihrer Vorgehens- und Handlungsweisen, mit verstorbenen oder lebenden Personen sind rein zufällig.

Sie finden uns im Internet unter www.luebbe.de
Bitte beachten Sie auch: www.lesejury.de

»Was macht der Krimi?«
»Hier ist er, Natalie.«

Wenn nur die Kälte nicht wäre. Die Enge hält er aus. Und auch den Geruch. Aber die Kälte! Am Anfang war es nicht so schlimm. Da war er berauscht. Ach was, berauscht. Da war viel mehr. Findet er ein Wort dafür? Wie von Sinnen. Ekstase. Ja, das sind die richtigen Worte. Wie von Sinnen. Ekstase. Lust. Vorsichtig bewegt er seine Zehen. An jedem einzelnen hat sie gesaugt. Er hatte nicht gewusst, dass man so etwas fühlen kann. So etwas! Ein Schauer läuft durch ihn hindurch. Seine Zehen. Und dann. Nie zuvor hat er so etwas erlebt. Was hatte er sich alles ausgemalt. Aber das! Seine Zehen. Und das andere. Er spürt sie noch. Ihren Mund. Ein kleiner erstickter Schrei entfährt ihm. Erschrocken hält er inne. Still sein. Nicht, dass jemand kommt. Wann kommt sie? Er zittert. Wenn nur die Kälte nicht wäre.

Donnerstag, 30. September 2011

Das kleine Schwein ist noch da. Es liegt im Schlafzimmer in der Ecke. Die Nase wie immer ein bisschen zerknautscht, die Stummelbeinchen halb in der Luft. Es liegt ganz still.

Der Rest ist weg. Das Bett, der Kleiderschrank. Das Bücherregal, alle Bücher. Der Drachenbaum. Die Kommode. Der goldene Spiegel. Sogar der Teppich ist weg, verschrammte Dielen. Alles weg.

Das Schlafzimmer ist leer. Die gesamte Wohnung ist leer. Es gibt keine Küche mehr, nur noch Abdrücke an den Wänden, wo die Schränke waren. Aus dem Zulauf fürs Waschbecken tropft es aufs Parkett.

Das Wohnzimmer: auch leer. Kein Sofa, kein Sessel, kein Fernseher. Kein Esstisch. Kein einziger Stuhl. Kein Klavier. Nicht ein einziges Bild. Alle Lampen sind abgeschraubt. Nackte Glühbirnen.

Allein im Badezimmer hängt noch der Alibert an der Wand. Im linken Fach sind meine Zahnbürste, mein Schminkkram. Das rechte Fach ist leer. Dort, wo Jens' Aftershave stand: ein öliger Rand. Ein einzelnes dunkles Schamhaar klebt darin. Alles ist weg.

Fast alles.

Mitten im Flur stehen sieben Umzugskartons. Hastig gepackt. Einer ist nur halb zu. Anziehsachen sind drin, von mir. CDs, ein paar Bücher. Parfümflakons. Yogablöcke und -gurte. Alles, was ich besitze. In sieben Umzugskartons.

Alles andere ist weg. Der Flurspiegel. Die Hakenleiste für unsere Jacken. Der Läufer. Alle Bilder. Das Telefontischchen. Das Telefon. Die Splitbox. Der Anrufbeantworter. Alles weg.

Was, zum Teufel, ist hier passiert? Sind wir etwa ausgeraubt worden?

Aber wer hat dann die sieben Umzugskisten gepackt?

»Hallo«, rufe ich, leise, verzagt, »hallo? Jens, bist du zu Hause?«

Keine Antwort.

Ich stehe im Flur, und es fühlt sich an, als wäre ich in eine Zeitlupe geraten. Mein Gehirn funktioniert nicht mehr. Es nimmt zwar Dinge wahr, aber nur ganz langsam. Immer nur eins nach dem anderen. Als wäre da ein Filter, der dafür sorgt, dass ich alles nur nach und nach in mich aufnehme. Erst das eine. Dann das nächste. Doch es gelingt mir nicht, eine Verknüpfung herzustellen. Lauter Einzelbilder. Kein Verstehen.

Ich stehe einfach nur da und versuche zu denken. Lange.

Und dann verstehe ich.

Jens ist weg. Und er hat mir nichts von sich dagelassen, abgesehen von einem verklebten Schamhaar und dem kleinen Schwein. Das hatte ich ihm einst zum Geburtstag genäht.

Damals war ich gerade achtzehn.

Als Jens das erste Mal vor mir stand, wäre ich am liebsten im Erdboden versunken.

Ich war davon ausgegangen, dass es wieder der alte Sack sein würde, der mich untersucht. Der alte Sack von Orthopäde, der mich seit Jahren untersuchte, seit ich zu schnell gewachsen war. Ich war zu groß und viel zu dünn und hatte ständig diese Rückenschmerzen. Der alte Sack kniff mir in die Beine und sagte: »Du solltest Strumpfmodel werden.« Oder auch: »Ich will dich adoptieren.«

Und wie immer, wenn ich zum alten Sack musste, trug ich meine ausgeleiertste Öko-Baumwollunterhose und mein fiesestes Unterhemd, ein sehr weites, verwaschenes, mit Flecken, die nicht mehr rausgingen.

Und in genau diesen Ussels-Klamotten stand ich nun vor dem bestaussehendsten Orthopäden, den man sich nur denken kann. Ein Mann wie Tom Cruise, nur viel größer: durchtrainiert, tiefschwarzes Haar, ein kantiges Kinn und strahlend blaue Augen.

Er schaute mich nur an und sagte: »Drehen Sie sich um.« Und dann: »Bücken Sie sich.«

Und ich bückte mich in meiner Bio-Baumwollunterhose, und er umfasste mich von hinten an den Hüften und sagte: »Sie sind ja ganz schief.«

In diesem Moment wusste ich es. Ich war gerade achtzehn, ich hatte keine Ahnung von Sex. Aber ich wusste es in diesem Moment: dass ich mit diesem bestaussehendsten aller Orthopäden schlafen würde.

Beim nächsten Mal wurde ich geröntgt. Ich trug nichts außer einem fast durchsichtigen Slip, den hatte ich extra bei H&M für diesen Anlass gekauft. Die Arzthelferin rümpfte die Nase. Den neuen Orthopäden bekam ich nicht zu Gesicht. Am Empfang drückte man mir ein Rezept in die Hand: sechsmal Krankengymnastik. Ich schlurfte aus der Praxis und fühlte mich betrogen.

Zwei Tage später stand er mittags vor meiner Schule. Er saß in einem Auto, das teuer aussah und ein offenes Verdeck hatte. Er trug ein grün-weiß geringeltes T-Shirt, eine Baseballkappe, eine schwarze Sonnenbrille. Natürlich erkannte ich ihn sofort.

»Dein Taxi ist da«, sagte er nur.

Seitdem sind wir zusammen. Papa rastete aus und gab mir sofort eine Woche Hausarrest. »Damit du den Lackaffen nicht mehr triffst.« Ich marschierte einfach zur Tür hinaus und fuhr mit Jens eine Woche nach Italien, im Cabrio. Als ich wieder auftauchte, war Papa ein Wrack und heulte vor Glück, weil ich wieder da war. Danach hat er nie wieder etwas gesagt wegen Jens. Auch nicht, als ich die Schule schmiss und mit ihm nach Berlin ging. Jens hatte dieses Wahnsinnsangebot, und natürlich hätte ich ihn nie im Leben ziehen lassen.

Niemals hätte ich ihn ziehen lassen.

Jetzt ist er weg. Abgehauen mit Sack und Pack, während ich beim Yoga war.

Meine Beine geben nach. Ich rutsche an der Wand entlang nach unten. Sitze im Flur auf dem Boden, starre auf die Umzugskisten. Starre. Versuche zu denken. Doch mein Gehirn ist leer. Keine Bewegung. Lange.

Irgendwann nestele ich mein Handy aus meiner Yogatasche. Rufe Henry an. Sie geht gleich ran, und zwei Minuten später höre ich sie die Treppe raufrennen.

»Das ist doch völlig unmöglich!«, brüllt Henry. »Man kann doch nicht in zwei Stunden eine ganze Wohnung ausräumen!«

»Doch«, sage ich, »guck doch.«

Und Henry guckt. Und guckt. Und dann drückt sie mich an ihren großen Busen und hält mich und wiegt mich, wiegt mich hin und her, denn nun habe ich angefangen zu heulen und höre gar nicht mehr damit auf.

Henry ist meine allerbeste Freundin. Sie ist meine Sonnenschein-Freundin. Meine Spaß-Freundin. Meine Jetzt-geht-es-ab-Freundin. Henry ist die Allerwundervollste. Henry halt.

Eigentlich heißt sie nicht Henry, sondern Henriette, aber Henriette geht natürlich gar nicht.

Henry ist höchstens eins sechzig groß, und irgendwie kommt es einem so vor, als wäre sie genauso breit. Wobei Henry nicht dick ist. Es ist nur alles so rund an ihr. Der Po. Die Hüften. Der Busen. Der vor allem.

Henry hat das Café im Erdgeschoss. Ein winzig kleines Café mit gerade einmal vier Tischen. Eine Kuchentheke, so niedrig, dass Henry ihren üppigen Busen drauflegen kann. Der Laden ist so klein, es gibt nicht einmal ein Klo. Henrys Café ist immer gerappelt voll.

»Komm«, sagt Henry, »komm mit, ich habe gerade Schokokuchen gebacken. Ist noch ganz warm.«

Das Café ist schon geschlossen. Es ist ein Tagescafé. Henry könnte sich dumm und dusselig verdienen, wenn sie den Laden auch abends öffnen würde. Aber das will sie nicht, auf gar keinen Fall. »Das ist vorbei«, sagt sie.

Wir sitzen in der Küche, das heißt, ich sitze auf dem großen blechernen Mülleimer, denn die Küche ist so winzig, dass kein Stuhl darin Platz hat. Es gibt nur einen schmalen Gang zwischen den Arbeitsplatten links und rechts, unter dem einzigen Fenster steht der eiserne Herd. Henry hockt auf einem Höckerchen zu meinen Füßen. Das braucht sie, um an die Regale über den Arbeitsplatten zu kommen. Sie streichelt meine Knie und sagt »Oje« und »Der kommt schon wieder« und »Wein doch nicht so«. Zwischendurch springt sie ständig auf, Henry sitzt nie lange still. Sie muss die winzige Spülmaschine einräumen, laufen lassen, ausräumen. Sie spült alles, was zu groß ist für die Spülmaschine, mit der Hand. Sie knetet Mürbeteig, schiebt Bleche in den heißen Ofen, schnippelt Gemüse, rührt Suppen um. Ich kenne sie nur so. Henry arbeitet eigentlich immer. Die Prenzlauer-Berg-Mütter, die tagaus, tagein mit ihren Babys und Zubehör das winzig kleine Café verstopfen, beneiden sie um ihre Freiheit.

Ich sitze auf der Blechtonne und heule und heule. Gleichzeitig esse ich fast den ganzen Schokoladenkuchen. Kuchen geht immer.

Zwischendurch rufe ich Jens auf dem Handy an. Einmal.

Zweimal. Zigmal. Alles, was ich höre, ist eine automatische Stimme: »Dieser Anschluss ist zurzeit nicht erreichbar.«

»Vielleicht«, schluchze ich, »vielleicht ist er entführt worden.«

»Ach was«, sagt Henry.

»Doch, bestimmt!« Direkt hinter den Tränen wartet die Hysterie. Ich fühle sie, gleich ist sie da, riesengroß. Ich beginne zu kreischen: »Niemals hat er das aus freien Stücken getan! Er wurde gezwungen! Er sitzt irgendwo, gefesselt und verletzt!«

»Ojemine«, murmelt Henry, »beruhige dich.« Aber es hilft nichts.

»Wir müssen wieder hoch«, brülle ich, »Spuren sammeln!«

»Nein«, Henry streicht mir mit ihrer warmen, weichen Hand, an der ein bisschen Kuchenteig klebt, über die Wange, »nein, das müssen wir nicht.«

»Aber niemals würde er das von alleine tun!«

»Ach Liebes, du hast keine Ahnung, was Männer von alleine tun.«

Ich blinzele sie an, zwischen meinen Tränen, ich habe keine Ahnung, wovon sie spricht. Aber ich ahne, dass Jens nicht entführt wurde. Und ich weine umso heftiger. Stunde um Stunde.

Am Ende hat Henry drei Torten gebacken und zwei Quiches, und die Suppe für den nächsten Tag ist auch fertig. Alle Teller, Tassen und Gläser sind gespült, alle Schüsseln und Kuchenformen. Henry hat den Boden gewischt, so gut es geht um mich herum, denn ich sitze immer noch auf der Blechtonne und heule.

Draußen ist es dunkel geworden.

»Süße«, sagt sie, »nimm das.« Und drückt mir eine Tablette in die Hand, sie ist klein und weiß und länglich und hat drei schmale Einkerbungen.

»Und dann?«, frage ich.

»Dann wird es dir besser gehen. Ein kleines bisschen.«

Ich kann mir das kaum vorstellen, aber ich schlucke die Tablette. Henry weiß einfach immer am besten, was richtig ist für mich.

Sie klettert auf das Höckerchen und kippt fast damit um, als sie sich streckt und reckt und so lang macht wie nur irgend möglich. Von einem der oberen Regalbretter holt sie einen kleinen Pappkarton. Er ist so schwer, er fällt ihr fast aus den Händen und auf mich drauf. Drin ist eine Tchibo-Luftmatratze. Henry hockt sich wieder hin und beginnt hineinzupusten. Es dauert, bis die Matratze aufgeblasen ist. Ich weine noch eine Weile, doch irgendwann fühlt es sich so an, als wären alle Tränen aufgebraucht. Der Blecheimer wird immer unbequemer. Und irgendwie wird mir auch ein wenig leichter zumute. So, als wäre ich ein Schwamm. Leicht und mit Löchern drin. Es fühlt sich ein bisschen an wie Betrunkensein.

»Henry, war in dem Schokokuchen Rum?«

»Nein«, sagt sie und lächelt, »nein, das nicht.«

»Ich bin müde.«

»Ja.« Sie streicht mir wieder über die Wange. »Das ist gut.«

Die Luftmatratze passt genau in den schmalen Gang zwischen den Arbeitstischen. Mit dem Kopf stoße ich fast an den Herd, der noch ein bisschen warm ist. Es fühlt sich gut an. Und sowieso fühlt sich jetzt gerade alles gut an. So leicht. So fluffig. Und ich bin so unendlich müde.

Ich bekomme nicht einmal mehr mit, wie Henry das Licht ausmacht und die Tür hinter sich schließt.

Freitag, 1. Oktober 2011

Als ich erwache, weiß ich einen Moment lang nicht, wo ich bin. Alles an mir ist steif. Und alles tut weh. Meine Zunge ist ein großes pelziges Tier. Meine Füße sind Eisklötze. Meine Hände auch. Irgendwie ist mir durch und durch kalt. Und während ich noch wach werde, auf der Luftmatratze in Henrys kleiner Küche, während das Morgengrau durch das vergitterte Fenster kriecht und der Kühlschrank brummt, während ich noch versuche zu verstehen, wo ich bin, was geschehen ist, während ich eigentlich noch ganz leicht schwebe zwischen Schlaf und Erwachen, kommt die Erinnerung. Sie ist eine Keule, die mich niederschlägt. Ein einziger Rumms, und der Schmerz ist da. So groß.

Jens. Jens ist weg.

Ich wimmere. Drehe mich auf der Luftmatratze zur Seite, will die Knie anziehen, mich klein machen, mich selbst umschlingen. Doch dafür reicht der Platz nicht. Ich ramme mit den Knien gegen ein eisernes Regal, es scheppert, eine Dose mit Besteck landet krachend auf meiner Hüfte.

»Hallo? Hallo? Ist da jemand?«

Ein großes schwarzes Etwas erscheint vor dem Küchenfenster. Es spricht. Es ist ein Kopf mit einem Motorradhelm drauf.

»Hallo? Frau Königsforst? Sind Sie das?«

Ich kenne die Stimme. Ich kenne dieses fiese Quaken mit dem nasalen Unterton. Es gehört zu Herrn Zikram, dem Hausverwalter. Am liebsten würde ich mich tot stellen. Aber er hat mich schon gesehen.

»Frau Königsforst! Nun verstecken Sie sich mal nicht! Ich sehe Sie doch!«

Er klopft nun gegen die Scheibe. Wenn er so weitermacht, ist gleich das ganze Haus wach.

»Das ist gut, dass ich Sie sehe! Nehmen Sie Ihre Kisten, sonst nehmen wir sie mit!«

»Meine Kisten? Was …?«

Mühsam rappele ich mich hoch. Mir ist ganz schwindelig. Die Küche bewegt sich. Oder ist es die Luftmatratze? Es fühlt sich an, als wäre ich auf einem Schiff. Ein Schritt. Noch einer. Die Türklinke will sich nicht fassen lassen. Entwischt mir nach links. Nach rechts. Dann bin ich draußen. Die Kacheln im Flur tanzen Ringelreihen. Die an den Wänden und die auf dem Fußboden. Es gibt eine Stufe zum Hof hinaus. Ich verpasse sie und schlage lang hin. Dem Zikram direkt vor die Füße.

»Frau Königsforst, also wirklich!«

Ich richte mich mühsam auf. Langsam legt sich der Schwindel. Ich könnte nun klar im Kopf werden. Die Situation begreifen. Aber ich begreife sie nicht.

Meine sieben Umzugskisten stehen mitten im Hof. Pjotr und Zlotka stehen daneben. Das sind die beiden kahlköpfigen und komplett tätowierten weißrussischen Hünen, die Zikram immer engagiert, wenn im Haus irgendwas zu tun ist. Ausmisten. Schlösser austauschen. Mieter vor die Tür setzen. Ein paarmal habe ich das in den letzten Jahren miterlebt. Aber es ist noch viel öfter passiert. Pjotr und Zlotka kommen meist im Morgengrauen, wenn die typischen Prenzlauer-Berg-Bewohner noch schlafen. So wie heute. Und heute bin ich es, die vor die Tür gesetzt wird. Langsam begreife ich.

»Herr Zikram …«, beginne ich.

Aber Zikram ist schon fertig. Er steht neben seinem Mofa und füllt auf dem Behälter, den er hintendrauf fest montiert hat und der aussieht wie ein Beautycase, ein Blatt Papier aus.

»So«, verkündet er, »die Kündigung war ja fristgerecht, das ist also okay.« Er setzt einen Haken auf sein Papier.

»Kündigung?«, murmele ich, »fristgerecht?«

»Ja, ja«, sagt Zikram, »der Herr Wächter war ja immer sehr ordentlich. Gekündigt zum dreißigsten Neunten.«

Ich schnappe nach Luft. Mir ist, als hätte einer der weißrussischen Hünen mir einen Schlag in die Magengrube verpasst. Dabei stehen die beiden ganz still neben meinen Kisten und verziehen keine Miene. Niemand hat die beiden je eine Miene verziehen sehen.

Jens hat die Wohnung schon vor Monaten gekündigt. Und ich hatte keine Ahnung.

»Leider wurde die Wohnung nicht fristgerecht geräumt«, fährt Zikram nun fort, seine kleine, manikürte Hand zeigt auf meine sieben Kisten. »Das werden wir wohl dem Hauptmieter in Rechnung stellen müssen, dem Herrn Wächter.«

Ah, Jens muss also die Hünen bezahlen, die in aller Frühe meine Habseligkeiten aus dem vierten Stock in den Hof geschleppt haben. Das wird der Zikram nicht zum Freundschaftspreis abrechnen. Ich fühle einen Moment lang so etwas wie Genugtuung. Aber nur einen Moment.

»Und leider hat die Frau Königsforst ihre Schlüssel nicht fristgemäß abgegeben.«

Zikram schaut mich an und versucht dabei, tadelnd zu gucken, aber dazu ist er viel zu wenig einschüchternd. Dieser kleine Mann hat wirklich alles getan, um das Äußerste aus sich rauszuholen. Die schwarzen Haare halblang und immer frisch gegelt. Die dünnen Beine in Markenjeans. Eine Lederjacke, wie es sie fertig abgenutzt zu kaufen gibt. Der schwarze Motorroller mit Beautycase. Ich konnte diesen seltsamen Hausverwalter nie ernst nehmen. Nicht ich, die ich mit Jens, dem bestaussehendsten aller Orthopäden, cool mitten in

Prenzlauer Berg im vierten Stock im Vorderhaus wohnte, mit Stuck und Flügeltüren. So war das. Bis jetzt.

Jetzt steht der kleine Herr Zikram vor mir, er reicht mir nicht mal bis zur Schulter, und besiegelt das Ende meines bisherigen Lebens.

»Einmal Schlösser austauschen«, murmelt er vor sich hin, »macht vierhundertfünfzig Euro, zu zahlen innerhalb von vierzehn Tagen.«

Sagt es und überreicht mir einen Überweisungsträger. In dem Moment, in dem ich das Papier in der Hand halte, beugt er sich wieder über sein Beautycase.

»Sechs Uhr zwei«, notiert er, laut mitsprechend, »Zahlungsforderung vor Zeugen an Schuldnerin übergeben.« Er hält Pjotr und Zlotka seinen Stift hin, die kritzeln ihre Unterschriften aufs Blatt und marschieren zur Hoftür hinaus. Wie immer ein bisschen breitbeinig, weil die Oberschenkel sonst nicht aneinander vorbeipassen. Zikram würdigt mich keines weiteren Blickes, steigt auf sein Mofa und düst hinterher.

Das mit den Wutanfällen sieht man mir nicht an. Das wissen nur ganz wenige. Onkel Florian hat mal behauptet, meine Mama habe mich »das Trampeltier« genannt. Weil ich stundenlang mit den Füßen auf den Boden trampeln konnte, wenn mir etwas nicht passte. Später hat er dann behauptet, er habe das nie gesagt.

Ich habe gelernt, nur noch ganz selten wütend zu sein. Ich habe es mir fast abgewöhnt. Doch nun spüre ich eine Wut in mir, die heiß ist und groß und die mich mit all ihrer Macht erfüllt. Sie faucht und lodert. Ich spüre ihre zerstörerische Größe. Diese Wut will etwas zertrümmern. Jetzt. Sofort.

Ich denke in solchen Momenten nicht nach. Weil sie direkt vor mir steht, nehme ich eine meiner Kisten. Sie ist verblüffend schwer. Ich hieve sie hoch, so hoch, wie ich es schaffe, und dann schleudere ich sie mit aller Kraft gegen die Wand des Seitenflügels. Es scheppert ungemein. Keine Ahnung, was Jens in diese Kiste gepackt hat. Der Krach ist gigantisch.

Fast sofort geht ein Fenster im Erdgeschoss auf. Ein Gesicht erscheint, grau, schmallippig. Es ist Willi Schneider. Ich habe meine Kiste direkt gegen seine Küchenwand geschmissen. Man sieht ihn dort immer abends unter einer flackernden Neonröhre vorm Herd stehen.

»Aber Fräulein Königsforst«, sagt er, als er mich erblickt, »warten Sie, ich helfe Ihnen.«

Im nächsten Moment ist er draußen. Er hat nichts an außer einem blau-weiß gestreiften Frotteebademantel und blauen Plastikschlappen. Seine nackten Beine sind seltsam weiß und unbehaart. Und sehr dünn. Genauso dünn wie seine Arme, die aus den Ärmeln seines Bademantels rausgucken. Willi Schneider fragt nichts. Er fängt sofort an aufzuräumen.

Es waren meine CDs, die ich gegen die Wand geschmissen habe. Außerdem etliche Parfümflakons. Und große Teile meiner Unterwäsche. Willi Schneider hat sich den zerbeulten Karton geschnappt, ihn halbwegs wieder zusammengesteckt, und nun sortiert er alles wieder ein. Die CDs. Die Wäsche. Die kaputten Flakons trägt er zu den Müllcontainern, immer nur wenige Scherben gleichzeitig, er balanciert sie auf seinen weißen, ausgestreckten Händen. Nach wenigen Minuten steht der Karton wieder neben den anderen, als wäre nichts passiert. Nur die Hauswand sieht aus wie angepinkelt, bloß dass es nicht nach Pisse stinkt, sondern nach Parfüm.

Es ist mir so peinlich, zu sehen, wie Willi Schneider meine Unterwäsche sortiert, ich möchte sie ihm am liebsten entreißen. Doch ich stehe nur da und tue nichts. Er hat eine Art, die Dinge zu regeln, die keinen Widerspruch zulässt. Von Willi

Schneider heißt es, er sei vor der Wende Hausmeister gewesen in unserem Haus. Er hat schon immer für Ordnung gesorgt. Er tut es auch jetzt. Schnell, effizient, beinahe ohne Spuren zu hinterlassen. Und dann verschwindet er wieder in seine Wohnung, ohne ein weiteres Wort. Als hätte es diesen kleinen Zwischenfall nie gegeben.

Meine Wut weicht. Sie macht Platz für die Verzweiflung. Ich möchte Jens anrufen, ich will, dass er endlich ans Telefon geht. Aber mein Handy ist in Henrys Küche, und die Tür ist hinter mir zugefallen, ich komme nicht mehr hinein.

Ich könnte nun hochgehen, in den ersten Stock, Henry wecken. Doch das kommt nicht infrage. Henry ist meine beste Freundin, seit Jahren. Und doch kann ich die Male, die ich in ihrer Wohnung war, an einer Hand abzählen. Henry lebt nicht allein. Sie lebt mit ihrem Mann zusammen, Gunther. Gunther mag keinen Besuch. Und Gunther ist der furchteinflößendste Mann, den ich kenne. Nicht, dass er so aussähe wie Pjotr und Zlotka. Ganz und gar nicht. Gunther ist groß, das schon, aber das merkt man nicht, weil er so dünn ist. Er ist auch nicht kahl geschoren wie die weißrussischen Hünen, er trägt sein graumeliertes Haar lang und offen. Jens nennt ihn »Gandalf« und lacht sich schlapp drüber. Ich nenne ihn nicht so. Und ich lache auch nicht.

Gunther, von dem niemand weiß, wie alt er eigentlich ist, auf jeden Fall ziemlich alt, denn er ist deutlich älter als Henry, und die ist schon zehn Jahre älter als ich, Mitte vierzig, Gunther ist ein Guru. Ein echter. Er kann Dinge, die unsereins sich nicht einmal vorstellen kann. Er verfügt über magische Kräfte.

Nicht im Traum käme ich auf die Idee, morgens um sechs Henry zu wecken und damit Gunthers Zorn auf mich zu ziehen.

Und so sinke ich auf die Stufe an der Tür zum Hinterhof. Die Kälte, die mich geweckt hat, sie kriecht zurück in meine Glieder. Meine Hände und Füße werden wieder zu Eiszapfen. Meine Zähne klappern ohne jeden Rhythmus. Meine Welt existiert nicht mehr. Jens. Was ist mit ihm. Warum macht er all das. Ich fange an, mit dem Kopf gegen den Türrahmen zu schlagen. Es tut fast gar nicht weh. Ich schlage fester. Es soll wehtun. Es macht »poch«, und noch einmal »poch«, und dann wird mir klar, dass ich so die Nachbarn wecke. Sie werden bald herunterkommen. Sowieso. Der Tag beginnt. Und ich sitze hier vor den Trümmern meines Lebens. Sie werden mich anglotzen und Fragen stellen.

Ich weiß weder ein noch aus. Ich höre auf, mit dem Kopf gegen den Türrahmen zu schlagen. Ich sinke in mich zusammen. Und weine still vor mich hin. Meine Knie schlottern vor Kälte.

Unser Hinterhof ist ein typischer Berliner Hinterhof. Grau und ohne jedes Licht. Kaputtes Kopfsteinpflaster. Eine schmale Tür zum Seitenflügel, eine weitere schmale Tür ins Hinterhaus. Unzählige Fahrräder, die meisten verrostet und ausgeweidet. Die guten Räder tragen alle hoch in ihre Wohnungen. Mitten im Hof: ein windschiefer offener Schuppen für die Müllcontainer. Es sind zu wenige Container für die vielen Bewohner, sie quellen alle über. Nachts hört man die Ratten rascheln, und manchmal sieht man sie über den Hof huschen. Angeblich sind sie auch in den Erdgeschosswohnungen. Es stinkt immer ein bisschen im Hof. Nach Müll und nach Moder.

Der Hof ist ein unwirtlicher Ort. Keiner, an dem man sich länger als unbedingt nötig aufhält. Am Morgen dieses ersten Oktober bin ich hier gestrandet. Allein und obdachlos. Mein ganzer Besitz in sieben Umzugskartons, einer davon kaputt.

Ich sitze auf der Stufe zum Hof, weine und bin der festen Überzeugung, dass es schlimmer nicht kommen kann.

Dann poltert jemand die Treppe im Seitenflügel hinunter. Gila erscheint.

Sie hat die blond gefärbten Haare straff nach hinten gebunden und trägt ihre Laufklamotten: hautenges T-Shirt, kurze Hosen. So dreht sie jeden Morgen ihre Runde durch Prenzlauer Berg. Und jeder starrt sie an. Es gibt sogar Fotos von ihr im Internet und immer wieder Berichte in den Lokalzeitungen. Es liegt nicht daran, dass sie so hübsch ist. Dabei ist sie das zweifellos. Das herzförmige Gesicht. Die geschwungenen Brauen. Der Kirschmund. Die zarte, man könnte auch sagen rappeldürre Figur. Dabei ist Gila fast eins achtzig groß. Aber das alles ist es nicht. Es ist ihr rechtes Bein. Sie hat keins. Sie hat rechts nur einen Oberschenkelstummel. Ein Motorradunfall vor vielen Jahren. Seither trägt sie eine Prothese, gut sichtbar für jedermann. Sie will sich nicht verstecken. Sie hat es mir einmal erklärt. Ihre Botschaft lautet: Seht her, ich bin ein Krüppel, und ich bin schön.

Gila ist eine echt harte Frau. Eine eisenharte Frau. Ich muss es wissen. Sie ist meine Chefin.

Sie schaut mich an, dann guckt sie rüber zu den Kisten.

»Ich weiß nicht, was du da machst«, sagt sie, »ist mir auch egal. Aber heute Abend bist du da. Pünktlich.«

Noch ein kurzer Blick in mein verquollenes Gesicht, auf meine zerknautschten Klamotten.

»Und zwar ausgeschlafen und gewaschen.«

Und dann ist sie zur Hoftür hinaus, die Prothese ein schimmernder Schatten.

Verdammt, denke ich, das hatte ich fast vergessen. Heute ist Freitag.

Ich arbeite nicht viel. Immer nur einen Tag in der Woche.

Immer freitags. Immer nachts. Und ich habe nicht die geringste Ahnung, wie ich das heute schaffen soll. Völlig am Ende. Und obdachlos.

Ich habe nicht viel Zeit, darüber nachzudenken. Denn im nächsten Augenblick poltert schon wieder jemand die Treppe hinunter.

Es ist das unsagbar schlecht gelaunte Ehepaar aus dem zweiten Stock im Vorderhaus. Sie streiten sich unentwegt. Das heißt: Sie streitet mit ihm. Sie beschimpft ihn. Wann immer die beiden auftauchen, hört man sie zetern, den Kopf mit dem grauen Dutt in den Nacken gelegt, die Worte herausspeiend, spuckend, wenn man nah dran ist, sieht man feine Tröpfchen spritzen. Er, geduckt und kahlköpfig, mit einem weichen Gesicht und hängenden Mundwinkeln, sagt meist kein einziges Wort.

Ich habe mir angewöhnt, ihn mitleidig anzugucken. Manchmal, bilde ich mir ein, guckt er zurück. Doch seine Mundwinkel bleiben immer unten. Er lächelt nie.

Niemals haben die beiden irgendjemandem Guten Tag gesagt. Oder gar mit jemandem gesprochen. Alles, was wir über sie wissen, wissen wir von Zikram. Der kleine Hausverwalter steht auf Henry, und immer, wenn er hier zu tun hat, krallt er sich stundenlang an ihrem Kuchentresen fest und nippt ewig an einem Espresso. Henry hasst Zikram, wie wir alle. Er steht im Weg rum und vertreibt mit seinem dämlichen Gequatsche Henrys hippe Gäste. Aber wie wir alle würde sie sich niemals mit Zikram anlegen. Allein schon wegen Pjotr und Zlotka.

Immerhin wissen wir dank Zikram über fast alles im Haus Bescheid. Die schlecht gelaunten Alten aus dem zweiten Stock sind ihrer Tochter hinterhergezogen. Sie haben ihr Haus im Münsterland verkauft, um sich hier in Berlin um ihr Enkelkind zu kümmern. Das Enkelkind kennen wir alle. Wir hören es nämlich ständig schreien. Die Tochter hat fast niemand je gesehen. Sie ist irgendwie klein und blond. Ich glaube, Jens hat ihr mal mit irgendwas geholfen.

Jens. Da ist er wieder, der Faustschlag in meinen Magen. Ein Hieb, der mich auf meiner Stufe vornüberkippen lässt. Was ist mit Jens. Was ist mit mir. Was soll bloß werden. Ich hocke auf der Stufe, krümme mich.

Im nächsten Moment ist die Alte aus dem zweiten Stock über mich drübergefallen.

Sie ist so mit Zetern beschäftigt, dass sie mich nicht sieht. Ein Knie rammt zwischen meine Schultern, mein Kopf schlägt wieder gegen die Wand, alles wird grau.

Es ist ein wirklich seltsames Gefühl, wenn eine alte Frau über einen fällt. Auf mir drauf ist etwas sehr Schweres und zugleich Weiches. Ihr Rock fühlt sich rau an in meinem Gesicht. Ich sehe nichts mehr. Es ist, als hätte jemand einen Vorhang fallen lassen. Einen Moment lang ist die Welt draußen weg. Kein trister Hinterhof mehr. Nur Grau, kratziges Grau, das schwach nach Mottenpulver riecht.

Dann beginnt sie zu schreien. Es ist nicht einfach nur ein Schrei. Es ist eine Kaskade von Schreien. Schrill und spitz und sehr, sehr laut.

Zugleich schlägt sie nach mir, als sei ich ein Hund, der sie von hinten angefallen hat. Ich krümme mich noch mehr, halte, so gut es geht, schützend die Hände vor meine Ohren, vor mein Gesicht.

Sie hört gar nicht mehr auf.

Dann ist er zur Stelle. Ein schweres Keuchen. Hände, die nach ihr greifen.

Sie rappelt sich hoch. Der Vorhang lichtet sich. Der Hinterhof. Die Müllcontainer. Die Stufe, auf der ich sitze. Etwas fühlt sich nass an in meinem Gesicht.

Sie richtet ihre Sachen. Schlägt seine helfende Hand weg. Beide wenden mir den Rücken zu, schauen mich keinen Moment an.

Er hat eine Mülltüte fallen gelassen. Konserven, leere Joghurtbecher liegen auf dem Pflaster. Er sammelt alles ein, hektisch, eilt sich, zu den Containern zu kommen.

Sie ist schon halb auf der Straße. Er trippelt ihr hinterher.

Ich bleibe zurück wie ein Stein, der im Weg liegt.

Dann ist es wieder still im Hinterhof.

Ich betaste mein Gesicht. Alles nass. Habe ich mich verletzt? Blute ich?

»Die Alte hat auf dich draufgepinkelt.«

Eine körperlose Stimme. Sie kommt aus dem Hinterhaus. Die schmale Tür steht offen, dahinter ein Schatten.

»Ist wohl inkontinent. Du solltest dich waschen.«

Der Schatten löst sich aus dem Dunkel, tritt in den Hof. Mandy. Mandy aus dem Hinterhaus. Die Frau, die man so gut wie nie sieht. Ich weiß nichts über sie. Nur ihren Namen. Und den weiß ich nur deshalb, weil Henry sie manchmal erwähnt. »Ich habe Mandy schon lange nicht mehr gesehen«, sagt sie manchmal, »hast du sie gesehen?« »Nein«, antworte ich dann. Jens und ich sind hier vor sechzehn Jahren eingezogen, und die Male, die ich Mandy gesehen habe, kann ich an zwei Händen abzählen. Nie haben wir miteinander gesprochen. Immer ist sie an mir vorbeigehuscht, geduckt, verschlossen, stumm. Mandy ist ein farbloser Schleier, mehr nicht.

Nun steht sie vor mir.

Ihre Haare sind grau, und doch ist ihr fast weißes Gesicht ohne jede Falte. Ich weiß nicht, ob sie alt ist oder jung, und ich weiß nicht, ob sie dick ist oder dünn. Sie hat etwas Massiges. Allein schon wegen der vielen Klamotten, die sie übereinanderträgt. Ein offener Armeemantel. Darunter Pullover, lange

Herrenhemden. Jeans. Braune, abgestoßene Stiefel mit offenen Schnürsenkeln.

Sie sieht aus wie ein Penner.

Doch ihre Stimme. Ich liebe Stimmen. Das bringt der Job so mit sich. Ich achte auf Stimmen. Doch eine Stimme wie diese habe ich nie zuvor gehört. Mandys Stimme ist ein tiefer, melodiöser Gong. Sie ist weich und voll, sie füllt den Hinterhof und schwingt leicht zwischen den engen Mauern. Eine Stimme wie dunkler Honig.

»Komm«, sagt die Stimme.

Später, wenn die Polizei mich fragen wird, wie es dazu kam, dass ich in Mandys Wohnung zog, werde ich darauf keine zufriedenstellende Antwort geben können.

»Das hat sich so ergeben«, werde ich sagen. Und wenn sie nachfragen, werde ich antworten: »Sie hat einfach meine sieben Umzugskartons in ihre Wohnung getragen. Und ich wusste doch nicht, wohin.«

Die Wahrheit jedoch ist, dass es allein Mandys Stimme ist, der ich folge. Ihrem honigsüßen Klang. Und so kommt es, dass ich zwölf Stunden, nachdem Jens heimlich unsere gemeinsame Wohnung aufgelöst hat, ein neues Zuhause habe. Bei Mandy im Hinterhaus, Erdgeschoss links.

Das Erste, was mir auffällt, ist der Geruch. Irgendwie süßlich. Fast lecker. Aber auch seltsam, völlig unbekannt. Was ist das bloß.

Dann fällt mir auf, wie groß die Wohnung ist. Ach was, groß. Sie ist riesig. Es gibt einen schmalen Flur, der ist so lang, wie das Haus breit ist. Dieser Flur ist völlig leer. Grauer Linoleumboden, eine einzelne Glühbirne, die von der Decke baumelt, sonst nichts. An der rechten Flurwand sind zig Türen. Eine neben der anderen. Es sind schöne alte Holztüren, weiß gestrichen, manche haben Glaseinsätze. Doch kein Licht fällt hindurch. Die Türen sind alle zu. Es gibt nur eine einzige Tür in die andere Richtung, Richtung Hinterhof. Diese Tür ist offen, und Mandy trägt schon meine Kisten hinein.

Ich folge ihr und luge vorsichtig ins Zimmer. Es ist ein enger, dunkler Schlauch. Erst nach einer Weile, nachdem meine Augen sich an das spärliche Licht gewöhnt haben, erkenne ich Details. Ein schmales Bett. Eine Kleiderstange, halb voll. Einige Kissen auf dem Boden. Ebenfalls auf dem Boden: ein Schallplattenspieler, Schallplatten. Ich trete ins Zimmer und sehe: Es gibt ein Fenster. Doch dieses Fenster ist fast vollkommen verhängt mit einem schweren Tuch. Nur an einer Seite schimmert ein wenig Licht hindurch.

Mandy hat meinen Blick bemerkt.

»Du kannst es gerne wegmachen. Aber dann sehen dich alle.«

Ich trete noch ein bisschen näher, linse durch den schmalen Spalt. Das Fenster geht direkt hinaus in den Hinterhof. Wenn ich es öffnen und den Arm hinausstrecken würde, könnte ich fast den Müllschuppen berühren. Schräg am Müllschuppen vorbei sehe ich das dunkle Rechteck von Henrys Küchenfenster.

Mandys Fenster ist so schmutzig, ich habe nie gedacht, dass dahinter jemand lebt. Es schien mir zu einem Lagerraum zu gehören. Tatsächlich ist das hier Mandys Schlafzimmer.

Sie hat bereits begonnen, das Bett abzuziehen.

»Du hast doch Bettwäsche?«

Ich schaue zu den Kartons.

»Vermutlich. Ja.«

»Gut.« Sie nimmt ihr Wäschebündel. »Ich bin in der Küche. Gegenüber.«

Ich sinke auf das Bett. Die Matratze ist weiß, wie unberührt. Kopfkissen und Plumeau duften nach Weichspüler. Überhaupt scheint das ganze Zimmer bis auf das Fenster wie frisch geputzt. Kein bisschen Schmutz, kein Staubkörnchen, nirgends. Nur die Wände sind irgendwie komisch. Es ist keine Tapete drauf. Auch kein Rauputz wie bei uns im Vorderhaus. Nein, es scheint, als seien die Wände mit einer Art Folie bezogen. Einem gummiartigen, klebrigen Bezug. Ich streiche mit dem Finger darüber und ziehe ihn schnell zurück.

Ich könnte nun meine Kisten auspacken. Meine Klamotten, so gut es geht, mit auf die halb leere Kleiderstange hängen. Nach Bettwäsche suchen. Das Bett beziehen.

Ich tue nichts von alldem.

Ich sinke auf dem Bett zusammen, ziehe die Knie an den Bauch. Ich weine. Ich wimmere leise vor mich hin. Ich fühle mich vollkommen erschöpft.

So liege ich, lange. Starr und innerlich leer. Ohne jede Idee, wie es jetzt weitergehen soll.

Es ist das Geräusch. Ein tiefes Brummen. Wie von einem Staubsauger. Nur tiefer. Und nicht ganz so laut. Aber laut genug, um mich aus meiner Starre zu lösen. Ich liege immer noch in Mandys Bett. In meinen Klamotten, die ich seit gestern trage. Ich stinke. Ich bin völlig verschwitzt. Und war da nicht etwas mit meinem Gesicht? Die alte Frau und ihr kratziger Rock fallen mir ein. Ich würge, muss mich fast übergeben.

Die Küche ist tatsächlich direkt gegenüber. Ein Raum, noch kleiner als das Schlafzimmer, bis an die Decke vollgestopft. Ein altmodischer Gasherd. Ein grüner Kühlschrank. Eine monströse dunkelbraune Anrichte. Ein einfaches Spülbecken. Mittendrin: ein ausladender runder Tisch mit Glasplatte und Häkeldeckchen darunter. Davor ein beigefarbenes Sofa. Mandy liegt darauf und hat einen Laptop auf dem Schoß, auf dem Kopf ein Headset. An ihren Füßen steht das Gerät, das mich mit seinem Lärm geweckt hat. Es ist ein hüfthoher grauer Kasten, der warme Luft auspustet.

»Mandy«, sage ich, »ich muss duschen.«

»Halbe Treppe hoch«, sagt sie, ohne vom Laptop aufzusehen.

»Halbe Treppe – was?«

»Moment.« Sie drückt noch ein paar Tasten, dann nimmt sie das Headset ab. »Ich vergaß, du kommst ja aus dem Vorderhaus.«

Sie hat jetzt nicht mehr ganz so viele Klamotten an, und ich erkenne, dass sie ganz und gar nicht dick ist, sondern im Gegenteil sehr dünn. Ihre Arme sind lang und sehnig, fast ausgezehrt. Sie zieht eine Strickjacke über ihr T-Shirt, greift nach einem großen Schlüssel, der an einem Haken neben der Küchentür hängt, und geht hinaus. Ich folge ihr in den leeren Flur, ins Treppenhaus. Einige Stufen hinauf. Auf dem ersten Treppenabsatz schließt sie eine niedrige weiße Tür auf, gibt mir den Schlüssel. »Handtücher sind vorne links.« Damit ist sie weg.

Ich muss den Kopf einziehen, um durch die Tür zu treten. Der Raum dahinter ist winzig und zugleich sehr hoch. Weit über mir: eine kleine Luke, halb offen. Kalter Wind weht herein. Vor mir: ein schwarzes Klosett ohne Deckel. Man kann sich nur seitlich daraufsetzen. Denn direkt vor dem Klosett ist eine Duschkabine eingebaut. Eine von diesen Dingern, die einen integrierten Wasserkreislauf haben, unten drunter ist der Pumpkasten. Eine Dusche für Orte, an denen keine Dusche vorgesehen war.

Es ist nicht so, dass ich so ein Teil noch nie gesehen hätte. Jens und ich waren mal in Holland in einem sehr billigen Hotel, da hatten wir auch so eine Kabine. Sie stand mitten im Zimmer, direkt vor dem Bett. Wir hatten eine Menge Spaß damit. Ich habe geduscht, und Jens hat mir zugeguckt und sich dabei einen runtergeholt. Zwischendurch haben wir gevögelt, auch in der Kabine. Am Ende ist eine Seitenwand herausgebrochen, und Jens hat das restliche Wochenende damit verbracht, die Kabine zu reparieren.

Diese Kabine sieht genauso aus wie die damals in Holland. Nur dass sie viel sauberer ist. Außen hängt ein schmales Eisenregal mit Handtüchern. Und Seife und Shampoo und Lotion. Ich ziehe mich aus, hänge meine Klamotten über das Regal. Steige vorsichtig in die Kabine, lehne mich nirgendwo an. Der Wasserstrahl ist dünn und nur lauwarm. Und doch. Ich dusche alles von mir ab. Den Schweiß. Die Tränen. Die Pisse. Die vor allem.

Ich kann kaum noch meine Hand vor Augen sehen. Das Mini-Badezimmer hat sich in eine Dampfsauna verwandelt. Ich mag meine stinkigen Klamotten nicht wieder anziehen. Also husche ich schnell durchs Treppenhaus zurück in Mandys Wohnung. Halb nackt, nur in ein Handtuch gewickelt. Niemand hat mich gesehen. Ich bin mir ganz sicher.

Ich durchwühle meine Kisten. Finde Unterwäsche, eine saubere Jeans, einen Pullover. In der Küche hat Mandy roten Früchtetee gekocht. Sie wärmt gerade auf dem Gasherd eine große Dose Ravioli auf. Der graue Kasten brummt immer noch.

Ich lasse mich auf das Sofa fallen und zeige auf das Ungetüm.

»Muss das sein? Das ist so furchtbar laut.«

»Das hier«, sagt Mandy und stellt zwei verschiedenfarbige

Suppenteller auf den Tisch, »ist das Hinterhaus. Nordseite. Das Ding bleibt an.«

Ich sage nichts mehr. Versuche noch einmal, Jens anzurufen. Vergeblich.

Seit Jahren habe ich keine Ravioli aus der Dose mehr gegessen. Papa hat sie manchmal gemacht, als ich noch klein war. Aber nur ganz selten. Wenn der Lektor da war und er keine Zeit hatte. Sonst hat Papa immer für mich gekocht. Fleisch, Kartoffeln, Gemüse. Jeden Tag. Er wollte immer, dass ich was auf die Rippen bekomme. Doch ich wuchs und wuchs und blieb klapperdürr. Daran hat sich nie etwas geändert.

Könnte es aber, schießt es mir durch den Kopf, falls ich länger hier bleibe.

Denn nach den Ravioli gibt es Nachtisch. Schokopudding mit Sahne. Für jeden zwei Becher. Und noch mal extra Sahne obendrauf, aus der Sprühdose.

Mandy kocht, deckt den Tisch, räumt ab. Alles mit großer Selbstverständlichkeit. Als hätte ich immer schon hier gewohnt. Oder als wären wir allerbeste Freundinnen.

Nichts davon stimmt.

Ich schaue sie an.

»Warum tust du das? Warum nimmst du mich bei dir zu Hause auf?«

Sie schaut mich nicht an. Sie schaut in ihre Tasse mit dem roten Tee. Leckt Sprühsahne von ihrem Löffel.

Und dann sagt sie: »Einmal habe ich jemanden nicht hereingeholt.«

»Und dann?«, frage ich.

Doch mehr sagt sie nicht.

Und ich frage nicht nach.

Schicke eine SMS an Jens. Was ist bloß mit ihm.

Später, viel später, werde ich mich oft fragen, was geschehen wäre, wenn ich nachgehakt hätte. Nicht lockergelassen hätte.

Sie hätte mir nichts gesagt, beruhige ich mich dann, es hätte nichts geändert.

Wahrscheinlich ist es so. Doch ich werde es nie erfahren.

Ich habe kein Fahrrad mehr. Jens hat es mitgenommen. Na gut, er hatte es bezahlt. Aber irgendwie war es schon meins. Langsam reicht es mir. Meine Verzweiflung weicht wieder der Wut. Ich muss dringend in die Charité, mit Jens sprechen. Ach was, sprechen. Ihn zur Rede stellen. Ihm die Meinung sagen. Was fällt dem überhaupt ein. Damit kommt er mir nicht durch.

Mandy hat ein Fahrrad. Es ist nicht ganz so kaputt wie die anderen Fahrräder im Hof. Es hat nur einen aufgeschlitzten Sattel und eine Kette, die sich durchtritt.

»Ist noch von meiner Mutter«, sagt Mandy und streicht über den rostigen Lenker, »sei vorsichtig damit.«

Ich rumpele damit die Dunckerstraße runter, in die Stargarder, die Gleimstraße, am Mauerpark entlang. Ich nehme mich vor den SUVs der Prenzlauer-Berg-Mütter in Acht. Von denen sieht man meist nur die Hinterköpfe, weil sie vollauf damit beschäftigt sind, den Kindern auf dem Rücksitz Anweisungen zu geben. Für Fußgänger und Radfahrer sind sie brandgefährlich. Und ja, ich gebe es zu, ich mag keine Mütter. Ich mag, vielleicht, Kinder. Aber Mütter mag ich nicht.

Ich schaffe es bis in den Gleimtunnel und bin in einer anderen Welt.

Fast dreißig Jahre lang hat der Gleimtunnel Ost von West getrennt, und er tut es bis heute. Man braucht nur wenige Augenblicke, um mit dem Fahrrad durch ihn hindurchzubrettern, über das historische Kopfsteinpflaster, vorbei an den gusseisernen, über hundert Jahre alten Säulen mit ihren kunstvollen Kapitellen. Doch sobald man durch ist durch den Gleimtunnel, ist das Leben ein anderes.

Einst mussten die Arbeiter aus dem Prenzlauer Berg durch den Tunnel, um in den großen Fabriken im Wedding zu arbeiten. 1961 wurde der Tunnel dichtgemacht. Bis 1990 gab es hier kein Durchkommen mehr, nur unterirdisch, durch heimlich gegrabene Fluchttunnel.

Heute geht hier keiner mehr freiwillig von Ost nach West. Der Wedding ist so abgewrackt, dass jeder, der kann, macht, dass er wegkommt. Mittendrin: die Charité, Ort der beispiellosen Karriere des Herrn Prof. Dr. Jens Wächter.

Zu Hause in Bergisch Gladbach hätte Jens das nie geschafft. Professor der Orthopädie mit Lehrauftrag an der Uni – in Westdeutschland brauchte man dazu Beziehungen und, noch besser, eine Ahnenreihe hochangesehener Doktoren und Professoren. Im Osten reichte in den Neunzigern ein westdeutscher Lebenslauf.

»Ihr kommt alle hierher, mit euren tollen Verträgen«, sagte Henry damals zu mir, »und schnappt euch die Jobs, die die, die hier schon immer leben, niemals kriegen würden.« Kann sein, dass sie recht hat. Ich wollte nie darüber nachdenken.

»Prof. Wächter« steht auf einem schmalen Schild an einem Parkplatz im Innenhof der Charité, doch der Parkplatz ist leer. Kein 911er weit und breit. Das heißt, natürlich stehen hier mehrere Porsche, die von den Kollegen, aber der knallrote von Jens, der ist nicht da.

Ich weiß, das ist echt prollig, ein Porsche 911, aber Jens mag ihn so, und wir zwei sehen einfach spitze darin aus. Er allein natürlich auch.

In dem Moment, in dem ich das denke, ist er da. Der fieseste aller Gedanken. Der heimtückischste. Der, der dich killt, in einer Sekunde.

Was, wenn Jens gar nicht alleine in seinem 911er sitzt. Jetzt, in diesem Moment. Was, wenn jemand neben ihm sitzt. Eine Frau. Eine andere Frau. Auf meinem Platz.

Der Gedanke zwingt mich in die Knie. Ich lasse Mandys Rad vor dem Schild mit Jens' Namen fallen und sinke zu Boden. Kauere mitten auf dem leeren Parkplatz, das Herz ein hektisch pumpender Blasebalg, die Lungen aneinandergeklatscht, ohne jede Luft.

»Einatmen«, sagt eine Stimme neben mir, »und ausatmen. Ja, Fräulein Königsforst, so ist es schön, einatmen, ausatmen, prima.«

Eine federleichte Hand liegt auf meiner Schulter. Es ist die von Professor Dreiklang. Jens' Vorgänger in der Charité. Seit Jahren emeritiert. Die Hand ist dünn und knöchern und dunkelbraun. So wie der ganze Mann. »Seit der Alte auf seinem Segelboot lebt«, hatte Jens mal erzählt, »sieht er aus wie eine ägyptische Mumie.«

Jens hatte recht. Professor Dreiklang sieht tatsächlich mittlerweile aus wie eine ägyptische Mumie. Wie eine höchst lebendige. Eine, die mein Fahrrad packt und mich mit sanfter Bestimmtheit vom Charitégelände schiebt.

»Professor Dreiklang«, stammele ich, »was tun Sie denn hier?«

»Ich«, sagt Professor Dreiklang, und sein knöcherner Griff um meinen Oberarm wird noch ein bisschen knöcherner, »ich begleite Sie ein Stück.«

»Nein, nein«, sage ich und versuche, meinen Oberarm aus dem Mumiengriff zu wenden, »ich muss nach Jens sehen, ich bleibe …«

»Das«, erwidert die Mumie und verstärkt ihren Griff noch mehr, »müssen Sie nicht. Sie müssen jetzt einfach nur nach Hause fahren.«

Jahre auf dem Segelboot haben aus den scheinbar so zarten Handmuskeln dieses Mannes stählerne Würgeschlangen gemacht. Keine Chance, sich ihrem Griff zu entwinden. Und so schiebt er mich vor sich her. Unerbittlich. Er lächelt dabei. Wahrscheinlich sehen wir aus wie ein freundlicher Opi und seine Enkelin. Ein niedliches Paar, das auf dem weitläufigen Charitégelände die Alleen entlangflaniert. Nur dass das hier rein gar nichts mit Flanieren zu tun hat. Es ist ein Rauswurf.

Vor dem Tor lässt er mich los.

»Alles Gute, Fräulein Königsforst«, sagt er. Dreht sich um, um wieder hineinzugehen. Geht ein paar Schritte, hält inne, dreht sich erneut um. »Und eins noch. Kommen Sie nicht wieder her. Sie stören. Sie stören ganz gewaltig.«

Professor Dreiklang verschwindet. Mit hoch erhobenem Haupt, die Würgeschlangenhände auf dem Rücken gekreuzt.

Ich stehe vor dem Tor, sprachlos. Um mich herum geht alles seinen gewohnten Gang. Schwangere Frauen in Jogginganzügen, rauchend. Schwangere Frauen mit ganz kleinen Babys, rauchend. Überhaupt: superjunge Mütter, fast Kinder noch. In Prenzlauer Berg ist es oft unmöglich, zu entscheiden, ob die grauhaarigen Frauen, die mit kleinen Kindern unterwegs sind, die Mütter oder die Großmütter sind. Meist sind es die Mütter, die Großeltern leben weit weg, in Stuttgart oder in Kopenhagen. Oft schieben die Grauhaarigen Zwillingskinderwagen. Ergebnis einer Fruchtbarkeitsindustrie, die die Grauhaarigen sich leisten können. Im Wedding hingegen sind die Mütter jung und arm. Und während die Prenzlauer-Berg-Schwangeren sich am liebsten in Sänften zum Schwangerenyoga, ins Schwangerencafé und ins anthroposophische Geburtshaus tragen lassen würden, ist es für die Mütter im Wedding ganz normal, bis zur Geburt zu rauchen. Danach sowieso.

Jens hasst den Wedding. »Lauter kaputte Menschen«, sagt er stets. Er braust morgens mit seinem 911er durch und verbringt den Tag in seinem Zimmer und auf seiner Station, nur Privatpatienten.

»Unsereins«, sagte er mal, »gehört nicht in den Wedding. Bloß nicht aus dem Fenster gucken.«

Ich stehe mittendrin. Und habe immer noch Schwierigkeiten zu atmen. Meine Knie sind Gummi. Was ist da gerade passiert.

Und dann dämmert es mir. Jens hat nicht nur innerhalb von zwei Stunden unser Zuhause ausgeräumt. Er hat mich nicht nur auf die Straße gesetzt. Mehr noch: Das alles ist von langer Hand geplant. Die Kündigung der Wohnung vor drei Monaten. Und auch Professor Dreiklang scheint klare Instruktionen zu haben, nämlich, mich hinauszubefördern.

Ich komme nicht einmal mehr bis auf Jens' Station. Dorthin, wo ich mit meinem yogagestählten Popo wackelte und allen Schwestern zeigte, wem der Herr Professor gehört. Wo Jens seine Zimmertür abschloss, um eine schnelle Nummer mit mir zu schieben. Wo alle verlegen zur Seite schauten, wenn wir wieder rauskamen. Wo ich zum Abschied breit lächelte. Den Lippenstift verschmiert. Mein Höschen in Jens' Kitteltasche.

Aus. Vorbei.

Von einer emeritierten Mumie vor die Tür gesetzt.

Henrys Café öffnet morgens um zehn. Jetzt, in der Mittagszeit, brummt der Laden. Die vier Tische sind bis auf den letzten Platz besetzt. Draußen auf dem Bürgersteig stehen weitere Tische und Stühle, auch alle besetzt. Wenn das Ordnungsamt kommt, muss Henry Strafe zahlen, sie hat für den Außenbereich keine Lizenz. Aber die Strafe ist so gering, dass die Einnahmen aus dem Draußen-Verkauf sie zigmal wettmachen.

Außerdem isst die Dame vom Ordnungsamt ausgesprochen gerne Kuchen. Wenn sie ein ganzes Tablett voll bekommt, drückt sie beide Augen zu. So machen es alle in der Dunckerstraße. Gefahr droht nur, wenn die Inspektorin Urlaub hat und eine Vertretung unterwegs ist.

»Alter DDR-Ritus«, sagt Henry dazu, »wenn man den Staat bescheißen kann, machen alle mit.«

Sie steht hinter der Theke und brüht Kaffee. Das ist jetzt so in Prenzlauer Berg: Der Kaffee wird wieder gebrüht. Dazu gibt es höchstens Kondensmilch. Die Latte-macchiato-Mütter sind umgestiegen. Henry ist das egal. Sie trinkt eh nur Ingwerwasser.

»Caro«, ruft sie und drückt ihren großen Busen gegen meine Taille, »wo warst du nur? Ich habe mich so gesorgt!«

Doch ehe ich auch nur ein Wort sagen kann, ertönt hinter mir ein doppeltes Plärren. Eines der Prenzlauer-Berg-Status-Kinder hat seiner untergewichtigen Mutter die vegane Erbsen-Kokos-Suppe über den Schoß gekippt. Jetzt brüllen beide im Duett.

»Was für eine beschissene Suppentasse«, brüllt die Mutter, »die ist ja gar nicht kindersicher!«

»Nicht kindersicher«, echot das Kind, ein Mädchen im Bullerbü-Look mit Kittelschürze und bunt gepunkteten Gummistiefeln.

Henry düst hin, wischt und tröstet und serviert neue Suppe.

Und so komme ich nicht dazu, mit Henry zu sprechen. Ich hocke mich auf die Stufe zur Haustür und esse alles, was Henry mir, wie immer rennend, in die Hand drückt. Kokos-Erbsen-Suppe, Kürbisquiche, Matcha-Eis mit rotem Pfeffer und, natürlich, ganz viel Kuchen. Am Ende bin ich sehr satt und irgendwie beruhigt. Essen funktioniert immer, sogar jetzt.

Als es dunkel wird, fahre ich mit Mandys Rad zur Arbeit. Es ist einer der ersten Berliner Herbstabende. Die Bäume am Straßenrand tragen noch ihr Laub. Doch die Dämmerung ist früh gekommen, und die Temperatur fällt schnell. Ein kalter Wind weht. Die SUVs fahren bereits mit Licht. Mütter schieben ihre Kinderwagen ein bisschen schneller, ins Warme.

In meiner Umhängetasche piept mein Handy. Die vielen Nachrichten, die ich Jens in den letzten Stunden geschrieben habe, können alle nicht zugestellt werden. Irgendwann habe ich nur noch wie irre auf »Wiederholen« gedrückt, jetzt trudeln sie alle wieder ein. Erneuter Versuch in zehn Minuten. Neben dem Handy klimpern zwei Schlüssel. Der Haustürschlüssel, den Mandy mir gegeben hat, sieht genau so aus wie der, den Zikram mir am Morgen abgenommen hat. Der Wohnungsschlüssel aber ist gut zehn Zentimeter lang und sehr, sehr dick. Jens und ich hatten eine hohe, doppelt gepolsterte und aufgearbeitete Flügeltür mit Sicherheitsschloss und einem zusätzlichen Riegel. Mandys Wohnungstür ist zigmal überstrichen und hat das einfache Schloss einer Zimmertür. Ich kann meinen kleinen Finger durchstecken.

»Den Schlüssel brauchste eigentlich nicht«, hatte Mandy gesagt, »ist eh immer offen.«

Was ist mit dieser Frau. Ich denke ein wenig darüber nach, während ich auf ihrem klapprigen Rad durch den Berliner Feierabendverkehr rattere. Ich verstehe sie nicht. Genau, wie ich nicht verstehe, was mit Jens passiert ist. Zum allerersten Mal in meinem Leben habe ich das Gefühl, die Dinge entgleiten mir. Ich bin Statist in meinem Leben. Ich verstehe nichts. Und ich habe keine Ahnung, dass das nur der Anfang ist.

Der Sender ist wie immer abends feierlich blau erleuchtet. Im Foyer steht die nette Frau Dittelbeck und strahlt mich an.

»Guten Abend, Frau Königsforst!«

Ich lächele zurück, ich mag sie. Und ich tue sowieso immer alles, damit man mich nicht für arrogant hält.

Ich bin nämlich die Stimme des Ostens. Die nächtliche Stimme. Eine Stunde vor Mitternacht, wenn hier im Sender alle ernsthaften Journalisten zu Hause sind und allerhöchstens noch auf irgendwelchen Hintergrund-Abendessen oder Parteiveranstaltungen abhängen müssen, dann ist meine Zeit. Wenn die meisten Landessender längst Wiederholungen senden oder Musikprogramme für Randgruppen, dann gehe ich hier in Berlin auf Sendung. Jeden Freitag. Zwei Stunden live. Der Nachttalk. Über UKW zu hören im ganzen Osten, per Livestream im Internet in der ganzen Welt.

»Kommen Sie«, sagt die nette Frau Dittelbeck, »ich schließe Ihnen schnell das Studio auf, für das Teasing.«

Verdammt, ich habe keine Ahnung, mit wem ich heute spreche. Der Computer ist schon hochgefahren. Ich setze das Headset auf und ein falsches Lächeln. Lächeln funktioniert im Radio immer, egal, ob es echt ist oder nicht.

»Jetzt gleich auf dieser Welle«, säusele ich, »ein besonderer Gast. Und ich. Carolin Königsforst. Seien Sie dabei.«

Ich speichere das Audio und schicke es mit einem Mausklick ab. Zack. Jetzt kann jeder Sender es spielen, kurz vor den Dreiundzwanzig-Uhr-Nachrichten. Ein kleines Teasing für meine Fans.

Meine Stimme kennt im Osten fast jeder. Und es ist meine Stimme, die mir den Job beschert hat. Gila hat mich gehört, als ich im Lokalradio die Verkehrsmeldungen vorlas. Mein erster Job hier in Berlin. Ich hatte nicht einmal Abitur. Gila hörte mich und engagierte mich sofort.

Zu sagen, ich sei keine gute Journalistin, ist die Untertreibung schlechthin. Ich bin gar keine Journalistin. Ich habe diese Stimme. Die hält die Menschen nachts am Radio. Und ich habe ein ganz hübsches Gesicht und diese roten Löckchen. Damit können sie werben und mich in die Talkshows setzen. Wobei ich auch in den Talkshows ohne Adrian komplett aufgeschmissen wäre.

Adrian. Er ist natürlich schon da. Er kommt immer Stunden vor mir in die Redaktion. Er sitzt hinter seinem Schreibtisch, ein Berg von einem Mann. Adrian ist irgendwie nur und ausschließlich Masse. Fast zwei Meter groß und gefühlt genauso breit, wenn Gila und ich einander an den Händen fassen würden, wir würden es nicht schaffen, ihn zu zweit zu umarmen. Oder vielleicht doch. Wir haben das noch nie versucht.

Adrian ist der Malocher von uns dreien. Gila hängt den lieben langen Tag in Cafés und Restaurants ab und bezirzt Politiker und Prominente, damit sie in meine Sendung kommen. Sobald einer zugesagt hat, und die meisten sagen zu, manche betteln, öfter kommen zu dürfen, beginnt Adrian mit der Recherche. Er findet wenn nicht alles, so doch auf jeden Fall fast alles über diese Leute raus. Das schreibt er dann in ellenlange Dossiers, die er mir ein paar Tage vor der Sendung mailt. Meistens lese ich sie. Manchmal auch nicht. Sowieso sitzt Adrian bei jeder Sendung in der Hörfunkregie und sagt mir alles vor. Na gut, nicht alles. Aber fast alles. Das ungeheure Wissen, mit dem ich berühmt geworden bin – das ist Adrian. Politiker und Prominente geraten in meiner Sendung regelmäßig total aus dem Konzept. Weil meine Fragen mal total naiv und unwissend sind (ich) und dann wieder hinterhältig und bestens informiert (Adrian, der mir auf den Kopfhörer spricht). Wobei das natürlich keiner weiß. Ein Eins-a-

Konzept, mit dem wir gerade erst wieder für den Deutschen Radiopreis nominiert waren.

»Ah«, sagt Adrian, »da bist du ja. Wie isses?«

Ich antworte nicht, denn ich weiß, dass es ihn nicht interessiert. Adrian findet mich nämlich zum Kotzen.

»Hi, Adrian, wer ist es denn heute?«

Es ist dieser Blick, den ich schon tausendmal gesehen habe. Ein Blick, als würde er tatsächlich gleich loskotzen.

»Schmidt«, antwortet Adrian. »Falls du es nicht weißt, Vizekanzler und Wirtschaftsminister.«

Oha. Jetzt wird mir ein wenig mulmig zumute. Zigmal bin ich in diese Sendung gegangen ohne jede Vorbereitung. Zigmal habe ich mich allein auf Adrian verlassen. Und auf meine Stimme. Doch heute ist es anders. Jens ist weg. Mein Leben ist weg. Meine lange antrainierte Lässigkeit ist mir an diesem Tag abhandengekommen.

Der Vizekanzler. Und ich habe keine Ahnung.

Adrian reicht mir das Dossier. Es ist anderthalb Zentimeter dick. »Habe ich dir auch letzte Woche gemailt«, nuschelt er ohne aufzusehen.

»Oh«, sage ich und bekomme weiche Knie. Einen Moment lang wälze ich Entschuldigungen in meinem Kopf, dann lasse ich es. Adrian fragt eh nicht nach.

Mein Büro ist doppelt so groß wie seins. Und komplett verglast, wie alle Büros hier. Ich schnappe mir das Dossier und versuche, so viel wie möglich noch ganz schnell zu lesen. Doch ich habe keine Chance. Und es ist einfach zu viel. Es ist sowieso zu viel für eine wie mich, die nicht mal Abitur hat, am allerliebsten zum Yoga geht und die Nachrichten höchstens aus Versehen guckt. Doch in dieser Nacht fehlt mir, was mich all die Jahre gerettet hat: mein dickes, fettes Selbstbewusstsein. Ich war die Freundin des bestaussehendsten aller

Orthopäden. An Jens' Seite zu sein bedeutete, jemand zu sein. Alles andere war nebensächlich. Der Job ein Job. Fluppte so nebenher.

Doch Jens ist weg.

Und ich fühle mich wie ein Nichts. Ich bin kurz davor, in Tränen auszubrechen.

Adrian schreibt in seine Dossiers nicht nur die Fakten. Wer wer ist, wann wo geboren, Lebenslauf und so weiter. Viel wichtiger sind die letzten Seiten. Da fasst er dann zusammen, wie jemand drauf ist. Was er mag, was nicht. Wie jemand spricht. Wie er antwortet. Wie man am besten fragt. Adrian ist ein hammerguter Rechercheur. Aber noch besser ist er darin, Menschen einzuschätzen. Ach was, einschätzen. Er seziert sie. Er telefoniert stundenlang mit ihnen. Er geht mit ihnen ins Café, in die Kneipe. Er verfolgt sie beim Einkaufen und beim Golfen. Ihm entgeht nichts. Und er schreibt alles, aber auch wirklich alles, in seine Dossiers. Als ich hier anfing, musste ich Gila schwören, dass ich nie, niemals eines dieser Dossiers jemand anderem zeigen würde. Ich hab's geschworen und habe es tatsächlich nie getan. Alles andere habe ich mit Jens geteilt.

Jens. Da ist er wieder, der Schmerz. Der Faustschlag mitten in den Magen. Ich krümme mich. In dem Moment läuft Gila vorbei. Sie hat ihren knallengen roten Hosenanzug an, den trägt sie immer, wenn besonders wichtige Typen kommen. Sie sieht mich am Schreibtisch kauern, reißt die Tür auf und brüllt sofort los:

»Wie siehst du aus, mach dir mal die Haare, ich vergesse mich noch, wehe, du versaust das, reiß dich zusammen, ich liebe dich, Darling.«

Zack, Tür zu, Gila weg.

Ich ignoriere die Faust in meinem Magen und lese. So

schnell wie möglich. »Unberechenbarer Typ«, schreibt Adrian, »ist für seine Wutanfälle bekannt. Hasst kluge Frauen.« Und dann hat er tatsächlich noch dahintergeschrieben: »Keine Sorge also.« Na, danke.

Was soll ich sagen. Es war ein Desaster. Der Typ kam reingewalzt wie eine Dampfwalze, und dann begrub er mich unter sich wie eine Dampfwalze. »Was bilden Sie sich ein!«, schrie er, oder auch: »Was für eine bescheuerte Frage!« Mag sein, dass die Frage bescheuert war, ich konnte Adrian kaum hören, so laut tobte der Vizekanzler und Wirtschaftsminister. Am Ende tobte auch Adrian. »Du elende Kuh«, brüllte er auf meinen Kopfhörer, »reiß dich doch mal zusammen!« Er brüllte es so laut, dass der Vizekanzler es hörte. Da beendete der Vizekanzler seine Raserei, lächelte hinterhältig und sagte mit plötzlich samtweicher Stimme: »Ich glaube, an dieser Stelle beenden wir das Gespräch.« Stemmte sich aus dem Studiosessel und watschelte seinen Personenschützern voraus aus dem Funkhaus. Doch bevor er ganz weg war, und noch bevor das Mikro aus war, sagte ich laut und vernehmlich: »Du mich auch.«

»Ja«, sagt Gila, »und du kannst mich auch mal.«

Sie sagt es ganz ruhig. Und das ist das Gruseligste, was ich mit Gila je erlebt habe. Sie titscht ständig herum, sie ist eine Heulboje, eine Dauerquasslerin, eine hysterische Frau in den Wechseljahren. Ich habe sie noch nie ruhig erlebt. Und sie ist auch jetzt nicht in Echt ruhig. Sie ist kalkweiß in ihrem roten Anzug. Ihre Hände zittern. Doch sie spricht so leise wie nie. Es ist absolut unheimlich. Und es ist das Ende.

Die Sendung hat nicht einmal eine Stunde gedauert. Um kurz vor Mitternacht stehe ich vor dem Sender, unter dem

Arm eine Plastiktüte mit allen Habseligkeiten aus meinem Büro.

Und so endet dieser vermaledeite Tag. Jens weg. Wohnung weg. Job weg.

Und ich dachte, es könnte nicht mehr schlimmer kommen.

Samstag, 2. Oktober 2011

Mandys Matratze ist unbequem. Viel zu hart. Es ist kalt in dem kleinen Zimmer. Die Bettdecke fühlt sich klamm an. Und die ganze Nacht brummt dieser blöde Apparat in der Küche.

Ich mache kein Auge zu.

Morgens um sechs höre ich Gila durch den Hinterhof laufen. Dann das schreckliche Ehepaar aus Münster. Sie streiten wie immer, das heißt, sie keift, er schweigt. Immerhin, diesmal muss ich mich nicht im Flur rumdrücken und habe ein Dach über dem Kopf. Dann führt jemand seinen Hund aus. Er kackt direkt vor mein Fenster, ich höre es flatschen.

Nie zuvor habe ich all diese Geräusche aus dem Hinterhof wahrgenommen. Im vierten Stock, über allem drüber, kriegt man das nicht mit. Hier schon.

Ich muss mal. Ich stehe auf, tappe in den Flur. Alles dunkel. Von Mandy nichts zu sehen. Ich suche den Schlüssel zum Duschkabuff und finde ihn nicht. Komisch. Vielleicht ist Mandy drin. Ich warte. Nichts passiert.

Irgendwann tapse ich in den Hausflur, auf Socken. Es ist dunkel, ich finde den Lichtschalter nicht. Nur durch ein Fenster weiter oben fällt ein wenig fahles Grau ins Treppenhaus.

Ich bin müde, ich bin schlecht drauf, ich sehe fast nichts. Meine Blase hat angefangen, schlimm zu drücken. Ich will jetzt einfach nur in dieses komische Kabuff und pinkeln. Eine Stufe, noch eine. Dann schlage ich lang hin. Irgendetwas liegt mitten auf der Treppe. Etwas Schweres, Hartes. Etwas, auf dem ich zurück nach unten schlittere. Ich rappele mich hoch. Es ist die Tür zu Mandys Badekabuff. Irgendjemand hat sie aus den Angeln gerissen und mitten im Treppenhaus liegen gelassen. Und nicht nur die Tür. Langsam gewöhnen sich meine Augen an das Halbdunkel. Die ganze Duschkabine wurde auseinandergenommen. Die Einzelteile liegen überall im Hausflur. Das Hängeregal. Die Handtücher. Schritt für Schritt taste ich mich an zerbrochenem Plexiglas vorbei zum ersten Absatz. Was ist denn bloß … Das Badekabuff sieht aus wie ausgeweidet. Nur das schwarze Klosett steht noch. Drum herum nichts als Trümmer. Das kleine Fenster weit oben lässt kaum Licht herein. Ich taste nach dem Schalter. Die altertümliche Glühbirne in ihrer eisernen Fassung direkt über der niedrigen Tür flammt auf.

Auf dem Boden liegt Plastikfolie. Blaue Plastikfolie. Sie sieht aus, als läge sie schon lange hier. Irgendwie ganz modrig. Und schimmlig. Was soll das. Ich strecke eine Hand aus, zerre an der bläulichen Masse. Es ist keine Folie. Es sind mehrere blaue Müllsäcke. Ineinander verklebt, etwas Schweres ist darin verwickelt. Ich ziehe fester. Etwas fällt seitlich heraus, sieht aus wie eine Bürste. Meine Fresse, denke ich noch. Dann greife ich nach dem, was ich für eine Bürste halte. Und habe ein Büschel dunkler Haare in der Hand. Daran, verfärbt, vermodert, aber doch deutlich erkennbar, ein mumifizierter Kopf. Ein Menschenschädel.

Das ist der Moment, in dem alle meine Körperfunktionen auf einmal versagen. Ich pinkle mir in die Hose und kotze in einem großen Schwall auf die blauen Plastiksäcke. Früchtetee und schon ziemlich verdaute vegane Erbsen-Kokos-Suppe.

Und hinter mir sagt eine Stimme: »Der Idiot ist wieder da.«

Keine Ahnung, ob Willi Schneider schon die ganze Zeit da stand. In einer Ecke im dunklen Treppenhaus. Direkt hinter mir. So nah, dass ich seinen schlechten Atem rieche. Trotz meiner eigenen Kotze und Pisse. Er steht da und bewegt sich kein bisschen. Dünn und in einem zerknitterten grauen Anzug. Das Gesicht genauso grau. Wie ein Leichenbestatter, so steht er da.

Das Zittern kommt plötzlich und mit großer Macht. Ich zittere so sehr, meine Beine knicken weg. Mein Herz ein Blasebalg, der gleich platzt. Kalter Schweiß bricht mir aus, überall. Es ist immer noch ziemlich dunkel im Treppenhaus, doch nun fällt vor mir ein schwarzer Vorhang herunter. Zack. Ich sehe nichts mehr. Und merke kaum noch, wie ich zusammensacke. Mitten in die blauen Müllsäcke.

*

Adrian steht in seinem Späti in der Oranienburger Straße und denkt an Carolin. Nicht, dass er ihr böse wäre. Oder enttäuscht. Wie auch. Er hat damit gerechnet, dass es so kommen würde. Immer schon.

Adrian fragt sich, ob Carolin je die Romane gelesen hat, die ihr Vater geschrieben hat. Ob sie weiß, wie ihre Mutter war. Wenn sie die Bücher gelesen hat, könnte sie drauf kommen. Aber wahrscheinlich hat sie keine Ahnung. Die naive, ahnungslose Carolin.

Sie ist ihm egal. Es gibt fast nichts, worüber Adrian sich aufregt. Er war wie immer nach der Sendung tanzen. In einem alten Parkhaus im Wedding, wo es stockdunkel ist und heiß und eng. Wo alle schwitzen wie verrückt. Wo einer wie er nicht auffällt. Jetzt hat er Hunger und will nach Hause.

Wenn nur die beiden Nutten vor ihm endlich fertig würden.

»Scheißfotze«, schimpft die eine, »jetzt gib mir den Zehner, gib ihn mir!«

Die andere antwortet etwas, das nicht zu verstehen ist. Sie hat nur wenige Zähne im Mund. Ihr Gesicht ist irgendwie ganz schief.

»Kacke, kacke, kacke!«, keift die Erste. »Du mieses Dreckstück! Ich hau dir gleich in die Fresse!«

Der Kioskbesitzer, ein Vietnamese, der aussieht wie Anfang dreißig, aber schon fast siebzig ist, schaut unbeteiligt. Adrian kennt ihn seit Jahren. Herr Nguyen kam einst als Vertragsarbeiter des sozialistischen Bruderstaates in die DDR. Heute ernährt er mit dem Kiosk seine ganze Familie und die seines Bruders. Herr Nguyen schaut immer unbeteiligt. Jetzt winkt er mit einer kleinen Geste Adrian nach vorn. Er kann schon mal bezahlen. Eine tiefgefrorene Pizza Funghi, drei Ritter-Sport Joghurt, eine Limo, eine BiFi. Die übliche Ration. Herr Nguyen steckt alles in eine große weiße Plastiktüte und schenkt Adrian ein kaum sichtbares kleines Lächeln.

Der ist schon halb zur Tür hinaus.

»Verdammte Scheiße«, hört er die erste Nutte noch brüllen, »dir haben sie wohl ins Hirn geschissen!«

Diese Fäkalsprache. Carolin hat die auch. Die ach so schicke Carolin aus dem Prenzlauer Berg mit dem ach so schicken Professorenfreund. Sie spricht wie die Nutten auf der Oranienburger. Und sie hat garantiert keine Ahnung, warum das so ist.

Adrian mag nicht länger darüber nachdenken. Er tritt auf den Bürgersteig und reißt die erste Schokoladenpackung auf.

*

Als ich wieder zu mir komme, hält Gila meinen Kopf in ihrem Schoß und brüllt mich an. »Aufwachen! Verdammt, wach auf! Nun mach schon! Dalli! Augen auf!« Sie klatscht mir mit ihrer kalten Hand ein ums andere Mal ins Gesicht. Ich muss gleich wieder kotzen, direkt in Gilas Schoß und über ihre Prothese.

Wenig später Taschenlampen im Hof, im Flur. Jemand hat die Polizei gerufen. Zwei Streifenbeamte steigen zögernd über die blauen Plastiksäcke. Zupfen daran. »Alles total zusammengepappt«, sagt der eine. »Hier ist doch nichts«, der andere. Dann finden sie den Kopf.

Im Nachhinein werde ich mich vor allem an den Lärm erinnern können. An den gewaltigen Lärm, als sie das Duschkabuff komplett auseinanderbrachen. Sie rissen die Wände auf und den Boden. Sie klopften das gesamte Treppenhaus auf Hohlräume ab und schlugen überall dort, wo es verdächtig klang, weitere Löcher in die Wände. Sie stellten eine Menge Lampen auf und leuchteten jeden Winkel des Hausflurs aus, vom Keller bis unters Dach. Eine Menge Leute erschien, von der Polizei, von der Spurensicherung. Gila sprang herum wie ein Rumpelstilzchen. Wollte alles wissen, überall dabei sein. Henry kam aus dem Vorderhaus. Irgendjemand muss gesagt haben, dass ich dort bleiben muss, also holte sie eine Decke und Feuchttücher, die nach Kamille rochen. Sie wickelte mich ein mitsamt meiner versifften Schlafanzughose und wischte mir vorsichtig das Erbrochene aus dem Gesicht. In ihren Augen lag ein so großer Kummer, wie ich ihn nie zuvor bei ihr gesehen habe. »Geht es dir gut?«, fragte sie ein ums andere Mal. »Geht es dir gut, mein Schatz?« Ich sagte nicht viel und drehte das Gesicht zur Wand, ich wollte die blauen Müllsäcke einfach nicht mehr sehen. Ich glaube, Henry hat auch nicht hingeguckt.

Wer nicht mehr da war, war Willi Schneider. Später, als ich meine Aussage machen musste, immer noch im Flur, immer noch voller Erbrochenem und Pipi und in Henrys Decke gewickelt, schauten sie zweifelnd, als wäre er nie da gewesen.

Ich jedoch weiß ganz genau, dass er dort stand. Und ich erinnere mich genau an das, was er gesagt hat: »Der Idiot ist wieder da.«

Irgendwann darf ich gehen.

»Schaffst du es?«, fragt Henry. Sie muss längst ins Café.

»Klar«, sage ich, »kein Problem.«

Zu Hause sitzt Mandy am Küchentisch, als wenn nichts wäre. Der Lärm aus dem Flur ist unbeschreiblich. Ich stehe in der Tür im desolatesten Zustand, in dem ich je war. Vollgepinkelt. Meine eigene Kotze in den Haaren. Notdürftig in Henrys Decke gewickelt. Mandy schaut nur kurz hoch. »Zieh dich aus«, sagt sie, »dann waschen wir dich.«

Und das tun wir. In der Küche am einzigen Waschbecken, das diese Wohnung hat, aus dem Hahn kommt eiskaltes Wasser. Ich stehe mitten im Raum, nackt, apathisch, ich friere nicht einmal. Mandy hat einen Waschlappen, sie reibt mich ab, schrubbt mich. Überall. Es hat nichts Intimes. Sie macht es wie eine Krankenschwester. Routiniert, gründlich. Am Ende sehe ich aus wie ein frisch gekochter Hummer. Da drückt sie meinen Kopf unter den Wasserhahn und wäscht mir auch noch die vollgekotzten Haare mit eiskaltem Wasser. Hätte das früher jemand gewagt, ich hätte geschrien und um mich geschlagen. Nun lasse ich es geschehen. Mandys Shampoo riecht nach Lavendel. Es ziept in meinen Locken. Ich lasse es geschehen.

Wir frühstücken. Toast mit Nutella. Dazu wieder roter Früchtetee. Ich esse mechanisch. Ich schmecke nichts. Ich weiß nicht, ob ich Hunger habe. Ich esse.

Wir sitzen auf dem Sofa, schweigend. Der Lärm aus dem Flur ist immer noch ungeheuer. Wir hören es und sagen nichts. Lange.

»Mandy«, sage ich irgendwann, »wo warst du heute früh?«

»Im Garten.«

»In welchem Garten?«

»Ich zeige es dir, später.«

Schweigen.

»Mandy, wer ist der Idiot?«

»Es gibt keinen.«

»Es gibt keinen?«

»Es gab nie einen. Keinen Idioten.«

»Sie haben ihn gefunden.«

»Ich weiß.« Pause. Und dann: »Er war kein Idiot.«

»Du kanntest ihn?«

»Er ist mein Bruder.«

Die Kälte. Wenn das Fräulein ihn nun bitten würde, sie zu beschreiben, er könnte es nicht. Er hätte kein Wort dafür. Sie würde ihm nicht glauben.

»Es gibt für alles Wörter«, sagt sie stets. »Du musst nur anfangen. Schau, mit einem einzelnen Wort. Und dann machen wir weiter.«

Ein einzelnes Wort. Wie damals, als er den Geschmack der Suppe beschreiben sollte. Suppe! Er hasst Suppe. Und erst recht diese schmierige grüne Suppe.

»Beschreib sie«, flüsterte das Fräulein, »fang mit einfachen Worten an.«

Und er fing an. »Brei«, sagte er, »igitt. Grün, igitt. Scharf, igitt.«

»Fein.« Das Fräulein lächelte. »Siehst du, du kannst es. Es gibt für alles Wörter.«

Wörter für die Kälte. Schneidend. Aua. Weh.

»Du hast einen Bruder?«

»Hans, ja. Alle nannten ihn nur den Idioten. Ich kannte ihn kaum.«

Mandy räumt die Tüte mit dem Toastbrot weg, das Nutellaglas. Kippt den restlichen roten Tee in den Ausguss. Sie ist noch ein bisschen weißer im Gesicht als sonst. Und sie ist irgendwie ganz verschlossen. Nicht, dass sie den Mund nicht mehr aufmachen würde. Das auch. Aber sie ist irgendwie insgesamt so zu. Sie spricht kein Wort mehr, kein einziges.

Zum ersten Mal in meinem Leben wünsche ich mir, ich wäre eine richtige Journalistin. Ich wünsche mir, ich könnte mehr als Fragen nachplappern, die andere mir auf den Kopfhörer sagen, und dabei lächeln und den Kopf schief legen. Mandy und ich, wir sitzen uns am Küchentisch gegenüber, es ist kein Meter Abstand zwischen uns, ich könnte sie anfassen, ihr über den Arm streichen, über die Wange, irgendwas. Ich tue nichts dergleichen. Ich frage auch nicht weiter. Ich habe keine weiteren Fragen. Ich komme mir so hilflos vor wie nie zuvor. Ich wünschte, ich hätte irgendetwas im Leben gelernt, das mir helfen würde, mit dieser Situation klarzukommen. Aber ich bin nur eine doofe Tusse mit roten Löckchen. Ich war immer so. Ich habe nie nachgefragt. Am Tag vor meinem achten Geburtstag setzte Papa sich abends an mein Bett und sagte, diesmal käme Mama nicht zurück. Es war ein ganz normaler Abend. Papa brachte mich immer ins Bett. Er las mir etwas vor, sang mit mir. Mama hatte das nie getan. Mama war oft nicht da. Jetzt würde sie also gar nicht mehr zurückkommen.

Ich habe nicht geweint. Und ich habe keine einzige Frage gestellt. Ich habe Heinrich, meinen Teddy, genommen, ihn fest an mein Herz gedrückt. Das Einzige, was ich gesagt habe, war: »Gute Nacht, Papa.«

An diesem zweiten Oktober, der nebelverhangen ist und grau, sitze ich mit Mandy an ihrem Küchentisch. Wäre ich jetzt in meiner Sendung, die nicht mehr meine Sendung ist, Adrian würde mir eine kluge Frage nach der nächsten auf den Kopfhörer sagen. Er würde alles rauskriegen, bestimmt. Aber ich bin nicht Adrian. Alles, was ich zu Mandy sage, ist: »Ich lege mich noch mal hin.«

Ich liege zwei Tage in Mandys Bett. Mit mir im Bett liegt der Horror. Die blauen Müllsäcke. Das, was ich für eine Bürste gehalten habe. Der Kopf. Ich schlafe wenig, und wenn, dann wache ich schreiend und schweißgebadet auf. Ab und zu gehe ich in die Küche. Mandy sitzt auf dem Sofa, den Computer auf dem Schoß. Ich glaube, sie schläft auch dort. Wir sprechen nicht. Wir essen Toast mit Nutella und Marmelade und Ravioli aus der Dose. Wir pinkeln in eine große Plastikflasche, von der wir den Hals abgeschnitten haben, und kippen die Pisse ins Waschbecken in der Küche. Ich weiß nicht, ob Mandy kackt. Ich verkneife es mir. Ich liege die meiste Zeit im Bett. Der Horror liegt direkt neben mir.

Ich denke fast gar nicht an Jens.

Sonntag, 3. Oktober 2011

Es muss gegen Abend sein. Es hat geklingelt. Ich weiß nicht, warum ich aufstehe und öffne. Die Tür ist ja eh unverschlossen. Im fahlen Dämmerlicht des Flurs zwei Typen. Windjacken. Jeans.

»Wohnt hier eine Monika Sauer?«

»Nein«, sage ich, »kenne ich nicht«, und will die Tür wieder schließen. Dann passiert mal wieder alles in Zeitlupe, obwohl es in Echt alles ganz schnell geschieht.

Ein schwarzer Schuh, der sich mit Macht in den Türspalt schiebt. Der Schuh hat etwas so Bedrohliches, er erscheint mir riesig. Wie ein böses Tier, das in die Wohnung eindringt.

Die Tür wird aufgeschlagen, ich fliege gegen die Wand.

Mein Mund fängt an zu schreien.

Eine große Hand legt sich darauf. Sie riecht nach Zigaretten und etwas anderem, das mir bekannt vorkommt und doch fremd.

Ich nehme alles ganz genau wahr. Die Zeitlupe brennt jedes noch so kleine Detail in mein Gehirn.

Schwarze, schwere Schuhe. Nun poltern sie den Flur entlang.

Am Ende des Flurs steht Mandy. Weiß. Stumm.

Sie leistet keinerlei Gegenwehr. Und doch wird sie zu Boden geworfen, auf den Bauch gedreht, ihre Arme werden nach hinten gerissen. Handschellen.

Die Hand, die meinen Mund bedeckt hat, stößt nun Mandy zur Tür hinaus. Sie stolpert, fällt hin, wird wieder hochgezerrt. Sie sagt kein einziges Wort.

Mein Mund schreit und schreit.

Niemand von den beiden Typen in Jeans und Windjacken hat gesagt, dass sie von der Polizei sind. Niemand hat eine Marke gezeigt oder einen Dienstausweis oder so etwas wie einen Haftbefehl. Sie sind wie ein Rollkommando in die Wohnung gestürmt und haben Mandy mitgenommen, als wären wir irgendwo auf den Philippinen oder in Russland. Das alles geschieht mitten in Berlin, Prenzlauer Berg, Dunckerstraße, Hinterhaus Parterre.

Noch lange, nachdem sie weg sind, sitze ich auf dem Boden im Flur und schreie. Niemand kommt nach mir gucken. Willi Schneider nicht. Gila nicht. Henrys Telefon ist aus. Bei Jens versuche ich es nicht mehr.

Ich schreie. Dann weine ich. Und dann fange ich an zu zittern. Die Angst hat mich gepackt wie ein wildes Tier. Sie schüttelt mich. Ist dabei, mich zu verschlingen.

Und dann tue ich etwas, von dem ich mir niemals hätte träumen lassen, dass ich es jemals tun würde. Ich rufe Adrian an. Den dicken, gemeinen, schlauen Adrian. Der mich hasst. Er ist der Einzige, der mir einfällt.

»Adrian«, sage ich, »ich brauche dich hier. Sofort. Bitte.«

Und Adrian kommt. Er sagt nicht viel. Er sieht mich auf dem Boden sitzen und zittern und geht in das Schlafzimmer, das meins ist und doch eigentlich Mandys, und holt das Plumeau und legt es mir um die Schultern. Es fühlt sich wie immer feucht an, als wäre es frisch gewaschen und noch nicht ganz trocken. Ich zittere noch mehr.

Adrian lässt sich neben mir zu Boden gleiten, erstaunlich behände sieht es aus, und dann tut er das, was er nun einmal gut kann: Er stellt Fragen. Eine nach der anderen. Und ich erzähle. Von Mandy. Vom Duschkabuff. Vom Idioten. Und von den schweren schwarzen Schuhen.

Als ich fertig bin, lässt Adrian mich auf dem Boden im Flur sitzen und geht in die Küche. Ich höre ihn telefonieren. Eine ganze Weile lang. Dann kommt er wieder raus in den Flur.

»Die Polizei hat Spuren gefunden«, sagt er, »von Mandy, ist klar, ist ja ihre Duschkabine, und von dir.«

»Von mir?« Ich fange direkt wieder wie verrückt zu zittern an.

»Jetzt krieg dich mal wieder ein, du interessierst die nicht. Sie sind an Mandy dran. Ihre Fingerabdrücke waren auf den Mülltüten.«

»Auf den Mülltüten? Heißt das …?«

»Genau«, sagt Adrian ohne jede Regung, »auf den Mülltüten, in die die Leiche gewickelt war. Sie ist dringend mordverdächtig.«

»Mordverdächtig?«

»Mordverdächtig. Und nun hör auf, mir alles nachzuplappern, wir sind hier nicht auf Sendung. Geh schlafen. Reg dich ab. Gute Nacht.«

Und damit ist er zur Tür hinaus.

Ich sitze im Flur, das Plumeau um die Schultern, und zittere stärker als zuvor. Mordverdächtig! Mandy! An ihrem eigenen Bruder!

Die Angst hat mich gepackt. Sie schüttelt mich.

Im nächsten Moment höre ich ein Schaben. Direkt hinter mir. Schräg hinter mir. Es kommt aus einem der verschlossenen Zimmer. Jemand schabt von der anderen Seite an der Tür.

Bis vor drei Tagen habe ich das geführt, was ich für ein normales Leben hielt. Tatsächlich war es ein äußerst komfortables normales Leben. Ich habe noch kein bisschen begriffen, was es bedeutet, dass dieses äußerst komfortable Leben von jetzt auf gleich beendet ist. Ich habe noch nicht einmal die geringste Ahnung, was überhaupt passiert ist. Was mit Jens ist. Wo er ist. Und nun sitze ich in der Wohnung einer Mörderin, die gerade von einem Rollkommando der Polizei abgeführt worden ist. Ich bin ganz allein. Und hinter mir schabt jemand an der Tür.

Das ist der Moment, in dem ich glaube, wahnsinnig zu werden. In dem ich meinen Verstand sehe, wie er sich davonmacht. Mich allein zurücklässt mit der Angst. Mit der alles verschlingenden, übergroßen Angst.

Einen Moment später hört das Schaben auf, und das Unheimliche hinter der Tür macht »Miau«.

Eine Katze. Hinter der Tür ist eine Katze. Ich kann Katzen nicht ausstehen. Doch in diesem Moment erscheint mir das »Miau« wie das lieblichste Geräusch auf der ganzen Welt.

Ich rappele mich hoch, will die Tür öffnen. Sie ist abgeschlossen, doch der Schlüssel steckt. Ich öffne, und die Invasion beginnt.

Es ist nicht eine Katze. Es sind mehrere. Viele. Bestimmt zwanzig. Ich kann sie nicht zählen. Sie marschieren eine nach der anderen in den Flur, als wären sie hier zu Hause. Und das sind sie wohl auch. Denn als sie alle an mir vorbeigezogen sind und ich in das Zimmer schaue, aus dem sie gekommen sind, als ich dort Licht mache, entdecke ich ein kleines Warenlager. Ach was, ein kleines, ein großes. Das Zimmer ist leer bis auf große Regale an allen Wänden. In den Regalen: Katzenfutter. Dosen und Tüten. Zig verschiedene Sorten. Vier Wände voll.

Der Tür gegenüber ist ein Fenster. Es ist offen. Gerade machen sich ein paar Nachzügler auf den Weg hinein. Eine ziemlich dicke rote Katze und zwei kleine graue Tiger marschieren ebenfalls mit hoch erhobenen Köpfen und Schwänzen an mir vorbei. Ich trete ins Zimmer, luge aus dem Fenster. Mein Herz bleibt einen Moment stehen. Und dann klettere ich hinaus.

Ich dachte, ich kenne Berlin. Vor allem meinen Kiez, Prenzlauer Berg. Weit gefehlt. Ich hatte keine Ahnung. Was ich erblicke, hätte ich im Traum nicht für möglich gehalten.

Es ist ein Garten. Ach was, Garten, es ist ein Park. Er ist riesig. Es ist fast dunkel, und doch kann ich Bäume sehen, so hoch, höher als die Häuser. In meiner Flügeltüren-Stuck-Wohnung im Vorderhaus habe ich nicht eine Minute lang darüber nachgedacht, wie es sich wohl im Hinterhaus lebt. Für die Menschen im Hinterhaus hat man im Vorderhaus mildes Mitleid, wenn überhaupt. Jetzt entdecke ich: Sie leben im Paradies.

Mitten in Prenzlauer Berg gibt es eine Brache. Ein riesiges Stück Land, das von Investoren verschont geblieben ist. An drei Seiten fest umrahmt von Hinterhäusern, an der vierten Seite die Gleise der Ringbahn. Und natürlich ist es kein Park. Es ist ein Urwald. Mittendrin leben Dutzende Katzen. Die offensichtlich alle von Mandy versorgt werden.

Der Gedanke an die Katzen ekelt mich. Wie sie durch die Wohnung streifen. Durch mein Bett. Mein Plumeau liegt noch im Flur. Ich müsste sie sofort alle wieder rausjagen. Und doch. Ich kann mich nicht losreißen.

Vor dem Fenster, aus dem ich geklettert bin, befindet sich eine kleine Rasenfläche. Mandy hat der Wildnis einige Beete abgetrotzt, eine schiefe weiße Bank aus Plastik aufgestellt. Ich lege mich rücklings darauf. Über mir: das Himmelszelt. So viele Sterne, wie ich sie nie zuvor gesehen habe. Nicht in Berlin. Nicht an diesem Ort. Und doch, es gibt sie. Sie sind alle da.

Ich liege auf der Bank, blicke in den Himmel. Es ist ein Geschenk. Ein unverhofftes, wundervolles Geschenk in diesen Tagen des Irrsinns.

Später jage ich die Katzen alle aus der Wohnung. Es dauert eine Weile, sie hinauszuscheuchen, dann bin ich sie los. Denke ich. Ich schüttele mein Plumeau aus und falle in einen tiefen, traumlosen Schlaf.

In der Nacht glaube ich einen Augenblick lang, Jens sei wieder da. Ich spüre sein Bein an meinem. Und dann ist es doch nicht Jens, sondern der dicke rote Kater, der als einer der letzten durchs Fenster geklettert war. Er liegt in meinen Kniekehlen und schläft tief und fest. Den habe ich wohl übersehen. Und es fühlt sich gar nicht mal so eklig an.

Montag, 4. Oktober 2011

Ich war nicht einmal acht Jahre alt, als Mama für immer verschwand. Ich habe wenige Erinnerungen an sie. Doch was ich ganz genau erinnere, was ich niemals vergessen habe, ist der Geruch. Der beißende und zugleich leicht süßliche Geruch. Einzigartig. Unverwechselbar.

Die Frau in der Küche riecht genauso.

Sie sitzt auf dem Sofa auf Mandys Platz, als wäre es ihrer. Vor sich einen Pappbecher mit schwarzem Kaffee. Das Gesicht aufgedunsen und bleich. Der Rollkragenpullover zu eng, der kurze Rock auch. Abgestoßene Stiefel aus lila Glattleder.

»Hier bin ich«, sagt sie und knetet ihre dicken Finger mit dem abgeplatzten Lack.

»Ja und?«, frage ich. Ich bin gerade erst aufgewacht, stehe im Schlafanzug in der Küchentür.

»Das ist prima«, sagt eine Stimme direkt hinter mir.

Der dicke Adrian drängt sich an mir vorbei, reicht der stinkenden Frau die Hand.

»Danke, dass Sie gleich gekommen sind.«

Die Frau nickt und zieht ihre Hand schnell wieder zurück. Ich verstehe das, ich kenne Adrians patschige Schweißhände. Ansonsten jedoch verstehe ich nichts.

»Adrian«, fange ich an, »was soll …«

Doch er unterbricht mich sofort.

»Halt die Klappe«, sagt er, »halt die Klappe, setz dich hin und hör zu. Oder hör nicht zu. Aber vor allem halt die Klappe.«

Nie zuvor hat er so mit mir gesprochen. Er sagt es in einem

Tonfall, den ich nicht von ihm kenne. Ich weiß, dass er mich hasst, er hat mir schon tausend Gemeinheiten gesagt. Doch bislang war ich die Star-Moderatorin, und er war der dicke Rechercheur. Die Gemeinheiten sagte er mir mit honigsüßem Lächeln. Und sie prallten alle an mir ab. Das alles ist nun vorbei.

Ich setze mich.

Und höre zu.

»Danke, dass Sie da sind«, sagt Adrian noch einmal. »Möchten Sie vielleicht etwas trinken? Einen Kaffee?«

Die Frau schüttelt stumm den Kopf und zeigt auf ihren vollen Pappbecher.

»Äh, gut«, sagt Adrian, »fangen wir ganz von vorne an. Wann haben Sie Mandy das letzte Mal gesehen?«

»Sie heißt nicht Mandy, sie heißt Monika.«

»Entschuldigung«, sagt Adrian, »wir sprechen doch hier von Ihrer Tochter Mandy …?«

»Was«, rufe ich, »Tochter? Sie sind Mandys Mutter?«

»Nein«, ruft die Frau im selben Moment, »sie heißt nicht Mandy, sie heißt Monika. Mandy war der Name, der im Heim an ihrer Tür stand.«

»Im Heim?«, rufen Adrian und ich wie aus einem Mund.

Die dicke Frau zuckt zusammen. Holt ein zerknittertes Tempo hervor. Wischt sich damit über die Stirn.

»Könnte ich«, fragt sie so leise, dass ich sie kaum höre, »könnte ich vielleicht doch etwas zu trinken haben?«

»Selbstverständlich«, sagt Adrian und holt aus seiner Jackentasche eine Flasche Korn hervor. Adrian ist so massig, er könnte ein ganzes Sixpack Bier in der Jackentasche haben, und keiner würde es merken.

»Hier«, sagt er und schenkt der dicken Frau ein halbes Wasserglas voll ein.

»Danke.« Sie trinkt hastig.

Der Geruch. Der beißende und doch zugleich süßliche Geruch. Ich habe mich nicht getäuscht.

Das Glas leert sich. Die Frau wird ruhiger.

»Sie werden das nicht verstehen.« Ihre Stimme ist immer noch leise. »Das war damals so. Mein Mann und ich, wir haben ja immer gearbeitet. Alle machten das. Und am Wochenende war sie ja zu Hause. Jeden Samstag haben wir sie geholt. Aber es war schwierig mit ihr. Und die Gaststätte hatte ja auch am Wochenende auf. Da war wenig Zeit. Und eigentlich war es auch kein Ort für ein kleines Mädchen. Wir haben darüber damals nicht nachgedacht. Es war eine andere Zeit.«

»Moment«, sage ich, »ich verstehe hier gar nichts. Wollen Sie damit sagen, Sie haben Mandy in ein Heim gegeben? Sie hatte doch Eltern!«

»Monika«, wiederholt die Frau. »Das Kind, das vorher in ihrem Bett schlief, hieß Mandy. So stand es noch an der Tür. Da haben die anderen Kinder sie auch Mandy genannt. Und irgendwann wollte sie dann auch so heißen. Es war schwierig mit ihr.«

»Aber das Heim!«, rufe ich. »Was war das für ein Mist mit diesem Heim?«

»Das war kein Mist«, sagt Adrian, und er sagt es wieder in diesem Mann-ist-die-Frau-doof-Tonfall, den ich so gut kenne. »Wochenheim nannte man das. War in der DDR üblich, wenn beide Eltern arbeiteten.«

»Wochenheim«, echoe ich und verstehe nach wie vor gar nichts.

Die Frau hat von Adrian noch ein halbes Glas Korn gekriegt und trinkt es in langen Schlucken leer. Sie entspannt sich sichtlich. Und verfällt in einen unheimlich anmutenden Plauderton.

»War ja ganz in der Nähe, hier vorne, Preußstraße. Konnte sie zu Fuß holen und bringen. Klar hat sie gemault. Und die Abgabe an der Tür – Sie können es sich nicht vorstellen. Peinlich war das. Die anderen Kinder hatten nicht solche Allüren.«

Allüren, hallt es in meinem Kopf wider, doch ein scharfer Blick von Adrian genügt, und ich schweige.

»Und Ihr Sohn?«, fragt er, wieder an die Frau gewandt. »Was war mit Ihrem Sohn?«

»Hans«, sagt sie nur und bekommt glänzende Augen. »Hans, unser Sonnenschein.«

Und dann beginnt sie zu weinen. Es ist kein lautes oder klagendes Weinen, es ist ein ganz kleines. Stumm laufen ihr die Tränen über die Wangen. Sie macht keinen Ton dabei. Sie verzieht nicht einmal das bleiche Gesicht. Es sind nur die Tränen.

Adrian will mich aufhalten, aber ich nehme die Kornflasche vom Tisch und schenke ihr noch einmal ordentlich nach. Sie trinkt fast alles auf einmal.

Der Geruch. Dieser vermaledeite vertraute Geruch.

Sie leert an diesem Morgen an Mandys Küchentisch, der eigentlich Monikas Küchentisch heißen müsste, die ganze Flasche. Was den Effekt hat, dass wir sie irgendwann kaum noch verstehen. Sie lallt. Und sie sagt immer wieder dasselbe.

»So ein wunderbarer Junge.«

Ein ums andere Mal.

Und: »Unser Sonnenschein.«

Adrian macht immer noch einen auf Rechercheur.

»Wann genau ist er verschwunden?«, fragt er, oder: »Mit wem wurde Hans zuletzt gesehen?«, oder auch: »Ist Ihnen vorher etwas Ungewöhnliches aufgefallen?«

Doch er bekommt keine Antwort.

»Ihr Sohn Hans«, frage ich, packe die dicke Frau am Arm und zwinge sie, mich anzusehen. »Ihr Sohn Hans, war der auch im Wochenheim?«

»Hans?«, murmelt sie. »Nein, natürlich nicht. Der kam doch viel später. Da machte man das nicht mehr.«

Sie sackt in sich zusammen, der Kopf fällt aufs dicke Kinn, und im nächsten Moment ist Mandys oder Monikas Mutter tief und fest eingeschlafen.

Ich betrachte das stinkende dicke Wesen auf dem Sofa und empfinde nichts als Ekel.

»Das ist doch alles nicht zu fassen«, sage ich zu Adrian. »Einfach nicht zu fassen. Monika. Mandy. Das Kinderheim. Was sind das für Geschichten!«

Adrian sieht mich an, und ich kenne diesen Blick. Es ist schon wieder dieser Ist-diese-Tusse-doof-Blick.

»Carolin«, sagt er, »du schnallst gar nichts. Null. Nichts. Halt einfach die Klappe.« Und schon ist er zur Tür hinaus.

Ich bin es satt. Ich bin es so satt, nichts zu wissen und nichts zu verstehen. Und ich bin Adrian satt. Seine ganze doofe überhebliche Art. Dieser eingebildete Fettsack.

»Dann geh doch!«, brülle ich. Dabei ist er längst weg.

Die dicke Frau ist auf dem Sofa zur Seite gekippt. Ein dünner Speichelfaden läuft ihr übers Kinn. In meinem Kopf blitzen Gedankenfetzen auf. Erinnerungsbilder. Kurze, stechend scharfe Sequenzen. Eine Hollywoodschaukel. Unser Garten. Mama.

Ich muss hier raus. Ich muss sofort hier raus.

»Du meine Güte«, murmelt Henry und schiebt mich schnell wieder aus dem Café. »Süße, ich liebe dich, aber du kannst hier nicht so reinplatzen.«

Ich trage immer noch meinen Schlafanzug. Und ich habe

mich nicht mehr gewaschen, seit Mandy mich wusch, an jenem Morgen. Mandy, Monika, mir schwirrt der Kopf.

»Wusstest du das«, frage ich Henry, »dass Mandy gar nicht Mandy heißt? Und dass sie im Heim war? Und das mit dem Bruder?«

»Oje«, sagt Henry, »ojemine, das besprechen wir später. Du musst dich waschen. Unbedingt.« Und bei diesem »unbedingt« verzieht sie ein bisschen ihre kleine Stupsnase. Es ist diese kleine Geste, die Art, wie Henry ihre Nase rümpft, die ausreicht. Ich falle mal wieder in mich zusammen. Heule. Mitten im Hausflur.

»Ich weiß!«, jammere ich. »Aber wo soll ich denn duschen? Oder kacken? Ich habe kein Zuhause mehr! Mandys Kabuff ist abgerissen! Und in der Küche schläft ihre eklige Mutter! Sie riecht wie meine Mama!« Jetzt heule ich hemmungslos.

»Wie bitte«, sagt Henry und umfasst mit beiden Händen mein Kinn, sodass ich sie ansehen muss, »Mandys Mutter ist hier?«

»In der Küche«, jammere ich, »stinkbesoffen. Sie schläft.«

Im nächsten Moment hat Henry mich die Treppe in den ersten Stock hinaufgeschleift und schließt ihre Wohnungstür auf. »Du badest erst mal.«

»Bei dir? Und Gunther?«

»Gunther ist nicht da.«

Mit zwei Schritten ist Henry im Bad, irgendetwas Kleines, das auf dem Badewannenrand liegt, verschwindet in der Tasche ihrer Jeans. Im nächsten Moment läuft Badewasser ein.

»Süße, ich muss wieder runter. Bade, ruh dich aus, bleib hier.« Wieder umfasst sie mein Kinn mit beiden Händen. »Hörst du? Du bleibst hier. Bis ich dich wieder hole. Verstanden?«

Ich murmele ein Ja, und sie wischt mir die Tränen weg.

Stellt sich auf die Zehenspitzen und küsst mich fest auf die Wange.

»Alles wird gut«, sagt sie. »Bleib hier, bis ich dich hole.«

*

Adrian rennt die Prenzlauer Allee entlang. Er weiß, wie das aussieht. Wie die Leute, die hier überall in den Cafés und auf dem Bürgersteig sitzen, hinter ihm hergucken. Ein riesengroßer, dicker Mann, an dem das Fett schwabbelt. Bei jedem Schritt. Hin und her. Je schneller er läuft, desto schlimmer. Außerdem weiß er, wie erstaunt die Leute sind, wenn sie sehen, dass einer wie er so schnell rennen kann. Als wenn dicke Leute nur ganz langsam gehen könnten. Adrian kann rennen. Und wie. Jetzt rennt er die Prenzlauer Allee entlang. Keine Zeit, auf die Tram zu warten. Keine Zeit zu verlieren.

Diese Geschichte könnte die größte sein, die ihm je untergekommen ist. Ein vor zwanzig Jahren verschwundener Junge, dessen Leiche nun wieder aufgetaucht ist. Die Sache mit den Wochenheimen. Ein komplett unbearbeiteter Teil deutsch-deutscher Geschichte. Ein Mord. Und das alles mitten in Prenzlauer Berg, dem hipsten Viertel in ganz Deutschland.

Diese Geschichte wird ihn retten. Mehr noch. Er wird nie wieder Rechercheur sein. Er wird ein richtig großer Journalist.

Adrian rennt. Als Rechercheur für Carolins Sendung hat er immer im Studio gearbeitet. Doch selbstverständlich hat er auch von zu Hause aus Zugriff auf alle großen Datenbanken der ARD. Das ist eigentlich illegal, aber das interessiert ihn nicht. Er hat alle Datenbanken. Und er hat alle Kontakte. So viele Menschen, die er als Rechercheur getroffen hat. So viele

Geschichten, die sie ihm erzählt haben. So viele Geheimnisse. Und immer einer, der quatscht.

Adrian rennt.

*

Wenn ich zuvor in Henrys Wohnung war, dann immer nur ganz kurz. Höchstens ein, zwei Schritte bis in den Flur. Dann war ich wieder draußen. Ich hatte nie Zeit, mich hier umzusehen. Ich kenne diese Wohnung gar nicht. Die Wohnung meiner besten Freundin.

Nun stehe ich da und staune.

Ich dachte, Jens und ich hätten einen exquisiten Geschmack. Bei uns war alles aus Leder und Chrom, Jens liebte das so. Ich wusste nicht, wie man eine Wohnung einrichtet. Papa hatte immer alles bei Wohnwelt Pallen gekauft. Er kannte nicht einmal IKEA.

Jetzt stehe ich in Henrys und Gunthers Wohnung und staune.

Schiffsparkett, Flügeltüren, Stuck. Wie bei uns. Aber die Möbel! Ich habe keine Ahnung von Antiquitäten. Aber diese hier müssen teuer gewesen sein. Alles dunkles Holz, glänzend poliert. Ich sehe einen schweren, riesigen Esstisch. Hochlehnige Stühle. Ein Zimmer voller Bücher, in filigranen Regalen vom Boden bis zur Decke. Ein Bett, so groß, dass es wahrscheinlich nicht in Henrys winziges Café passen würde.

Und dann diese ganzen sonderbaren Dinge. Kristallene Stöcke in allen Farben und Größen. In jeder Ecke stehen sie, in Gruppen, Armeen gleich. Schillernde Spiralen, die von den hohen Decken herabhängen und sich träge drehen. Masken, die Fratzen gleich böse von den Wänden schauen. Ein riesiger goldglänzender Buddha. Aber dieser Buddha lacht nicht. Er streckt seine Zunge heraus, auf eine vulgär anmutende Art. Vor dem Buddha befindet sich eine Art Altar mit Blumen, Kreuzen und Räucherschalen. Und überhaupt: der Geruch. Es riecht ganz so, als hätte es eben erst gebrannt.

Ich stehe da in meinem stinkigen Schlafanzug, und mir wird immer beklommener zumute. Hier lebt Henry? Meine lebenslustige runde Freundin? Die mit den Händen voller Kuchenteig und den immer lachenden Grübchen im Gesicht? Irgendetwas passt hier ganz und gar nicht zusammen.

Ich gehe ein bisschen weiter in das Zimmer mit dem riesigen Bett. Auch hier stehen überall diese kristallenen Stöcke, es sind Dutzende. Und während ich dort stehe und sie betrachte, geht mir auf: Es sind gar keine Stöcke. Keine richtigen. Es sind Schwänze. Lauter Phalli. Alle aus Kristall. Alle aufgerichtet zu kleinen Phalli-Armeen.

Ich fühle mich ertappt. Als hätte ich etwas gesehen, was mich nichts angeht. Und irgendwie ist es ja auch so. Henry will bestimmt nicht, dass ich all diese Schwänze in ihrem und Gunthers Schlafzimmer sehe. Ich wende mich ab, um aus dem Zimmer zu gehen, und da erblicke ich das Bild. Es ist halb von der offenen Tür verdeckt. Es ist riesig. Und irgendetwas zwingt mich, es ganz zu betrachten. Ich ziehe die Tür ein bisschen weiter zu und schaue.

Es ist Henry auf dem Bild. Sie ist splitterfasernackt. Und sie ist wunderschön. Ihre fantastischen Kurven, all ihre Fülle – wer auch immer dieses Bild gemalt hat, hat sie grandios in Szene gesetzt. Henry ist wundervoll, wie sie dasitzt, die Beine gekreuzt, in all ihrer Pracht. Das Bild ist großartig. Und es ist zutiefst verstörend. Denn da sind noch zwei Figuren auf dem Bild. Sie sitzen links und rechts von Henry. Sie sind ebenfalls nackt. Die beiden anderen Figuren sind zwei kleine Mädchen. Eines im Kleinkindalter und ein etwas älteres, ein Teenager-Mädchen. Was soll das? Wer sind diese Kinder?

Ich habe Henry nicht hereinkommen gehört. Sie steht plötzlich neben mir. Ich weiß nicht, wohin ich schauen soll. Ich fühle mich ertappt. Als wäre ich diejenige, die nackt ist und bloß.

»Henry«, stammele ich, »was, was ist das …?«

»Schätzchen«, ruft sie, »das bin ich, das siehst du doch! Toll, nicht?«

»Und die rechts und links von dir …?«, stammele ich.

»Ach so«, sagt Henry, und sie lacht dabei, doch ich weiß nicht, ob sie wirklich lacht. »Das sind meine kindlichen Ichs.«

»Deine kindlichen Ichs?«

»Genau! Die kleine Henry mit vier und mit vierzehn. Dieses Bild ist energetisiert. Es schenkt mir ewige Jugendlichkeit.«

Sie lacht jetzt noch mehr. Aber es ist gar nicht Henrys Lachen, wie ich es kenne.

»Komm«, sagt sie und öffnet einen großen Kleiderschrank, »ich wollte dir nur noch schnell was zum Anziehen geben.«

Sie drückt mir Wäsche in die Hand und ist schon wieder halb zur Tür hinaus.

»Muss wieder runter, bis später, ich hole dich.«

Ich stehe vor dem Bild. Möchte den Blick abwenden. Und muss doch weiter gucken. Es ist zutiefst befremdlich. Und doch hält es mich fest. Zwingt mich, es zu betrachten. Ob das Gunthers Werk ist? Was hat Henry da gesagt, von wegen energetisiert? Was hat Gunther, der Guru, mit diesem Bild gemacht? Was macht er überhaupt? Und was ist mit Henry los? Mir ist, als würde mir gleich übel. Schnell ins Bad.

Die Badewanne ist riesig. Ein frei stehendes Ungetüm auf Löwenfüßen. Das Wasser läuft immer noch.

Ich ziehe mich aus und betrachte mich. Vor mir, hinter mir, seitlich – überall hängen Spiegel. Das ganze Badezimmer scheint daraus zu bestehen. Aber es sind nicht einfach nur zwei, drei große Spiegel. Es sind zig verschiedene. Ich schaue und schaue und entdecke: Ich kann mich selbst von allen Seiten betrachten. Sogar von oben und von schräg unten. Es ist fast genauso verstörend wie das Bild im Schlafzimmer. Und doch ist es faszinierend.

Jens hat meinen Körper geliebt. Er sagte stets, ich hätte so etwas Reines, Unschuldiges. Ich habe mir nicht viel dabei gedacht. Doch nun verstehe ich zum ersten Mal, was er gemeint hat. Ich betrachte mich. Von allen Seiten. Und was ich sehe, ist nicht viel anders als das, was Jens vor sechzehn Jahren in der orthopädischen Praxis in Bergisch Gladbach zu sehen bekam. Ich sehe immer noch aus wie ein junges Mädchen. Wie eins, das gleich seinen Schulranzen in die Ecke feuert und mit seinen Freundinnen loszieht. Ich bin immer noch dünn. Mein Po und meine Brüste sind winzig. Zu winzig, um zu hängen. Außerdem mache ich so viel Yoga. Ich sehe nicht sehr viel anders aus als Henry auf dem Bild, als ihr jugendliches Ich mit vierzehn.

Ich kichere vor mich hin. »Gunther hat mich auch energetisiert.«

Dann versuche ich es mit dem Klo. Tagelang musste ich ohne auskommen. Jetzt geht nichts mehr. Ich kann einfach nicht mit all den Spiegeln um mich herum.

Endlich steige ich in die Wanne und versinke in einem Meer aus duftendem Schaum. Das Wasser ist so heiß, dass ich es kaum aushalte. Und doch ist es himmlisch. Die Welt wird ein kleines bisschen besser.

Später ziehe ich die Wäsche an, die Henry mir gegeben hat. Ein weißes Baumwollhöschen mit roten Herzchen und ein ebensolches Unterhemd. Ich zögere kurz, dann ziehe ich beides wieder aus. Ich bin erwachsen. Ich trage keine Kleinmädchen-Unterwäsche. Lieber trage ich gar keine.

Zum allerersten Mal, seit ich Henry kenne, ist da ein Stachel in meinem Herz, der pikst und der mich fragen lässt, wer sie eigentlich ist, meine allerbeste Freundin.

Lust. Auch ein Wort. Das Fräulein würde es nicht verstehen. Oder vielleicht doch? Er hat keine Ahnung. Es interessiert ihn auch nicht. Das Fräulein und Lust – der Gedanke ist abwegig.

Abwegig. Noch so ein Wort. Auch darüber mag er nicht nachdenken. Abwegig. Was ist abwegig und was nicht.

Sofort ist das andere Wort da, das dazu passt und das doch eben nicht passt. Normal. Das Wort »normal« mag er noch weniger als das Wort »abwegig«.

Er will nicht weiter über Worte nachdenken, die er nicht mag. Es ist so kalt. So schrecklich kalt. Und doch ist da dieses eine Wort. Lust.

Immerhin, die dicke stinkende Frau ist weg, als ich zurück in Mandys Wohnung komme. Dafür streicht mir der dicke rote Kater um die Beine. Er wirkt irgendwie verstört. Und tatsächlich ist da ein komischer Geruch. Es stinkt nach Scheiße. Ich, die ich seit Tagen nicht kacken kann, weil das Kabuff mit dem Klo kaputt und verrammelt ist, entdecke direkt vor Mandys Bett, das jetzt irgendwie meins ist, einen stinkenden Scheißhaufen. Der Kater steht schuldbewusst blickend daneben und scharrt mit den Pfoten über den Boden, als wollte er ein Loch buddeln, um den Haufen zu vergraben.

Ich bin nah dran, wieder in Tränen auszubrechen. Oder dem blöden Vieh einen ordentlichen Tritt zu versetzen. Doch dann macht es in meinem Kopf klack und noch mal klack, ich kann es fast hören. Mein Hirn, vernebelt von all dem Traurigen und Schrecklichen der letzten Tage, fängt endlich wieder an zu arbeiten. Ich habe die Lösung für mein Kloproblem. Für meins und für das des dicken roten Katers.

Wenig später hocke ich draußen im Garten. Der Kater ist noch vor mir aus dem Fenster gesprungen und sofort im dichten Gebüsch verschwunden. Und dieses dichte Gebüsch ist genau der richtige Ort. Ich hocke dort, es ist nicht einmal kalt, und tue, was Papa mir einst beibrachte, wenn wir einmal im Jahr mit dem Auto nach Dänemark fuhren.

»Papa«, jammerte ich damals, »ich kann nicht draußen machen! Nie und nimmer! Das ist eklig!«

»Quatsch«, antwortete Papa, »das ist nicht eklig. Das ist ganz normal und natürlich.«

Und wie so oft hatte Papa natürlich vollkommen recht.

Ich denke kurz an ihn, während ich dort hocke, und ich hocke eine ganze Weile, und schiebe den Gedanken dann schnell wieder weg. Papa, der Jens nie leiden konnte. Der nie aufhörte, ihn »Lackaffe« zu nennen. Der uns kein einziges Mal in Berlin besuchte. Der mich niemals besuchen kommen wird.

Ich schiebe den Gedanken schnell beiseite.

Als ich zurück ins Zimmer klettere, darauf bedacht, die kleine Katzenschar, die sich sofort versammelt hat, nicht hineinzulassen, meine ich, in meinem Rücken eine Bewegung wahrzunehmen. Ich wende den Kopf und sehe nichts bis auf weitere Katzen, die aus allen Winkeln des Gebüschs in Richtung Fenster stürmen. Ich mache, dass ich hineinkomme, und verrammele das Fenster fest von innen.

Ich bin es satt, nichts zu wissen. Nichts zu verstehen von dem, was um mich herum geschieht. Ich wohne in der Wohnung einer Mörderin. Oder nicht? Ich weiß es nicht. Ich bin keine Journalistin, und ich habe noch nie recherchiert. Jetzt fange ich damit an.

Mandys Laptop ist noch da. Er hat nicht einmal ein Passwort. Und es gibt WLAN. Ich versuche es mit dem Code, den Henry für ihre Gäste im Café hat. Es funktioniert. Langsam, aber es funktioniert.

Die Webseiten der Berliner Zeitungen sind voll von Mandys Geschichte. Fast alle haben sie Bilder von unserem Kabuff. Wann wurden die gemacht? Ich kann mich an nichts erinnern. »Das Horror-Klo«, steht in dicken fetten Lettern darüber, oder auch: »Zwanzig Jahre eingemauert.« Daneben das Foto eines dunkelhaarigen Jungen. Es sieht aus wie ein Foto aus einem Kinderausweis. Der Junge lächelt und offenbart eine Zahnlücke vorne zwischen den Schneidezähnen. Eine der Zeitungen schreibt dazu: »Wurde dieses süße Lächeln ihm zum Verhängnis?«

»Wohl kaum«, sagt eine Stimme direkt hinter mir. Adrian ist hereingekommen, ohne ein einziges Geräusch zu machen. Wieder einmal staune ich über die Behändigkeit, mit der dieser massige Mensch sich bewegen kann.

»Adrian! Ich will jetzt endlich wissen, was das für eine Geschichte ist!«

»Seit wann interessierst du dich für andere Menschen?«

Ich will ihn anschreien, aber dann sehe ich etwas absolut Verblüffendes in Adrians Gesicht. Es ist ein kleines, schelmisches Lächeln. Damit hat er mich noch nie bedacht. Es ist mir vollkommen unbekannt. Ich schreie nicht und stupse ihn halbwegs sanft in die Hüfte. Es fühlt sich ganz weich an. Ich habe die Tüte mit Croissants erwischt, die er in seiner voluminösen Jacke verborgen hat.

Wir essen Croissants, trinken dazu roten Tee und lesen die Dokumente, die Adrian mitgebracht hat. Es sind Auszüge aus Polizeiakten, wo auch immer er die jetzt schon wieder herhat. Jede Menge Fotos. Und alte Zeitungsausschnitte. Adrian, der Rechercheur, hat ganze Arbeit geleistet.

Wir lesen und lesen und gucken Fotos und lesen und vergleichen, was wir gefunden haben. Es wird dunkel darüber. Ich koche eine weitere Kanne roten Tee. Die Dokumente nehmen kein Ende. Und ich komme aus dem Staunen nicht mehr heraus. Als es Abend wird, sitzen wir einander gegenüber. Keiner weiß, was er sagen soll. Selbst Adrian nicht.

»Unfassbar«, sage ich nach einer Weile.

»Ja, unfassbar«, sagt auch Adrian.

Es ist das allererste Mal, seit wir uns kennen, dass er mir zustimmt. Wir bemerken es beide. Keiner von uns hat Lust, das zu kommentieren. Wir sind einfach zu baff.

Mandys Bruder Hans war fünfzehn, als er verschwand. An einem Dezembertag 1991 verließ er gegen vierzehn Uhr dreißig die elterliche Wohnung und traf gegen fünfzehn Uhr bei seiner Klavierlehrerin ein. Gegen sechzehn Uhr ging er wieder. Seither wurde er nie wieder gesehen.

Die Polizei verfolgte damals eine Vielzahl von Spuren. Man ging bald von einem Sexualverbrechen aus. Hans war ein außerordentlich hübscher Junge. Einer, der schnell Aufmerksamkeit erregte. Gleichzeitig galt er als zurückgeblieben.

»Der Idiot war doch zu nichts zu gebrauchen«, sagte Zeuge Wilfried Schneider, Hauswart der elterlichen Wohnung, »der kriegte doch nichts mit.«

»Er spielte Klavier wie ein junger Gott«, sagte Bettina Weigelt, die Klavierlehrerin. »Er war ein Ausnahmetalent. Er hätte eine besondere Förderung gebraucht.«

»Er war so lieb«, schluchzte die Mutter, »er wusste gar nicht, was böse ist.«

»Er war mein Augenstern«, erklärte der Vater, dem der vernehmende Polizist eine »nuschelnde Sprache« attestierte.

»Ich weiß nicht, was mit ihm ist«, sagte Monika, die ältere Schwester.

Alle waren sie vernommen worden. Die ganze Familie. Willi Schneider. Und weitere Nachbarn.

»Ach, der Hans, das war ein Sonnenschein«, erklärte Zeugin Nummer sechs, Henriette Klug. »Und wenn er Klavier spielte, ging einem das Herz auf.«

»Ein besonderer Junge«, sagte Zeuge Nummer sieben, Gunther Klug, »er hatte eine große Kraft.«

»Henry, Gunther«, murmele ich. »Sie lebten damals schon hier.«

»Und deine Freundin Henry hat nie etwas gesagt.« Es ist keine Frage, die Adrian stellt.

»Und die Familie hat hier gewohnt!«, rufe ich und tippe auf die Fotos, die auf dem Tisch liegen. Auf genau jenem Tisch, der auf den Fotos zu erkennen ist. Genau wie der grüne Kühlschrank. Die braune Anrichte. Der riesige Esstisch mit dem Spitzendeckchen. Das hier war nicht immer Mandys Wohnung. Es war die Wohnung ihrer Familie. Sie alle haben hier gelebt. Mit Hans.

Hans. Den man zwanzig Jahre später die halbe Treppe hoch wiederfand. Eingemauert hinter der Dusche.

»Ich muss mal raus«, murmele ich und laufe zum Katzenzimmer, reiße das Fenster auf und stürze in Mandys kleinen Garten. Sofort macht sich eine kleine Katzenschar daran, die Wohnung zu entern. Schnell ziehe ich das Fenster von außen zu. Nicht schon wieder diese Mistviecher.

Ich lege mich rücklings auf die weiße Plastikbank und starre in den wolkenverhangenen Berliner Himmel.

Was für eine Geschichte. Direkt vor meiner Nase. Und Henry war dabei. Und zu mir kein Wort.

Ich könnte nun einfach hier liegen bleiben. Ich bin voller Fragen und zugleich so leer. Ich will einfach nur hier liegen und in den Berliner Himmel starren. In einen Himmel ohne Sterne. Es ist eiskalt. Ich habe noch nicht mal Unterwäsche an. Mir klappern die Zähne. Es ist mir egal. Mein Kopf ist ein Karussell. Ich will alles wissen. Und zugleich will ich nichts wissen.

Henry. Warum hat sie nie etwas gesagt. Nicht einmal jetzt.

Mandy. Diese komische Frau. Von den Eltern ins Heim gesteckt. Und mich liest sie im Hinterhof auf.

»Klavierunterricht«, sage ich so vor mich hin. »Der Junge bekam Klavierunterricht. Und Mandy steckten sie ins Heim.«

»Krass, oder?«

Ich erschrecke mich fast zu Tode. Adrian steht schon wieder direkt hinter mir, ohne dass ich ihn hätte kommen hören. Ich gewöhne mich einfach nicht an diesen lautlosen Riesen.

»Und nun?«, frage ich.

»Nun gucken wir uns mal die Wohnung an.«

Keines der Zimmer ist verschlossen. Wir brauchen nur die Klinken herunterzudrücken.

»Und du hast dich echt die ganze Zeit nicht umgeguckt?« Adrian kann es nicht fassen.

Ich zucke nur mit den Schultern. Er hat keine Ahnung. Ich öffne keine geschlossenen Türen.

Bis jetzt.

Die größte Überraschung ist der Flügel. Oder hätten wir damit rechnen sollen? Ein schwarzes glänzendes Ungetüm. Kein Körnchen Staub. Wie frisch poliert. Er steht mitten im hintersten Zimmer, das das größte ist, so groß, dass es Fenster nach hinten raus hat auf das wilde Grün und nach vorne in den Innenhof. Schwere Gardinen. Direkt neben dem glänzenden schwarzen Flügel: Wohnzimmermöbel der biedersten Art. Sofa und Sessel, grün-violett gemustert.

»Typisch Neunziger«, sagt Adrian nur.

Ein großer Fernseher. Keine Bücher. Aber ein Regal voller Klaviernoten.

Was war das nur für eine Familie?

»Spießer«, sagt Adrian, »totale Spießer.«

Er ist längst in den anderen Zimmern.

»Elternschlafzimmer«, ruft er heraus, »scheußliche Tapete!«

Ich höre ihn im Flur. »Wow, die hatten zu zweit nur ein Kinderzimmer. Klappbetten. Das musst du dir angucken.«

Ich mag nicht. Ich stehe mitten in diesem fremden Wohnzimmer, und mein Magen fühlt sich an, als wollte er sich gleich nach außen stülpen. Eine eiserne Hand dreht sich in meinem Bauch. Mir ist schlecht und schwindelig. Es ist so kalt in diesem Raum. Die Kälte geht mir durch und durch. Und doch ist es mehr als das.

Erinnerungsfetzen. Eine Tür, die immer verschlossen war. Papa, der leise hineinging und leise wieder herauskam. Manchmal Musik. Manchmal ein Klirren. Doch meistens war es still. Vollkommen still.

Eine Tür, die immer verschlossen war. Nur einmal, ein einziges Mal, stand sie auf. Einen schmalen Spalt nur. Licht fiel heraus. Leise Musik.

Die Musik hat mich geweckt. Ich trage meinen weißen Schlafanzug mit den Lokomotiven drauf. Ich stehe im Flur. Die verbotene Tür.

Licht. Musik. Eine Art Gurgeln. Und ein komischer Geruch.

Wie sah das Zimmer aus? Gab es einen Teppichboden, Möbel? War es hell oder dunkel? Ich erinnere mich nicht. Ich erinnere mich an fast gar nichts. Nur an Mama. Meine schöne Mama in ihrem weißen Seidenkimono. Der Kimono war halb aufgegangen, ich sah ihre Brust, weiß, einen Teil ihres Bauches. Ich hatte keine Ahnung, wie eine erwachsene Frau aussieht. Ich hatte sie nie zuvor so gesehen. Doch das war es nicht, was mich so erschreckte. Es war das Geräusch, das sie machte. Und die Lache, in der sie lag.

Meine Erinnerung setzt erst wieder ein, als der Schein des Rettungswagens blau durchs Fenster fällt. Männer in komischen Uniformen mit roten Koffern auf dem Rücken. Papa, der leichenblass ist und mich in mein Kinderzimmer schiebt. »Bleib da drin. Komm nicht raus.«

Ich habe diese Tür nie wieder geöffnet.

Auch später nicht, nachdem Papa gesagt hatte, Mama

käme nun nie wieder. Papa und ich, wir ließen diese Tür zu. Wir gingen nie wieder hinein.

Und so habe ich es mein Leben lang gehalten. Ich öffne keine verschlossenen Türen.

Ich war nie neugierig. Papa und ich, wir lebten davon, dass Papa diese Detektivgeschichten schrieb. Ich habe nie auch nur eine einzige davon gelesen. Ich mag keine Geheimnisse, bis heute nicht. Ich will nicht wissen, was hinter Andeutungen steckt und was hinter halben Sätzen.

Geheimnisse sind gefährlich. Ich halte mich lieber fern.

Jetzt stecke ich mittendrin.

Dienstag, 5. Oktober 2011

In der Nacht geschieht es. Das Allerunfassbarste. Das Wunder. Jens ist zurück. Er ist wieder da.

Ich höre seine Stimme, ganz dicht an meinem Ohr.

»Nicht traurig sein, Liebes«, sagt er, »nicht traurig sein, alles wird gut.«

Und dann macht er, was er immer macht, wenn ich traurig bin. Er macht »tschh«, und noch mal »tschh«, und dabei streicht er mir sanft über die Wange.

Ich schluchze dann noch ein bisschen. Und er macht noch mal »tschh« und küsst mich vorsichtig in den Nacken. Und dann ist normalerweise alles wieder gut.

Diesmal nicht. Ich höre seine Stimme. Ich höre den Kuss. Aber ich spüre ihn nicht. Und es ist auch nicht meine Stimme, die da leise schluchzt. Es ist eine fremde Stimme. Die einer fremden Frau.

Es ist ein Traum. Ein Albtraum. Jens und eine fremde Frau.

Der Schmerz ist ein großes schwarzes Tier. Es springt dich von hinten an, reißt dich hinab, drückt dich nieder, hält dich fest mit seinen fiesen spitzen Krallen. Und da kauerst du dann. Blutig. Zerfetzt. Hilflos.

Das schwarze Tier springt.

Ich liege in Mandy-Monikas Bett, schweißgebadet, zitternd. Ich höre Jens, ich höre ihn ganz deutlich. Und zugleich ist er nicht da. Das Zimmer ist leer. Es stinkt immer noch nach der Kacke des dicken roten Katers. Ich habe sie weggewischt, mit Klopapier. Das Klopapier habe ich aus dem Fenster in den Garten geschmissen. Auf dem billigen Laminat blieben schwarze Schlieren zurück. Ich hätte den Boden wischen müssen, mit heißer Lauge. Aber ich habe noch nicht einmal warmes Wasser in dieser Wohnung.

In dieser Mörderwohnung. Wo bin ich gelandet. Wer ist diese seltsame Mandy-Monika? Ist sie die Mörderin ihres kleinen Bruders? Musste er sterben, weil er Klavierunterricht bekam, während man sie ins Heim steckte? Wozu hat sie mich hierher gelockt? Wollte sie mich auch einmauern? War der Junge eigentlich schon tot, als er, in Plastiksäcke gepackt, hinter das Duschkabuff gestopft wurde?

Die Gedanken rattern durch meinen Kopf. Ihnen dicht auf den Fersen: die Panik. Sie kommt in Wellen. Eine Welle. Noch eine. Die dritte wirft mich um. Ich schreie. Ich weiß nicht, wann ich jemals in meinem Leben geschrien habe. Mein Leben mit Papa war gleichförmig. Er tat alles, damit mir nichts geschah. Er passte auf mich auf. Später war Jens da. Unser Leben war auch gleichförmig. Keine Streits. Viel Sex. Viel Arbeit für Jens. Viel Yoga für mich. Selbst als das mit Papa geschah, habe ich nicht geschrien. Jens war da. Jens passte auf mich auf.

Jetzt werde ich gerade verrückt.

Ich schreie. Ich verstumme nur einen Moment, um Luft zu holen.

Und vor dem Fenster sagt Jens: »Verdammte Hacke, lass uns abhauen.«

Ich brauche einen Moment, und dann habe ich es verstanden.

Ich bin nicht verrückt. Ich höre keine Stimmen. Jens ist da. Er steht vor dem Fenster im Innenhof und tröstet eine fremde Frau.

Ich zögere keine Sekunde. Ich bin keine überragende Läuferin so wie Gila, aber all das Yoga hat meinen Körper ziemlich fit gehalten. In einem Moment bin ich aus dem Bett, im nächsten stürme ich durch den Hausflur in den Hinterhof. Ich bin barfuß und habe nichts an außer meinem Lieblingsnachthemd aus grauer Seide, es ist mir egal.

Ich bin zu spät. Ich höre noch ihre Schritte, dann klappt das Hoftor, und sie sind raus, auf der Straße. Ich renne hinterher, knicke auf dem kaputten Kopfsteinpflaster um, fluche, renne weiter. Direkt vor dem Tor steht Jens' Porsche. Er steht mitten auf dem Bürgersteig, dort, wo Henry tagsüber ihre Tische und Stühle aufstellt. Typisch Jens, denke ich noch, und in meinem Bauch, in dem seit Tagen Angst und Schrecken toben, macht sich für einen kleinen Moment ein zärtliches Gefühl breit. Mein süßer, verrückter Kerl. Parkt den Porsche mitten auf dem Bürgersteig. So ist er.

Und da ist er. Er sitzt bereits auf dem Fahrersitz, gibt Gas. Und neben ihm, auf meinem Platz, sitzt eine kleine blonde Frau. Sie reicht ihm gerade mal bis zur Schulter. Sie hat einen Pferdeschwanz. Mehr sehe ich nicht. Denn in dem Moment, in dem ich durch das Hoftor komme, schießt der Porsche schon los die Dunckerstraße hoch Richtung Helmholtzplatz. Der blonde Pferdeschwanz wippt im Fahrtwind.

Ich stehe einen Moment wie versteinert. Dann renne ich zurück in den Hof, schnappe mir Mandy-Monikas Rad. Ich hatte es nicht abgeschlossen, in jener Nacht, in der Gila mich rauswarf. Wie lang ist das her? Zwei Tage? Drei Tage? Ein Jahr? Die Kette tritt sich immer noch durch. Es scheint mir auch ziemlich platt zu sein. Egal. Im Nu bin ich wieder auf der Straße und rattere nun ebenfalls die Dunckerstraße runter, dem Porsche hinterher.

Der Helmholtzplatz liegt da wie ausgestorben. Ein einsames Taxi dreht langsam eine Runde. Kein weiteres Auto weit und breit. Ich fahre alle Stichstraßen ab. Bis zur Danziger, dann rechts zur Schönhauser, noch einmal quer über den Helmholtzplatz zurück, rüber zur Prenzlauer Allee. Mein Nachthemd weht hoch, ich klemme es halbwegs zwischen Po und Sattel. Ich spüre keine Kälte. Ich habe keinen Blick für die renovierten Gründerzeithäuser. Wer hier am Helmholtzplatz wohnt, vorne raus, hat es geschafft. Wer hier ein Café hat, stellt sommers wie winters Stühle auf die breiten, buckligen Gehsteige und scheffelt das Geld der Zugewanderten und der Touristen mit vollen Händen. Bei Tag und bei Nacht kann man hier Schauspieler sehen, beim Bier, beim Spielen mit ihren Kindern. Echte Schauspieler, solche, die man aus dem Kino kennt und aus dem Fernsehen. Zwischen den Cafés und Restaurants reihen sich Delikatessenläden, Spielzeugläden, Klamottenläden, Einrichtungsläden. Eine einzige Alt-Berliner Kneipe gibt es hier noch, die »Prenzel-Perle«. Der Rest ist schick saniert. Die Straßen sind von hohen Bäumen gesäumt, wenn einer gefällt werden soll, gibt es gleich Anwohnerproteste. Es ist ein Leben wie in einem Freilichtmuseum. Alles ist hübsch und gepflegt und sehr hip. In dieser Nacht sehe ich nichts von all dem. Ich düse wie eine Irre halbnackt auf Mandy-Monikas Rad durch die Straßen, auf der Suche nach einem roten Porsche, der längst weg ist.

Ich weiß nicht, wie lange ich durch das Viertel brettere. Es ist eine der ersten kalten Herbstnächte. Ich sehe meinen Atem in der Luft. Doch ich spüre die Kälte nicht. Ich vibriere und koche zugleich. Jens. Ich habe ihn gesehen. Mit einer anderen Frau. Ich muss ihn finden.

Ich finde ihn nicht. Stattdessen reißt die Kette an Mandy-Monikas Rad, ich trete ins Leere, bin einen Moment abgelenkt, knalle gegen einen hohen Bordstein, stürze.

Ich lande direkt vor Hacki, dem Bäckerladen, den es angeblich schon zu DDR-Zeiten gab. Der billigste Bäcker weit und breit. Das Splitterbrötchen für sechzig Cent. Henry holt morgens immer gleich drei große Tüten und verkauft sie in ihrem Café für eins zwanzig.

Es muss noch mitten in der Nacht sein, doch bei Hacki wird schon gearbeitet. Ein goldgelber Lichtschein fällt aus der Backstube in den leeren Laden. Aus den Lüftungsschlitzen, die extra dafür angebracht sind, duftet es nach frischen Brötchen. Ich habe Hacki nie gesehen. Ich weiß nicht, ob es überhaupt einen Bäcker gibt, der Hacki heißt. Aber irgendjemand steht jetzt in dieser Backstube und backt Brötchen. Es gibt sie also, die normale Welt, in der normale Dinge geschehen. Ein Bäcker, der Brötchen backt. Ein Laden, der bald öffnet. Alltag. Normalität. Ich sitze auf dem Gehsteig, mein rechtes Knie blutet, ich bin so gut wie nackt in meinem blöden seidenen Nachthemd, ich wohne in der Wohnung einer Mörderin, und mein Liebster ist gerade mit einer fremden Frau in seinem Porsche abgehauen. Direkt neben mir, hinter der Fensterscheibe der Bäckerei, gibt es Normalität. In meinem Leben gibt es sie nicht.

Ich rappele mich hoch. Die Kälte ist ein Schwert. Sie hackt auf mich ein, ich ducke mich. Von einem Moment auf den anderen beginne ich zu zittern. Ach was, zittern. Mein Körper bebt. Meine Zähne schlagen aufeinander. Meine Lunge krampft. Ich kriege kaum Luft.

Da. Direkt hinter mir. Ein Geräusch. Eine Bewegung? Nein. Nichts. Ich bin ganz alleine. Doch. Jetzt wieder. Ganz deutlich. Ich wende den Kopf, sehe eine Gestalt, schmal, dunkel gekleidet. Dann berührt mich etwas an der Brust. Ein Schlag, ein Krampf. Schwarz.

Als ich zu mir komme, liege ich in Mandy-Monikas Bett. Etwas ist anders. Etwas hatte sich verändert. Nun ist es wieder so wie vorher. Ich komme nicht drauf, was es ist.

»Du Dummerchen«, sagt Gila.

Sie steht direkt neben dem Bett. Sie hat ihre Laufklamotten an. Sie rennt in den Flur, kommt mit einer Decke zurück, legt sie über mich. Ich kenne diese Decke nicht. Weiß und flauschig und schwer. Ich zittere von Kopf bis Fuß. Ich bebe. Die Decke macht es ein bisschen besser.

»Du kannst doch nicht einfach den Trockner ausgehen lassen! Das hier ist das Hinterhaus! Wenn du den Wasserbehälter nicht leerst, schwimmst du bald davon!«

Ich habe keine Ahnung, was Gila da redet. Es ist mir auch egal. Ich möchte, dass sie die Decke über mein Gesicht zieht. Dass die Welt da draußen verschwindet. Und ich möchte, dass die Kälte weggeht, die mich gepackt hat. Diese erbarmungslose, schneidende Kälte. Ich wende den Kopf und zucke zusammen. Sogar das Kissen ist kalt. Kalt und nass. Ebenso das Plumeau, unter dem ich liege. Mein Nachthemd. Alles ist nass, klamm.

Ich fühle mich schwach wie nie. Gleichzeitig pumpt mein Herz, als wäre ich gerade einen Marathon gelaufen. Da ist ein Schmerz mitten auf meiner Brust. Und diese Kälte. Ich zittere von Kopf bis Fuß.

Gila ist gerade dabei, das riesige graue Ungetüm, das immer in der Küche stand und Krach machte, ins Schlafzimmer zu schieben. Es macht nun keinen Krach mehr. Wann hat es damit aufgehört? Ich weiß es nicht.

»Du hast keine Ahnung, nicht wahr?«, fragt Gila. »Das hier ist ein Trockner. Ein ziemlich guter sogar, Industriegerät. Der hält die Wohnung trocken.« Sie steckt den Stecker des Riesendings in die Steckdose. Sofort beginnt es wieder zu brummen.

»Was«, stammele ich, »was soll das? Es ist laut! Überhaupt! Was ist mit mir? Was tust du hier?«

»Ach Schätzchen«, sagt Gila, und jetzt erst fällt mir auf,

dass das gar nicht die Gila ist, die ich kenne. Die Ich-kreische-immer-Gila. Die Gila, die mich gerade aus meinem Job rausgeschmissen hat. Die mich verflucht und zum Teufel gewünscht hat. Nein, diese Gila ist ganz fürsorglich. Was ist bloß los mit ihr? Und was hat sie hier verloren in Mandy-Monikas Wohnung?

»Ich erkläre es dir«, sagt sie nun und setzt sich tatsächlich auf meine Bettkante. Fehlt nur noch, dass sie meine Hand hält. Das macht sie zum Glück nicht.

»Also, noch mal. Das hier ist das Hinterhaus. Nordseite. Diese Wohnung bekommt nie Sonne. Verstehst du? Nie. Und weißt du, was hier drunter ist? Der Keller, genau. Und weißt du, was früher im Keller war? Nein, weißt du nicht.«

Jetzt hat sie doch tatsächlich meine Hand genommen. Aber es hat nichts Zärtliches. Es ist, als steckte meine Hand in einer Art Schraubstock. Ich muss an die Würgeschlangenhände von Professor Dreiklang denken und möchte meine Hand zurückziehen. Keine Chance. Gila hat mindestens so gestählte Finger wie die Mumie aus der Charité.

»Im Keller«, fährt sie in ihrem seltsam dozierenden Ton fort, »waren früher die Tiere. Und mit früher meine ich, noch vor wenigen Jahren. Zu DDR-Zeiten hatten hier alle ihre eigene Milchkuh. Die stand da unten in ihrem Mist und hat den Keller vollgepinkelt und vollgeschissen. Und das war nicht eine Milchkuh, das waren viele. Generationen von Milchkühen. Und das ganze Kuhpipi ist immer noch in den Wänden und steigt langsam hoch. Deshalb ist es hier so kalt und so feucht, und deshalb riecht es immer ein bisschen komisch. Verstanden? Den Trockner lässt du ab sofort an. Und wenn er sich ausschaltet, leerst du das Becken hier unten.« Sie klackt mit ihrer Prothese gegen den unteren Teil des Ungetüms. Ich sehe einen Griff. Offensichtlich lässt sich da was rausnehmen.

Ich sehe alles und verstehe nichts. Mein Leben wird immer irrsinniger. Kühe im Keller? Kuhpipi, das die Wände hochsteigt? Jahrzehntelang? Und was, verdammt noch mal, tut Gila hier? Und was ist da draußen auf dem Bürgersteig geschehen?

»Mach dir keine Sorgen wegen Mandys Rad«, sagt Gila nun, »es steht im Hof, es braucht nur eine neue Kette. Was für ein Glück, dass ich dich gefunden habe. Bist du eigentlich besoffen oder was? Was liegst du frühmorgens auf dem Bürgersteig vor Hacki rum?«

»Ich bin nicht besoffen«, sage ich, »ich wurde angegriffen. Jens war da, ich bin ihm hinterher, und dann war da plötzlich noch jemand.«

»Ach Liebes«, sagt Gila, und nun tätschelt sie mir doch allen Ernstes den Kopf. »Du bist ein bisschen überspannt. Du brauchst Ruhe. Und ich weiß wirklich nicht, ob du die hier hast. Lass den Trockner an. Geh nicht mehr im Nachthemd vor die Tür. Und fahr ein paar Tage weg. Ins Rheinland. Oder so. Fahr einfach ein paar Tage weg.«

Der letzte Satz klingt wie ein Befehl.

Sie beugt sich über mich und küsst mich mitten auf den Mund. Es sind harte Lippen, die mich treffen, der Kuss fühlt sich an wie ein Schlag. Ich beiße die Zähne zusammen und sage nichts. Dieser Kuss und Gila in ihrer vollkommen unbekannten Fürsorglichkeit haben etwas Gespenstisches. Ich krieche noch ein bisschen tiefer unter die klamme Decke und sehe ihr zu, wie sie das Zimmer verlässt. Ich höre sie durch den Flur gehen, die Wohnungstür öffnen und schließen. Und das Allerseltsamste ist: Offensichtlich kennt Gila sich in dieser Wohnung, die doch die von Mandy ist, bestens aus.

Ich muss aus diesem klammen Bett raus. Ich muss heiß duschen. Ich muss einfach verdammt noch mal irgendwie warm werden. Und dann muss ich nachdenken. Aber erst einmal muss ich mich aufwärmen. Die Kälte frisst an mir.

Als ich aufstehe, ist da wieder dieser Schmerz. Ein eiserner Strahl, der mitten durch meinen Oberkörper fährt. Ich klappe zusammen, krümme mich.

Neben dem lauten Ungetüm von Trockner stehen immer noch meine sieben Umzugskisten. Daneben das kleine Schwein, das ich einst Jens zum Geburtstag genäht hatte. Seit wann ist das hier unten bei Mandy? Lag das nicht oben in der Wohnung? Ich weiß es nicht mehr. Es ist mir egal. Meine Brust tut so schrecklich weh. Und mir ist so erbärmlich kalt.

Ich finde eine frische Jeans, einen Pullover, beides ist klamm. Die Wunde an meinem Knie blutet noch ein bisschen. Es ist mir alles egal. Ich finde ein paar feuchte Socken, kriege die Füße mit Not in meine Turnschuhe. Ich muss aus dieser Wohnung raus. Ich muss vor allem und zuallererst aus dieser Wohnung raus.

Aber wohin?

Ich stehe im Hinterhof. Wieder einmal. Und weiß nicht, wohin. Wieder einmal. Es ist immer noch dunkel. Es muss immer noch sehr früh sein. Ich habe keine Ahnung, wie früh. War Gila schon laufen, als sie mich fand? Seit wann läuft sie mitten in der Nacht? Ich muss über so viel nachdenken. Aber ich kann nicht. Ich zittere. Ich muss warm werden. Dringend.

Henrys Küche ist dunkel. Ihre und Gunthers Wohnung, die direkt darüberliegt, auch. Das ganze Haus ist dunkel. Bis auf ein schmales Fenster im Seitenflügel. Es ist das Fenster von Willi Schneiders Küche. Das, neben das ich den Karton geschmissen hatte. Man ahnt immer noch Parfümflecken auf der Wand. Hinter dem Fenster bewegt sich etwas. Willi Schneider. Und ein zweiter Schatten. Ich stöhne innerlich auf. Willi Schneider hat nie Besuch. Nie. Eigentlich.

Im nächsten Moment öffnet sich die Tür zum Seitenflügel, und eine der osteuropäischen Nutten kommt raus, die Willi Schneider sich ab und zu kommen lässt. Sie trägt die üblichen stonewashed Jeans der Sorte Arsch-frisst-Hose und stopft sich im Rausgehen zwei Zwanziger in eine winzig kleine Handtasche. Hinter ihr erscheint Willi Schneider in Unterhemd, Hosenträgern und ausgebeulter Jogginghose, und wie er mich da sieht, winkt er mich hinein.

»Kommen Sie, Fräulein Königsforst, Sie holen sich noch den Tod.«

Ich denke an die unheimliche Nacht, als ich den Kopf von Hans für eine Bürste hielt. An Willi Schneider, wie er dort stand im Hausflur. Und dann verschwand, als wäre er nie da gewesen. Ich denke an den Morgen, als er meinen zerfetzten Umzugskarton zusammensetzte und meine Parfümflakons entsorgte. Ich denke an das, was ich in den Polizeiakten las. Hauswart zu DDR-Zeiten, der Hans nur »den Idioten« nannte. Ich denke an die osteuropäische Nutte, hinter der gerade das Hoftor zufällt.

Und ich sage mir: Was soll's. Über mich herfallen wird er nicht. Er hat ja gerade gefickt. Und ich muss mich aufwärmen. Sofort.

Ich war noch nie bei Willi Schneider zu Hause, und es ist fast genauso, wie ich es mir vorgestellt habe. Aber vor allem ist es warm in der Wohnung. Herrlich warm.

Ich folge ihm durch einen dunklen, teppichverhangenen Flur ins Wohnzimmer und setze mich auf die braune Cordcouch. Ein riesiger Röhrenfernseher dominiert das Zimmer. Direkt daneben: ein Keyboard. Ich staune. Wie kann es sein, dass hier überall im Haus musiziert wird, und ich habe nie etwas davon mitbekommen? Und, vor allem: Willi Schneider am Keyboard?

Ich komme nicht dazu, ihn irgendetwas zu fragen, er ist schon in der Küche verschwunden. Ich höre ihn Kaffeewasser aufsetzen, dann kommt er mit zwei zarten Tässchen mit Rosenmuster zurück. Wir sitzen nebeneinander auf der Couch und trinken Kaffee. Der Kaffee ist stark und heiß. Er schmeckt fantastisch. Ich frage mich, ob es angebracht wäre, ein Gespräch zu beginnen. Ich bin mir nicht sicher. Willi Schneider sitzt neben mir, trinkt seinen Kaffee und schweigt. Vielleicht, schießt es mir durch den Kopf, vielleicht ist er ja erschöpft vom Ficken. Ich frage mich, wie alt er wohl ist. Siebzig? Oder noch älter?

»Siebenundsiebzig«, sagt Willi Schneider.

Ich zucke zusammen. Kann der Mann Gedanken lesen?

»Ist nicht so schwer«, antwortet Willi Schneider, »man sieht dir an, was du denkst.«

Okay, denke ich, dann brauche ich ja nichts weiter zu sagen.

Willi Schneider grunzt, als hätte er auch das verstanden, und bietet mir von seinen Zigarren an. Er bewahrt sie in einem mit Schnitzereien verzierten Kästchen auf, das auf dem Wohnzimmertisch steht, ein Gestell aus Eiche, obendrauf eine Platte mit beigefarbenen Fliesen. Was soll's, denke ich mir ein weiteres Mal, und so paffen wir vor uns hin, das heißt, Willi Schneider pafft, ich huste erst ein bisschen, dann kriege ich es hin. Es ist so absolut wohltuend, auf dieser trockenen Couch in einem warmen Zimmer zu sitzen, mir ist, als hätte ich keine weiteren Wünsche.

»Willste 'ne Decke?«, fragt Willi Schneider. Ich nicke. Decke wäre jetzt noch besser.

Er steht auf und kommt gleich darauf wieder, unterm Arm eine Dralondecke. Ich breite sie über meine Knie und wickele mich ein wenig darin ein, sie ist bedruckt mit dem Kopf eines Schäferhundes.

»Prima«, sage ich, »ist noch besser so.«

Willi Schneider nickt. Und so sitzen wir da, trinken Kaffee, rauchen und schweigen.

»Du musst lüften«, sagt Willi Schneider nach einer Weile.

»Was?«

»Du musst lüften. Die Feuchtigkeit ist noch vom Sommer drin. Jetzt, wo es draußen kalt wird, zieht die kalte Luft die Nässe aus der Wohnung raus. Morgens und abends alle Fenster auf, zehn Minuten, dazwischen heizen. Dann wird es besser.«

»Echt?«

»Echt.«

Ich beschließe, mir das zu merken. Und es gleich auszuprobieren. Später.

»Gila«, sagt Willi Schneider nun, »seit wann kennste die?«

Ich überlege. »Schon ewig. Seit ich für sie arbeite.«

»Mmh«, macht Willi Schneider. »Und Henriette?«

»Noch länger. Seit wir hier wohnen. Seit ich hier wohne.«

Willi Schneider macht noch mal »mmh«. Es klingt wieder wie ein Grunzen. Dann bietet er mir noch eine Zigarre an.

»Jens«, sage ich, »er war heute Nacht hier. Ich habe ihn gesehen. Da war eine andere Frau. Ich verstehe das alles nicht.«

»Mmh«, macht Willi Schneider nur.

»Sie kriegen doch so viel mit«, platzt es aus mir heraus, »wissen Sie denn nicht, was passiert ist?«

»Ich kriege gar nicht so viel mit«, sagt Willi Schneider. Und dann sagt er: »Andere Mütter haben auch schöne Söhne.«

»Aber Jens!«, rufe ich. »Er kann doch nicht einfach so abhauen!«

»Hat er aber getan, oder?«, sagt Willi Schneider. »Also kann er auch.«

»Mmh«, sage ich und schweige.

Willi Schneider grunzt ein bisschen vor sich hin, und ich denke schon, er ist eingeschlafen, aber dann steht er auf und holt aus der Küche eine Flasche Sherry, Medium, und zwei Gläser.

»Auf die schönen Söhne!«, sagt er.

Ich finde den Trinkspruch nicht besonders passend. Aber Sherry scheint mir nun genau richtig. Davon wird mir noch wärmer. Gut so.

Nach einer Weile ist Willi Schneider tatsächlich eingeschlafen. Zusammengesackt liegt er neben mir auf dem Cordsofa, das Feinrippunterhemd über seinem Bauch hebt und senkt sich in regelmäßigen Abständen, nur ab und zu wackelt es ein bisschen, immer dann, wenn Willi Schneider im Schlaf nervös zuckt, seine Wangen schwabbeln auch dabei, und er macht ein komisches Geräusch mit dem Mund, brrrrffff, brrrrffff. Dann schläft er ganz ruhig weiter. Ich zünde mir noch eine von seinen stinkenden Zigarren an und nehme mir noch ein Gläschen Sherry.

Gila und Henry. Warum fragt er mich nach den beiden? Ich müsste Willi Schneider wecken, um ihn das zu fragen. Ich lasse es.

Auf dem Hof sind nun Stimmen zu hören. Das schlecht gelaunte Ehepaar aus dem Vorderhaus. Sie schimpft vor sich hin, er grummelt irgendwas. Ich habe die beiden nicht mehr gesehen, seit die Alte über mich drübergefallen ist und auf mich draufgepinkelt hat. Die Erinnerung schüttelt mich. Ich nehme mir noch einen Sherry.

Ich mochte immer schon Sherry. Wenn Jens und ich beim Spanier waren, trank ich immer einen Sherry als Aperitif. Manchmal zwei. »Du kleine Saufziege«, scherzte Jens dann. Ich nahm es ihm nicht übel. Ich nahm ihm nie etwas übel.

Da ist er wieder, der Schmerz. Ein Ungeheuer, das dich

packt. Da hilft kein Sherry und gar nichts. Jens und diese kleine Frau mit dem blonden Pferdeschwanz. Auf dem Beifahrersitz. Auf meinem Platz. Jens' Stimme. Wie er sie tröstete. Wieso musste diese Scheißkuh überhaupt getröstet werden? Sie hat doch ihn! Diese elende Fotze!

Das Letzte muss ich laut gerufen haben.

»Na, na«, sagt Willi Schneider, guckt mich tadelnd an und ist gleich wieder eingeschlafen.

Ich sehe mich selbst hier sitzen. In klammen Klamotten, weil in der Mörderwohnung, in der ich lebe, jahrzehntealtes Kuhpipi die Wände hochsteigt. Mit Willi Schneider neben mir, der gerade erst eine Nutte gefickt hat. Ich sehe mich seine Zigarren rauchen und seinen Sherry trinken, und mit einem Mal wird mir schrecklich übel.

Ich muss mich schon wieder übergeben. Ich hänge bei Willi Schneider über der Kloschüssel und kotze mir die Seele aus dem Leib. Der Kaffee, die Zigarren, der Sherry. Wann habe ich überhaupt zuletzt etwas gegessen? Ich denke an die Croissants, die Adrian mitgebracht hatte. Und dann denke ich an die Unterlagen, die er dabeihatte. An Hans, den Jungen, der vor so langer Zeit verschwand. Ich denke an meine Freundin Henry, die damals schon hier wohnte und mir nie etwas gesagt hat. Und ich denke an das Duschkabuff, an die blauen Müllsäcke, an das dunkle Haar in meiner Hand. Ich würge erneut. Der Sherry und die Reste der Croissants schießen in einer kackfarbenen Fontäne aus mir raus. Willi Schneiders brauner Cordvorleger ist auch voll. Ich kotze, bis nur noch gelber Schleim kommt.

Ich stehe mühsam auf, wasche mir das Gesicht. Das klapprige Regal über dem Waschbecken ist voller Medikamentenpackungen. Was zieht der Alte sich alles rein? Ich sehe Willi Schneiders einziges Handtuch, beige, das neben dem uralten

Becken hängt, und mag mich nicht abtrocknen. Ich muss wieder an die Nutte denken.

Ich feuchte Klopapier an und versuche, die Kotze aus dem Klovorleger rauszureiben, aber alles, was passiert, ist, dass zwischen der Kotze jetzt lauter kleine Klopapierstückchen kleben. Irgendwann gebe ich es auf, rolle den Vorleger zusammen und schleiche damit zur Tür. Willi Schneider pennt zum Glück immer noch. Brrfff. Brrrffff.

Dann stehe ich im Hof. Wohin mit dem Cordvorleger. Kurzentschlossen stecke ich ihn in einen der Müllcontainer. Ich muss ein bisschen drücken, bis er drin ist, die Container quellen über wie immer. Etwas Feuchtes, Klebriges läuft aus einem der Müllsäcke und über meine Hand. Ich muss schon wieder würgen, doch es kommt nur noch gelbe Galle.

Dann schleiche ich zurück in Mandy-Monikas Wohnung. Das graue Ungetüm brummt, doch es ist so kalt und klamm wie zuvor. Ich wasche mir Hände und Gesicht am Waschbecken in der Küche. Dann ziehe ich den Stecker vom Ungetüm raus und reiße alle Fenster auf, wie Willi Schneider es gesagt hat. Sofort macht sich eine Katzenschar daran, die Wohnung zu entern. Ich scheuche sie alle wieder raus. Ich schließe die Fenster, drehe die Heizkörper in Küche und Schlafzimmer hoch und schiebe das Bett direkt davor. Schmeiße das Plumeau raus und wickele mich in Gilas weiße Decke. Mir ist schon wieder kalt. Mein Herz wummert. Mein Knie tut weh. Und diese Stelle oberhalb der Brust. Da, wo der Schlag mich getroffen hat. Was war das? Ist jemand hinter mir her? Die verrückte Mandy-Monika? Aber die ist doch im Gefängnis!

Ich stehe noch einmal auf, tappe durch den Flur. Der Schlüssel zur Wohnungstür steckt von außen. Ich schließe von innen ab. Ich muss ein neues Schloss einbauen. Gleich morgen.

Ich wälze mich noch lange hin und her. Eine Unruhe ist in mir. Eine Ahnung von etwas Bösem.

Draußen wird es langsam hell. Mir fallen die Augen zu. Endlich. Und in diesem kleinen Moment, im Übergang zwischen Wachen und Träumen, als der Schlaf mich sanft hinüberzieht, meine ich, etwas zu hören. Klaviermusik. Ganz in der Nähe.

Dann schlafe ich.

Als ich erwache, ist der Tag weit fortgeschritten. Ein schmaler Lichtstreifen fällt durch eine Ritze des dicken Vorhangs. Jede Faser meines Körpers tut weh. Da ist immer noch dieser Schmerz in meiner Brust. Und ich bin durch und durch kalt. Das Laken fühlt sich an, als müsste man es auswringen. Ich reiße wieder alle Fenster auf, wie Willi Schneider es gesagt hat. Fast auf der Stelle ist eine Katzenschar in der Wohnung, eine kleinere diesmal. Vielleicht hat sich herumgesprochen, dass es hier nichts mehr zu essen gibt. Ich scheuche sie alle nach hinten in den Garten und nach vorne in den Hof hinaus. Henrys Küchenfenster steht auf Kipp, über den Hof zieht ein Duft von frisch gebackenem Kuchen. Henry. Da ist ein schaler Geschmack in meinem Mund. Warum hat sie nicht gesagt, dass sie schon hier war, als Hans verschwand? Was für ein seltsames Leben führt sie dort oben in dieser komischen Wohnung, mit Gunther, dem Guru? Was weiß ich überhaupt von meiner besten Freundin? Da ist ein schaler Geschmack. Und eine wachsende Wut.

Ich verriegele Tür und Fenster. Danach drehe ich die Heizkörper auf die oberste Stufe und schalte das graue Ungetüm an. Ich muss es hier warm kriegen. Warm und trocken. Sofort. Ich halte das keinen Tag und keine Nacht mehr aus. Soll das Ungetüm Krach machen, ich bin eh gleich weg. Ich fahre nämlich jetzt in die Charité und knöpfe mir Jens vor. Nichts und niemand wird mich aufhalten. Soll er ruhig wieder die Mumie vorschicken, dem alten Sack drehe ich den faltigen braunen Hals um. Mir reicht es. Mir reicht es so dermaßen. Hier nachts mit einer fremden Tussi rumzukutschieren. Nachdem er mich vor die Tür gesetzt hat. Na warte.

Es ist ein schneidend kalter Oktobertag voller Sonne. Vor Henrys Café sitzen die Prenzlauer-Berg-Mütter, notdürftig eingemummelt in dünne Fleecedecken von IKEA, die teuren wurden immer geklaut. Mitten zwischen den Müttern sitzt unübersehbar Adrian mit Filterkaffee und Zeitung. Ich habe keinen Bock auf Adrian, und eigentlich auch keinen auf Henry. Ich will einfach nur schnell zur Bahn und in die Charité. Aber natürlich habe ich keine Chance.

»Du bleibst hier.«

Er steht mitten im Weg.

»Adrian, ich muss los, lass mich vorbei.«

»Setz dich, wir müssen reden.«

»Du kannst mich mal, ich hab es eilig.«

Ein kläglicher Versuch, mich an dieser Masse von Mann vorbeizuschieben. Im nächsten Moment hat er meinen Oberarm gepackt und mich auf einen Stuhl gezerrt. Unfassbar, wie kräftig dieser Mann ist, wo er doch nur aus Fett besteht.

»Du hast sie doch nicht mehr alle, lass mich gehen!«

»Oje«, macht Henry, »ojemine.« Wie aus dem Nichts steht sie neben mir, aber das ist typisch, Henry muss in ihrem kleinen Café immer so viel hin und her rennen, dass man nie so genau weiß, wo sie gerade ist. Und außerdem ist sie ja ziemlich klein. Sie hat diesen Ich-bin-doch-deine-beste-Freundin-Blick drauf, stellt sich auf die Zehenspitzen und streicht mir über den Kopf, als wäre ich drei Jahre alt.

»Ojemine, trink erst einmal einen Kakao, und schau mal, Mandel-Kokos-Torte, extra für dich.«

Ich habe keine Chance. Haben die beiden sich miteinander verschworen? Kennen die sich überhaupt? Adrians Pranke quetscht immer noch meinen Arm. In die andere Hand drückt Henry mir den Kakao. Es ist nur eine kleine Bewegung, ich erwische beide auf einmal. Adrian hat den heißen Kakao im Gesicht, Henry auf der Kittelschürze. Sie schreien beide wie am Spieß.

»Ojemine!«, rufe ich. Ich rufe es ziemlich laut. Ich schreie es. »Habt ihr sie noch alle? Lasst mich! Ich muss weg!« Ein Blick zu Henry, die dasteht, erstarrt und mit roten Flecken im Gesicht. »Du kotzt mich an mit deinem ojemine, ojemine. Du kanntest den toten Jungen. Du hast sogar mit der Polizei gesprochen, mit Journalisten. Und bei mir markierst du die Unwissende. Ich bin deine Freundin! Deine beste Freundin!«

Am liebsten würde ich ihr auch noch die Kakaotasse vor die Füße schmeißen, doch ich knalle sie nur auf den Tisch. Und dann bin ich weg. Zur Ringbahn. Ich will jetzt verdammt noch mal zu Jens.

Adrian hat mich schon nach wenigen Metern eingeholt. Wieder diese Schraubstockhand an meinem Oberarm. Wieder kein Entkommen. Ich spucke ihm ins Gesicht. Er hat da immer noch Kakao. Er verzieht keine Miene.

»Spuck du nur«, sagt er, »verletze mich. Beleidige mich. Bitte schön. Ich bin der fette Adrian. Ich kenne das. Von klein auf. Ich bin trotzdem der beste Rechercheur der Welt. Du hingegen bist ein Nichts. Und du wirst mir jetzt zuhören.«

»Ich«, ich stottere vor Wut, »ich bin kein Nichts! Lass mich los!«

Aber ich schreie nicht mehr. Ich flüstere fast. Da ist ein Gefühl in mir drin. Ich kenne es. Ich hasse es. Es ist die Scham.

Wir stehen immer noch mitten auf der Dunckerstraße. Und all die Prenzlauer-Berg-Mütter in ihren billigen dünnen IKEA-Decken starren uns an.

Ich bin immer angestarrt worden. In Bergisch Gladbach war ich die ohne Mutter. Mit dem Schriftstellervater. Ein Schriftsteller! In Bergisch Gladbach! Und keine Mutter. Ich wurde immer angestarrt. Ich war immer anders. Ich hatte nie Freunde. Meine allererste Freundin in meinem ganzen Leben ist Henry. Sie ist also gar nicht meine beste Freundin. Sie ist meine einzige Freundin. Henry, der ich den heißen Kakao über die weiße Rüschenschürze gekippt habe. Und die jetzt neben mir steht und mir mit einer Serviette die Tränen aus den Augen wischt.

»Nicht weinen, alles ist gut. Willi Schneider hat dich aufgestachelt. Alles ist gut.«

»Was weißt du von Willi Schneider?«

Aber sie ist schon wieder weg, zurück zu ihrer Kundschaft.

Adrian zerrt mich weiter. Weg von der Ringbahn, von der Charité, von Jens.

»Adrian, bitte. Ich muss zu Jens. Rausfinden, was mit ihm ist. Bitte. Lass mich gehen.«

Er hält kurz inne.

»Du willst rausfinden, was mit deinem Typen ist?«

»Ja, natürlich!«

Erst verzieht er das Gesicht, sodass es irgendwie schief aussieht, und dann lacht er. Er lacht so sehr, dass die Schwabbelbacken wackeln. Er lacht und lacht und lacht.

»Hör auf! Hör auf zu lachen! Lass mich gehen!«

Er hört ein bisschen auf zu lachen, aber nur ein bisschen. Er wird leiser, aber er lacht, und dabei zieht er mich weiter die Straße hinunter. Irgendwann stößt er zwischen all dem Lachen einzelne Worte aus.

»Du. Willst. Was. Rausfinden. Du.«

»Ja, und?«

»Carolin! Du bist doof! Du hast noch nie was rausgefunden!«

»Hör auf!«

Ich bin so wütend, mir fehlen die Worte. Er ist so gemein. Und er hat ja recht. Vermutlich. Wahrscheinlich. Verdammte Kacke.

Ich heule schon wieder.

»Krieg dich wieder ein. Wir finden raus, was mit Jens ist. Ich finde es raus.«

»Du?«

»Wer sonst? Und habe ich schon irgendwann mal irgendwas nicht rausgefunden?«

Ich habe keine Ahnung.

»Weiß nicht.«

»Weiß nicht! Klar, weißt du nicht. Wie auch. Pass auf: Ich finde es raus. Lass das mal den dicken Adrian machen.«

»Und wieso?«

»Darum. Weil du mir jetzt auch hilfst. Da. Lies.«

Er drückt mir die Zeitung in die Hand, die er die ganze Zeit festgehalten hat.

»Ich will nicht.«

»Lies.«

»Und dann findest du raus, was mit Jens ist?«

»Lies.«

Es ist die Zeitung von heute. Es steht auf Seite sechs im Lokalteil. Nur wenige Zeilen. Noch nicht einmal ein Foto.

Die Polizei ermittelt im Fall des nach zwanzig Jahren tot aufgefundenen Jungen in Prenzlauer Berg nun im Kinderschänder-Milieu der frühen Neunzigerjahre. Die Ermittlungen konzentrieren sich derzeit auf ein ehemaliges Kinderheim im Bezirk Pankow, das nach der Wende kurzzeitig eine Jugendbegegnungsstätte war. Der tot aufgefundene damals Fünfzehnjährige soll sich dort hin und wieder aufgehalten haben. Seit Jahren gibt es Berichte über sexuelle Übergriffe in dieser Jugendbegegnungsstätte. So sollen die Täter, es wird von mehreren Personen ausgegangen, Kinder in Fetischkostüme gesteckt und fotografiert haben. ›Der tot aufgefundene Junge trug Müllsäcke als Kleidung‹, erklärt ein Sprecher der Berliner Polizei, ›deshalb ermitteln wir nun verstärkt im Fetisch- und Päderastenmilieu.‹

Wir stehen immer noch mitten auf der Dunckerstraße. Mir wird so flau, ich stütze mich an einer Hauswand ab.

»Sag nicht, der arme Junge wurde auch noch missbraucht.«

»Vielleicht, aber darum geht es nicht.«

»Darum geht es nicht? Worum, bitte schön, geht es dann? Ist der Junge dir völlig egal?«

»Reg dich ab. Und pass auf: Die Jugendbegegnungsstätte war vorher ein Heim.«

»Hab ich gelesen.«

»Gut. Und weißt du, was für ein Heim das war?«

»Du meinst …?«

»Genau. Zu DDR-Zeiten war das das Wochenheim, in dem Mandy untergebracht war.«

»Das kann kein Zufall sein!«

»Genau. Und deshalb gehen wir da jetzt hin.«

»Wir?«

»Wir. Du musst mir helfen.«

Wir brauchen nur eine Viertelstunde zu Fuß. Adrian voran. Wieder einmal wundere ich mich, wie schnell diese Masse von Mann sich bewegt. Er stürmt die Prenzlauer Allee entlang, nach Norden, über die Bahngleise der Ringbahn hinweg, und dann rechts in die Grellstraße, vorbei an einem türkisfarbenen Ärztehaus aus den Neunzigern, einem PENNY-Markt und unsanierten Wohnblocks. Das ist hier nicht mehr der typische Prenzlauer Berg, das ist schon fast Weißensee. Ich haste hinter Adrian her und kann kaum Schritt halten.

In meinem Kopf rattert es. Mandys Kinderheim gleich um die Ecke. Nicht irgendwo weit draußen, im Brandenburgischen, oder zumindest am Stadtrand. Man kann zu Fuß hingehen, genau wie Mandys Mutter gesagt hat. Warum musste sie dann die ganze Woche dort bleiben? Warum holten die Eltern sie nicht abends nach Hause? Wie grausam war das.

Ich versuche, mir die kleine Mandy an der Hand ihrer Mutter vorzustellen. Auf genau diesem Weg. Hat sie geweint, gebockt? Hat sie versucht, sich loszureißen?

»Adrian«, japse ich, »meinst du, sie hat sich beschwert?«

»Beschwert?«

»Mandy, als sie klein war. Als sie hier entlang musste, ins Kinderheim.«

»Wohl kaum.«

»Wohl kaum?«

»Sie war ein Baby.«

»Ein Baby?!«

»Ein Baby. Mandy kam ins Wochenheim, als sie zwei Monate alt war. Und jetzt halt die Klappe und komm, wir werden erwartet.«

Von der Grellstraße führt ein ganz schmaler kleiner Weg nach links, ein Schild steht dran, Preußstraße. Das ist aber irgendwie gar keine Straße, höchstens ein Mini-Stichweg. Er endet an einem schmiedeeisernen Zaun. Davor stehen jede Menge Leute mit Kinderwagen und mit Fahrrädern mit Kindersitzen hinten und vorne drauf. Drum rum ganz viele Kinder. Keins trägt die typischen Prenzlauer-Berg-Bullerbü-Klamotten.

»Ist das etwa immer noch ein Heim?«

»Quatsch, das ist jetzt 'ne Kita. Hör auf, doof zu fragen, und komm.«

»Verdammt, Adrian!«

Ich bleibe mitten auf der kleinen Preußstraße stehen und stemme die Fäuste in die Hüften.

»Kannst du mir mal sagen, was wir hier machen? Und was ich hier überhaupt soll?!«

Adrian kommt ganz dicht an mich ran. Ich sehe die Poren in seinem schwabbeligen Gesicht. Und die Kakaoflecken. Die kleben da immer noch.

»Also, Carolin«, sagt er, und seine Stimme klingt, als wäre ich ein ganz kleines, ganz dummes Kind und er ein megagenervter Vater.

»Du mit deinem Gezicke. Das kostet mich einfach zu viel Zeit. Du willst doch, dass ich rausfinde, was mit deinem Ex ist?«

Das Wort Ex tut mir weh, ich will etwas sagen, aber Adrian fährt mir sofort über den Mund.

»Ja oder nein?«

Ich nicke nur. Stumm. Verzagt.

»Gut. Ich finde es raus. Und du kommst jetzt einfach mit, sagst nichts und guckst doof. Sollte also kein Problem sein.«

Ich könnte Adrian nicht mehr hassen als in diesem Moment. Seine ganze widerliche Art. Seine widerliche Gestalt. In meinem Leben, wie es noch vor einer Woche war, war Adrian nicht mehr als ein lästiger Typ. Einer, den ich in Kauf nehmen musste, weil er mir nützlich war. Ich habe nicht einmal groß über ihn gelästert. Wozu auch. Er war ein Nichts. Und ich war die Star-Moderatorin.

Jetzt bin ich es, die ein Nichts ist. Kein Job. Kein Mann. Keine Wohnung. Und keine Ahnung, was da gerade in meinem Leben geschieht.

Im nächsten Moment habe ich wieder Adrians fette Pranke um meinen Oberarm, er schiebt mich mit Nachdruck durch die Horde der Eltern und Kinder, klingelt an einer Pforte im schmiedeeisernen Zaun und wird auch gleich hineingelassen.

Eine Wiese mit Sandkästen und Spielgeräten. An ihrem Ende zwei graubraune Blocks mit weiß umrandeten Fenstern. Zwei Stockwerke hoch. Darauf rote Ziegeldächer. In der Mitte ein flacher Bau, der die Blocks miteinander verbindet. Obendrauf eine riesige Terrasse.

»Und jetzt?«

Ich drehe mich zu Adrian um, obwohl ich seine Visage eigentlich nicht mehr ertragen kann. Und in diesem Moment erblicke ich etwas, das ich nie zuvor gesehen habe. Adrians Gesicht. Es verändert sich. In einer Weise, wie ich es niemals für möglich gehalten hätte.

Ich kenne Adrian nur mürrisch. In den letzten Tagen habe ich ihn immerhin ein paar Mal lachen gesehen. Oder schmunzeln. Aber das ist kein Vergleich mit dem, was jetzt geschieht. Rein anatomisch heben sich nur seine Mundwinkel, und seine Augen weiten sich. Um sie herum sind plötzlich feine Fältchen. Vor lauter Fett sind sie normalerweise gar nicht sichtbar. Aber er muss ab und zu mal lächeln, sonst gäbe es diese Fältchen nicht. Und Adrians Lächeln, wie es in diesem Augenblick auf seinem Gesicht erscheint, ist sensationell. Es ist, als leuchte er von innen. Der ganze Adrian strahlt.

Ich stehe und staune. Die Frau, die über die Wiese auf uns zukommt, bemerke ich erst, als sie etwas sagt. Nicht zu Adrian, sondern zu mir.

»Und Sie sind Mandys Freundin?«

Ich drehe mich um, verwirrt. Was soll ich darauf sagen? Aber natürlich antwortet Adrian für mich.

»Ganz genau«, sagt er, und das Strahlen auf seinem Gesicht wird noch größer, »das ist Carolin Königsforst, die Mitbewohnerin von Mandy.«

»Ah ja.«

Die Frau mustert mich, und das gibt mir Gelegenheit, sie ebenfalls zu betrachten. Schmal. Zierlich. Lange weiße Haare, die ihr in dicken Wellen über die Schultern fallen, fast bis zur Hüfte. Ein ganz weißes Gesicht. Sehr blaue Augen. Ungeheuer blaue Augen. Trägt die etwa gefärbte Kontaktlinsen?

»Und Sie?«, fragt die Frau nun Adrian.

»Ich«, sagt Adrian und hüstelt, als wäre er verlegen, aber das kann nicht sein, Adrian ist nie verlegen, »ich bin nur Adrian, ein Freund von Carolin.«

»Adrian«, wiederholt die Frau, »ein Freund von Carolin.« Sie wiederholt es, als müsste sie die Worte in ihrem Mund fühlen, sie schmecken. Dann streckt sie die Hand aus.

»Rosa. Rosa Berger. Kommen Sie doch herein!«

Der Raum, in den sie uns führt, ist riesig. Allerfeinstes Parkett. Ich zähle nicht weniger als elf Fenster. Und hohe Decken! Bestimmt fünf Meter hoch. Auf jeden Fall höher als bei Jens und mir zu Hause, und die waren schon sehr hoch. Nur wenige Möbel. Ein paar Bücherregale. Eine Vitrine. Ein überladener Schreibtisch. Zwei Stühle davor, ein Sessel dahinter.

»Setzen Sie sich doch!«

Sie bemerkt meinen Blick.

»Damals, als ich hier anfing, war das der Schlafsaal.«

»Damals?«, frage ich und rechne schon mit einem bösen Zischen von Adrian, ich soll ja den Mund halten. Aber Adrian sieht mich gar nicht an. Er sieht Rosa Berger an. Ach was, ansehen. Er strahlt sie an. Er strahlt so dermaßen, er sieht aus, als würde er gleich anfangen zu sabbern.

Oh Gott, denke ich, Adrian hat sich gerade verknallt. Dass Adrian sich verknallen könnte, lag bislang völlig außerhalb meiner Vorstellungskraft. Der fiese, fette Adrian und dann verknallt. Es ist unvorstellbar, und doch geschieht es in diesem Moment. Vor meinen Augen.

»Ja, damals, als es noch ein Wochenheim war. Deshalb sind Sie doch hier, oder?«

Ich habe keine Ahnung. Und Adrian fällt aus. Er strahlt vor sich hin und scheint völlig vergessen zu haben, was er hier eigentlich wollte. Ich könnte ihn an die Wand klatschen. Und ich bin noch verwirrter als zuvor. Schlafsaal? Wochenheim? Wie lange muss das her sein? Und wie alt ist diese Frau, dass sie damals schon da war?

Genau wie Willi Schneider kann auch Rosa Berger ganz offensichtlich Gedanken lesen.

»Ich war damals Studentin. Wir sollten die Kinder beobachten, für eine Studie. Aber dann ..., nun ja. An Mandy erinnere ich mich gut. Wie geht es ihr?«

»Wie es ihr geht?«

»Sie haben sie sicherlich im Gefängnis besucht?«

Mandy im Gefängnis besuchen? Auf die Idee bin ich keinen Augenblick gekommen. Hätte ich das tun sollen? Geht das überhaupt? Rosa Bergers so unglaublich blaue Augen schauen mich unverwandt an. Und ich beginne, mich unendlich zu schämen. Was für eine Situation!

»Das geht nicht«, sagt Adrian schnell, »Untersuchungshaft.« Offensichtlich ist er ein klein wenig zu Bewusstsein gekommen. Obwohl er immer noch strahlt, dass es peinlich ist.

»Untersuchungshaft, stimmt, da gibt es keinen Besuch.«

Ich meine, ein kleines Schmunzeln rund um die so tiefblauen Augen zu bemerken. Aber es gilt nicht mir. Es gilt Adrian. Und Rosa Berger schaut auch nicht mich an, als sie ihre nächste Frage stellt, sondern Adrian.

»Und was genau möchten Sie?«

Die Frage ist so doppeldeutig, dass ich fast rot werde. Sozusagen stellvertretend für Adrian. Aber Adrian, der Rechercheur, dem sonst nicht das kleinste Detail entgeht, scheint all seine Recherchefähigkeiten verloren zu haben, komplett und vollkommen. Er merkt gar nichts. Er stottert.

»Wir, wir, äh, wir wollten gerne fragen, was Sie über Mandy wissen. Weil, weil«, und dann schaut er mich an, als wäre ihm plötzlich wieder etwas eingefallen, »ja, weil Carolin sich Sorgen macht.«

Kurze Stammelpause. Und dann: »Sie ist ja ihre Freundin.«

Das ist der Moment, in dem Rosa Berger und ich uns anschauen und alles verstehen. Ich verstehe, warum ich hier bin. Adrian will recherchieren, aber wer immer diese Rosa Berger ist, er brauchte einen Vorwand, um sie auszufragen. Der Vorwand bin ich, Mandys angebliche Freundin. Ich schäme mich. Ich schäme mich, weil ich keine Freundin von Mandy bin. Weil ich mich kein bisschen um sie gekümmert habe, seit sie im Gefängnis ist. Weil ich nicht einmal auf die Idee gekommen bin, etwas für sie zu tun.

Und ich schäme mich, weil ich sehe, dass Rosa Berger das ganze Spiel durchschaut. Dass ich keine Freundin bin. Und dass Adrian sie aushorchen will. Dass wir beide hier ein verlogenes Spiel spielen und dass wir zu doof sind, um es gut zu spielen. Ich kann so was sowieso nicht. Und Adrian, also Adrian, der hat gerade seinen Verstand verloren.

Rosa Berger lächelt. Sie lächelt und schaut uns an.

Jetzt, denke ich, schmeißt sie uns raus.

Aber stattdessen setzt sie sich in den Sessel hinter dem

Schreibtisch. Es ist mehr ein Gleiten als ein Hinsetzen. Diese Frau hat etwas Ätherisches an sich, etwas ganz Leichtes, Bewegliches. Als könnte sie ihre Beine verknoten oder so. Kein Wunder, dass der dicke, feiste Adrian so hin und weg ist.

Rosa Berger streckt ihre Hände aus, sie sind ganz zart und feingliedrig.

»Bitte«, sagt sie noch einmal, »bitte, setzen Sie sich doch.«

Und Adrian und ich setzen uns vor den Schreibtisch wie zwei Schulkinder vor das Pult der Rektorin.

Dann beginnt sie zu erzählen. Sie erzählt und erzählt. Sie erzählt langatmig und in weiten Schleifen. Wäre das meine Sendung, Adrian würde mir ständig auf den Kopfhörer brüllen. »Unterbrechen!«, würde er brüllen. »Dazwischengehen!«

Diesmal brüllt er nichts, er sagt nichts, er flüstert nicht einmal. Er hockt auf seinem Stuhl und strahlt Rosa Berger an. Ich habe keine Ahnung, ob er überhaupt irgendetwas hört. Aber ich höre.

»Mandy war zauberhaft. Sie war ja noch ein ganz kleines Baby, keine drei Monate. Sie hat nie geweint. Sie war immer zufrieden. Wenn ihre Mama sie brachte, kuschelte sie sich gleich in meine Arme. Ich hätte sie am liebsten den ganzen Tag geschuckelt, die süße Maus. Aber es gab ja Regeln, strenge Regeln. Vormittags schlafen, mittags den Brei, dann aufs Töpfchen, wieder schlafen, abends noch mal Brei, wieder das Töpfchen, dann baden, dann ins Bett. Früh um sechs wieder wecken. Das ging alles genau nach der Uhr. Wie hätte das sonst auch klappen können? Vierzig Babys. Vierzig! Und das waren ja nur die ganz kleinen. Nebenan waren die größeren Kinder, so bis sechs blieben sie bei uns, bis sie in die Schule kamen. Ich war immer nur bei den Babys. Ich liebte Babys. Und wegen der Babys war ich ja auch hier. Ich hatte gerade am Institut für Lehrerbildung angefangen, ganz jung war ich, ganz idealistisch. Ich fand das gut. Die Erziehung zur sozialistischen Persönlichkeit, Sie wissen schon. Und so ein Wochenheim, das war natürlich perfekt. Ich meine, allein die Kneipe. Können Sie sich Mandy da vorstellen? Und wie oft war die Mutter betrunken, wenn sie kam. Wenn sie überhaupt kam. Nein, Mandy war gerne hier, das können Sie mir glauben. Es war genau richtig.

Sie hat hier alles gelernt. Sie hatte hier einen Rhythmus. Sie glauben gar nicht, was ich heute erlebe. All diese jungen Eltern heute. Die Kinder haben überhaupt keinen Rhythmus. Unsere Kinder damals hatten das drauf. Und was ist uns nachher alles vorgeworfen worden. Das gemeinsame Aufs-Töpfchen-Gehen. Ja, und? Wissen Sie, wie oft meine Mitarbeiterinnen heute Aa aufwischen müssen? Aa, das die Kinder neben das Töpfchen machen, in die Unterhose, das sie an die Wand schmieren? Täglich! Wirklich, täglich! Aber uns fürs gemeinsame Töpfchengehen verurteilen. Das täte den Kindern heute mal gut. Und natürlich haben wir sie festgebunden, wenn sie noch nicht sitzen konnten. Was hätten wir denn auch machen sollen? Vierzig Kinder! Sie haben es gelernt. Heute lassen die Eltern ihre Kinder überall hinmachen. Wirklich überall. Damals haben sie ins Töpfchen gemacht. Die konnten das, alle.«

Rosa Berger spricht und spricht. Ich werfe einen verstohlenen Blick auf Adrian. Alles wie gehabt. Er strahlt. Er sitzt da wie erstarrt und strahlt. Obwohl, so ganz erstarrt ist er nicht. Sein Brustkorb hebt und senkt sich. Schnell. Als würde er ganz schnell laufen, atemlos. Irgendwie sind Adrians Körperfunktionen gerade außer Kontrolle geraten.

Ich höre mir das noch eine Weile an. Die Geschichten vom gemeinsamen Töpfchengehen. Das Schimpfen über die Eltern heute. Es rauscht durch meinen Kopf und gleich wieder hinaus. Es ist mir alles egal. Ich interessiere mich nicht für Kinder. Ich kann noch nicht mal sagen, ob ich sie mag oder nicht. Ich interessiere mich einfach nicht.

Ich würde gerne Fragen stellen. Ich möchte es wirklich. Zu Mandy. Ich würde dieses elende Selbstgespräch gerne unterbrechen, zurückkommen auf Mandy. Ich versuche es ein paarmal. Setze an.

»Frau Berger ...«

Doch sie nimmt mich nicht wahr. Quatscht immer weiter. Wie unterbricht man das? Ich konnte das mal, mit Adrian auf dem Kopfhörer. Adrian kann das. Aber er tut es nicht. Er ist abgeschaltet, irgendwie. Und zugleich angeknipst. Wie alt mag Rosa Berger sein? Mindestens sechzig, rechne ich schnell. Wie alt ist Adrian? Vierzig? Jünger? Älter? Ich habe keine Ahnung. Kurz stelle ich mir die beiden im Bett vor. Lieber nicht.

Ich will nicht mehr. Ich will nach Hause. Doch es gelingt mir nicht einmal, mich zu verabschieden.

»Frau Berger, ich, ähm ...«

Sie spricht einfach weiter.

Ich stehe auf, gehe hinaus auf die Wiese mit den Spielgeräten und zum Tor. Von ferne höre ich sie weiter sprechen. Als hätte es mich in diesem großen Raum mit dem Parkett und den vielen Fenstern und den hohen Decken nie gegeben.

Kälte. Ein einfaches Wort. Kalt. Noch einfacher. Schneidend. Ein bisschen schwieriger. Bibbern. Einfach. Nichts fühlen. Nichts mehr fühlen. Falsch. Schmerzen. Richtig.

Er versucht es mit etwas anderem: Lust. Ein schönes Wort. Lutschen. Ein noch schöneres Wort. Warm. Ein schönes Wort. Und ein einfaches. Weich. Auch schön. Und einfach. Heiß. Eng.

Da ist dieser große Schmerz. In seinen Zehen. In seinen Beinen. In seinen Fingern. In seinen Gelenken. Der Schmerz wächst. Er drängt sich von außen in ihn hinein. Immer weiter. Und da ist sein Glied. In all der Kälte, in all dem Schmerz ist es heiß und prall.

Lust. Eng. Heiß. Lutschen.

Adrian liegt in dem großen weichen Bett und kann sein Glück kaum fassen. Da ist ein Wohlgefühl in ihm, von dem er nicht weiß, ob er es je gekannt hat. Jede Faser seines Körpers vibriert vor Freude. In seinen Armen hält er Rosa. Ihr langes weißes Haar bedeckt seinen Brustkorb, kitzelt ihn in der Nase. Ihr Brüste sind lang und flach und von einer Zartheit, die ihn erschauern lässt. Ihr Bauch ist runzelig, ebenso ihr Po. Ihre Arme sind trainiert und sehnig wie die einer jungen Sportlerin. Sie hat ganz dünne Beine, und sie ist überall rasiert.

Damit hatte er nicht gerechnet.

Sie sah seinen erstaunten Blick und lachte.

»Die jungen Leute machen das heute alle. Wir in der DDR haben das immer schon gemacht. Vergiss nicht, wir waren immer schon die sexuell Befreiten.«

Sie lachte wieder, und wenn sie nun nicht schlafen würde, würde er weiter mit ihr lachen, immer weiter. Ihm ist so leicht ums Herz. Er weiß, dass er gerade seinen Verstand verloren hat. Dass er Sex hat mit einer Frau, die in einem Mordfall eine wichtige Zeugin sein könnte. Adrian der Rechercheur hätte das nicht gutgeheißen. Doch Adrian der Rechercheur hat sich in dem Moment davongemacht, in dem er Rosa das erste Mal erblickte. Wie erstaunt er gewesen war!

»Ein Weib mit Haaren auf den Zähnen«, hatte ihm sein Informant gesagt, »ein Drache. Die wird kein Wort mit dir sprechen. Erst recht nicht über DDR-Wochenheime.«

Deshalb hatte er Carolin mitgenommen. Sie sollte als Mandys Freundin durchgehen, und er hätte dann ganz stiekum nachgefragt. Und hoffentlich etwas Neues erfahren.

Es war so anders gekommen. Ganz anders. Adrian seufzt tief. In dem Moment, in dem er sie sah, hatte er sie begehrt. Und nun ist er mit ihr hier. Ein solches Wohlgefühl.

Rosa ist erwacht und schaut ihn an. Diese Augen. Dieses Blau. Ihre Hand wandert seinen Brustkorb hinauf, zu seinem Kinn. Wie alt mag sie sein? Sechzig? Älter? Es ist ihm vollkommen egal. Sanft dreht sie sein Gesicht, küsst ihn. Sofort ist er wieder erregt. Ihre Hand wandert hinunter, spürt ihn. Sie schlägt die Decke zurück, setzt sich rittlings auf ihn. Er sieht ihren Po, ihr langes Haar, ihren zarten Rücken, übersät von Sommersprossen. Er fasst sie an den Hüften, sie bewegt sich bereits, nur ein wenig, und doch, er kommt sofort.

*

Als ich nach Hause komme, dämmert es bereits. Im Hausflur duftet es nach Kuchen. Henry backt für morgen. Ihre Küchentür steht ein Stückchen auf. Nie bin ich an dieser Tür vorbeigegangen. Immer bin ich hineingestürmt, Henry drücken, die meist in Eile war, ein bisschen Kuchenteig naschen, den Verschnitt aufessen. Dann hoch in den vierten Stock, zu Jens.

Heute schleiche ich an Henrys Küchentür vorbei, als würden wir einander kaum kennen. Und irgendwie kennen wir uns ja auch kaum, oder? Da ist immer noch dieser seltsame Schmerz in meiner Brust, von vergangener Nacht, als irgendetwas oder irgendwer mich vor Hackis Bäckerei niedergestreckt hat. Und da ist noch ein anderer Schmerz. Henry. Was ist mit ihr. Was ist mit uns.

An Jens mag ich gar nicht denken.

Ich husche über den Hof und schließe Mandys Wohnungstür auf, als wäre ich hier zu Hause. Was mache ich überhaupt hier? Wäre Mandy wohl damit einverstanden? Ich habe sie nicht gefragt. Ich habe mich kein bisschen um sie gekümmert. Ich denke an Rosa Bergers Worte. Wie geht es Mandy? Ich weiß es nicht. Es hat mich nicht interessiert. Interessiert es mich wirklich nicht?

Ratlos streife ich durch die Küche. Es gibt noch vierzehn Dosen Ravioli, zwölf Becher Schokopudding mit Sahne und sieben Pappschachteln mit roten Teebeuteln. In meinem Bauch ist ein Loch. Das Letzte, was ich zu mir genommen habe, war Sherry bei Willi Schneider. Ich sollte etwas essen. Ich mag nicht.

Das graue Ungetüm ist still. Wahrscheinlich ist der Wasserbehälter voll, ich sollte ihn leeren. Ich mag einfach nicht.

Ich sitze auf Mandys beigefarbenem Sofa und starre mit leerem Blick vor mich hin. Da sind kaum noch Gedanken in meinem Kopf. Da ist nur eine große Leere. Und eine diffuse Angst. Was war das, in der vergangenen Nacht? Ist jemand hinter mir her? Aber wieso? Ich bin die doofe Tusse mit den roten Löckchen. Ich bin für niemanden eine Gefahr. Oder doch?

Vorsichtig schiebe ich meine Hand unter meinen Pullover, dorthin, wo es wehtut. Die Haut dort fühlt sich anders an, rauer. Wie verbrannt, schießt es mir durch den Kopf.

Ich stehe auf und stelle mich vor Mandys Waschbecken. Darüber hängt ein einfacher Spiegel. Ich sehe aus wie Pumuckl. Die Haare stehen mir wild vom Kopf ab, ich bin blass und habe tiefe Ringe unter den Augen. Doch da ist noch etwas. Ich entdecke es, als ich den Pullover über den Kopf streife. Mitten zwischen meinen Brüsten sind zwei kleine rote Flecken. Als hätten mich zwei glühende Speerspitzen getroffen.

Ich starre auf diese Flecken und kann nicht glauben, was ich da sehe. Was zum Teufel ist das? Und warum tut das so weh?

Ein eiskalter Schauer kriecht mir den Rücken hinauf. Jemand hat mich verletzt. Und ich habe keine Ahnung, wer es war. Oder warum er es getan hat.

Ich stehe in Mandys Küche, auf meiner Brust prangen die beiden roten Punkte wie Male, die mich kennzeichnen. Was immer hier passiert, jetzt hat es auch mit mir zu tun. Ich stecke mittendrin.

Nach einer Weile höre ich es. Da ist etwas am Fenster. Am Fenster in Mandys Schlafzimmer. Die Katzen!, denke ich. Einen Moment ist es still. Dann ist es wieder da, lauter. Das sind keine Katzen. Das ist kein Schaben. Das ist ein Klopfen. Ein Klopfen, wie Menschen es machen.

Jetzt ist da noch ein Gefühl. Kalt, dunkel. Es ist ein ganz schnelles Gefühl, eins, das mir Herzklopfen macht. Mehr als das. Mein Herz rast.

Es ist die Angst.

Da ist jemand am Fenster.

Er geht wieder weg, sage ich mir, sei einfach still.

Doch das Klopfen hält an.

Wer kann das sein? Wer klopft im Dunkeln an Mandys Schlafzimmerfenster? An ein Fenster, das so dicht verhängt ist, dass niemand etwas dahinter vermutet? Das von außen aussieht, als gehörte es zu einem Lagerraum?

Vielleicht Willi Schneider?, schießt es mir durch den Kopf. Oder Gila? Sie war letzte Nacht hier, sie schien die Wohnung zu kennen. Sie hat mich nach Hause gebracht. Mir eine Decke gegeben. Und mich geküsst. Bei der Erinnerung an diesen harten Kuss schaudert es mich. Und mein Herz rast noch schneller.

Warum bin ich überhaupt immer noch hier? In dieser Mörderwohnung?

Weil ich nirgendwo anders hinkann.

Das kalte, dunkle Gefühl wächst. Und mit ihm wächst die Angst.

Es klopft weiter.

Ich nestele mein Handy hervor, rufe Adrian an. Es klingelt und klingelt. Adrian meldet sich nicht. Verdammt.

Es klopft weiter. Ich stehe in Mandys Küche und fange an zu zittern. Die Bilder sind wieder da. Das Kabuff. Das, was ich für eine Bürste hielt.

Ich zittere.

Es klopft.

Und eine Stimme ruft: »Caro, nun mach schon, mach auf!«

Es ist Henry. Es ist Henry, die da draußen vor dem Fenster steht, eine Platte mit frisch gebackenem Kuchen in der Hand.

Ich bin so erleichtert, als ich sie erblicke.

»Henry!«

Ich reiße das Fenster auf, das geht, wenn man den schweren Vorhang hochhebt, und Henry klettert ins Zimmer. Sie ist so klein, sie muss auf die Fensterbank rauf- und wieder runterspringen.

»Mensch, Caro!« Henry schlingt ihre Arme um meine Hüften und legt ihren Kopf auf meine Brust. »Mensch, Caro.«

»Warum«, frage ich atemlos, »warum kommst du nicht zur Tür rein?«

»Abgeschlossen«, murmelt Henry und drückt mich noch ein bisschen fester.

»Mensch, Caro.«

Und in diesen zwei Worten ist alles, was ich jetzt brauche. Henry ist da. In dem Moment, in dem sie mich in ihre Arme nimmt, ist meine Wut weg. Verpufft in einem einzigen Augenblick. Meine Henry. Meine allerbeste Freundin. Sie ist da. Und sie hat ein ganzes Tablett Kuchen dabei.

Onkel Florian hat mal behauptet, ich sei der wankelmütigste Mensch der Welt. In einem Augenblick zu Tode betrübt, im nächsten himmelhoch jauchzend. »So ein Quatsch«, hatte Papa dazu gesagt, »rede ihr so etwas nicht ein.« Und dabei hatte er ein Gesicht gemacht, wie er es immer machte, wenn er nicht wollte, dass Onkel Florian mit mir über Dinge sprach, über die nicht gesprochen wurde. Über Mama zum Beispiel. Vor allem über Mama. Ich hatte keine Ahnung, was meine Launen mit Mama zu tun haben sollten. Vor allem aber hatte ich keine Lust, darüber nachzudenken.

Jetzt erst recht nicht. Henry und ich kuscheln uns in Mandys schmales Bett, in Gilas weiche Decke. Das restliche Bettzeug ist immer noch klamm.

»Wie du das hier nur aushältst.«

»Jetzt bist du ja da.«

»Mmh.«

Henry hat den Mund schon voller Kuchen. Ich auch. Mandel-Kokos-Torte. Chia-Mohn. Matcha-Himbeere. Rhabarber-Cheesecake. Brownies mit Zimt. Zitronenbaiser. Ich bin wohl doch hungrig.

Die Male auf meiner Brust. Soll ich Henry davon erzählen? Später. Vielleicht.

Mit Henry im Bett zu liegen und Kuchen zu essen ist herrlich. Wegen des Kuchens sowieso. Aber vor allem wegen Henry. Ich mag ihren Geruch. Es ist nicht so, dass sie riecht. Natürlich nicht. Es ist eher ein Duft, ein Duft, den ihre Haut verströmt. Wie Vanille. Vanille und Sahne, so riecht Henry.

Gleichzeitig ist sie so weich. Wir liegen ganz eng beieinander, damit wir beide in Gilas Decke passen. Die ist komplett aus Polyacryl und nimmt die Nässe, die überall in der Wohnung ist, einfach nicht an. Wir berühren einander an den Hüften, an den Oberschenkeln. Es ist, als würde ich mit einem warmen, weichen Kissen im Bett liegen. Einem, das sich bewegt und in mein Ohr lacht.

»Mensch, Caro, wie konnten wir nur so streiten.«

»Eigentlich«, sage ich kleinlaut, »habe nur ich gestritten.«

»Quatsch.« Henry steckt mir noch ein Stück Kuchen in den Mund, Waldbeere-Nuss, das hatte ich noch gar nicht. »Du hast ja recht, ich hätte früher was sagen sollen.«

»Was war mit dem Jungen?«

Henry stutzt.

»Caro! Du stellst ja Fragen!«

»Ja. Lach nicht. Sag es mir.«

Sie lacht nicht und legt den Kuchen beiseite.

»Hans.« Ihre Stimme hat nun einen anderen Klang, dunkler. »Was willst du wissen?«

»Warum hast du nie gesagt, dass du ihn kanntest?«

Keine Antwort. Lange. Henry nimmt meine Hand und streichelt sie. Fährt jeden Finger entlang. Zeichnet die Linien auf meiner Handinnenfläche nach. Schaut nicht auf.

»Es tat zu weh.«

»Es tat zu weh?«

»Ich hatte ihn gern. Und dann war er plötzlich weg.«

»Du hattest ihn gern?«

»Natürlich. Du hättest ihn auch gemocht. Er war wundervoll. Mein Sonnenschein.«

»Dein Sonnenschein?«

»Ein Sonnenschein.« Ihre Stimme hat nun schon wieder einen anderen Klang, heller, schneller. »Alle mochten ihn. Er war unser aller Sonnenschein.«

»Henry, weinst du?«

»Nein«, sie lässt meine Hand los und wischt sich mit dem Ärmel übers Gesicht, »nein, vielleicht ein bisschen.«

»Oh, Henry!«

Ich nehme sie fest in beide Arme, küsse ihren Scheitel, wiege sie hin und her. Henry lässt es geschehen und sagt kein einziges Wort. Lautlos rinnen Tränen über ihr Gesicht. Mein Sweatshirt wird ganz nass davon.

»Henry, was ist denn bloß? Was war mit diesem Hans?«

Die Worte kommen einzeln, stockend.

»Er war so lieb. So lieb. Einfach nur lieb. Willi Schneider nannte ihn den Idioten. Der Arsch. Hans war kein Idiot. Im Gegenteil.«

»Aber was war dann mit ihm?«

Lange keine Antwort. Dann: »Was weiß ich. Vielleicht war er Autist oder so. Er sprach nicht viel. Aber er spielte Klavier wie ein junger Gott. Und dann in dieser Familie! Von denen verstand ihn doch niemand. Mandy vielleicht. Keine Ahnung. Mit Mandy hatte ich nie viel zu tun.«

»Und Hans?«

»Hans?«

»Hattest du mit ihm viel zu tun?«

»Natürlich nicht.« Wieder eine lange Pause. »Ich mochte ihn nur.«

Es scheint so, als hätte das Gespräch Henry erschöpft. Mich auch. Ich stelle keine Fragen. Warum fange ich jetzt damit an? Ausgerechnet. Ich will doch nur mit Henry kuscheln und Kuchen essen. Ich will sie einfach nur in den Armen halten und sie hin und her wiegen.

Ich werde ihr nichts sagen von den Malen auf meiner Brust. Nicht jetzt.

Henry richtet sich auf.

»Komm, Süße, ich massiere dir die Füße.«

»Musst du nicht nach Hause?«

Ich habe keine Ahnung, wie spät es ist. Draußen ist es mittlerweile stockdunkel.

»Willst du jetzt die Füße massiert haben oder nicht?«

Henry lacht wieder und hat mir schon die Socken ausgezogen. Ihre kleinen Hände haben eine ungeheure Kraft. Das kommt vom vielen Backen und Kochen und Tablettsschleppen. Ich liebe es, von Henry die Füße massiert zu bekommen. Sie weiß genau, was sie tut. Und so lehne ich mich zurück in Gilas trockene Decke und lasse Henry machen. Meine beste Freundin. Alles ist gut.

Mittwoch, 6. Oktober 2011

Ich schlafe gut in dieser Nacht. Viele Stunden. Ich wache nur einmal kurz auf, weil mir so kalt ist. Ich liege wieder in Mandys klammem Bettzeug. Im Zimmer ist es dunkel. Ich taste nach Gilas Decke. Sie ist da, und da ist noch etwas. Henry, fest in Gilas Decke eingemummelt.

»Henry«, flüstere ich, »wach auf!«

»Wieso?« Ein kaum verständliches Murmeln.

»Wir müssen eingeschlafen sein! Du musst doch nach Hause!«

»Nach Hause?«

»Zu Gunther! Er macht sich bestimmt Sorgen!«

»Macht er nicht.«

Henry dreht sich auf die Seite, hebt die Decke ein Stück hoch und zieht mich an sich ran. »Komm, wir schlafen noch ein bisschen.«

Und so kuscheln wir uns in die Kunststoffdecke. Wie zwei Löffelchen. Mit Jens habe ich immer so geschlafen. Oder, ehrlich gesagt, lange. In letzter Zeit nicht mehr. Da sagte er, er hätte einen steifen Nacken und müsse alleine liegen. Wann hat das angefangen? Ich weiß es nicht. Was habe ich alles nicht mitbekommen?

Henry schlingt ihren Arm um mich und rückt noch ein bisschen näher an mich ran. Nie zuvor habe ich mit einer Frau so geschlafen. Es hat nichts Erotisches. Es ist einfach nur herrlich warm und weich. Und so schlafen wir, Stunde um Stunde. Bis der Morgen ins Zimmer kriecht.

Es ist der Duft, der mich weckt. Henry sitzt neben mir im Bett, in jeder Hand einen Becher heißen Kaffee. Mit ganz viel geschäumter Milch und Zimt für mich und rabenschwarz für sie.

»Komm, Süße, nimm, ich muss gleich zurück ins Café.«

Der dicke, schwere Vorhang ist immer noch zurückgezogen. Vom Bett aus sehe ich den gesamten Hinterhof. Gerade kommt ein sehr dünnes Mädchen zum Hoftor hinein und huscht durch die Hintertür ins Vorderhaus. Ich sehe die überquellenden Müllcontainer, die verrosteten Fahrräder, ich sehe sogar bis in Henrys Küche. Sie ist hell erleuchtet.

»Warst du schon drüben?«

»Klar, Dummerchen, ich hab Kaffee für uns gekocht. Hier, trink.«

Der Kaffee ist köstlich. Henry ist köstlich, wie sie da neben mir im Bett sitzt, nach Vanille und Sahne duftend. Obwohl sie noch dieselben Klamotten anhat wie gestern.

»Warst du gar nicht zu Hause?«

»Keine Zeit, ich muss gleich aufmachen.«

»Und Gunther?«

»Was, Gunther?«

»Macht er sich keine Sorgen?«

»Glaub nicht.«

Da ist ein kleiner Moment Schweigen. Wenn ich doch bloß schon wach wäre. Da ist etwas, was ich fragen möchte. Lange schon. Was war es bloß.

Henry schaut mich an und grinst. Sie weiß immer ganz genau, was ich gerade denke.

»Du willst schon wieder was fragen.«

»Ja, ehrlich gesagt, ja.«

Ich weiß es wieder. Aber kann man so etwas fragen?

»Henry?«

»Ja, Süße?«

»Diese Unterwäsche, die du mir gegeben hast …«

»Was für Unterwäsche?«

»Als ich bei euch gebadet habe …«

»Ja?«

»Das war Kinderunterwäsche.«

»Ja, und?«

»Von wem war die?«

»Von wem? Von mir natürlich, du Dummerchen!«

»Von dir?«

»Ja, klar!«

»Aber Henry! Warum trägst du Kinderunterwäsche?«

Henry sieht mich an, und es ist, als fiele ein Schatten auf ihr Gesicht.

»Henry, was ist?«

»Süße«, sagt sie und nimmt wieder meine Hand, zeichnet die Linien auf der Handinnenfläche nach, genau wie vergangene Nacht, »Süße, das verstehst du nicht.«

»Lass es mich versuchen.«

»Na gut.«

Henry betrachtet die Linien meiner Hand, als würden sie eine Geschichte erzählen.

»Als ich ein Mädchen war, musste ich immer die Wäsche meiner Mutter tragen.«

»Die Wäsche deiner Mutter? Aber warum?«

»Darum eben.«

Eine Pause.

»Es gab keinen besonderen Grund.«

»Und du hättest lieber Kinderunterwäsche gehabt.«

»Oh ja.«

»Wie die anderen Kinder.«

»Ganz genau. Wie die anderen Kinder.«

Da ist ein Zucken in Henrys Gesicht. Weint sie etwa schon wieder? Meine fröhliche Freundin Henry? Kommt das dabei heraus, wenn ich Fragen stelle? Dass Henry weint?

»Aber Henry, das verstehe ich doch!«

»Das verstehst du?«

»Ja, klar, du trägst heute Kinderunterwäsche, weil du als kleines Mädchen keine hattest. Das ist doch ganz einfach!«

»Ganz einfach.« Henry lächelt, aber der Schatten auf ihrem Gesicht ist noch da.

Ich denke fieberhaft darüber nach, was ich noch sagen könnte. Gab es in meinem Leben etwas, das ich nicht haben durfte, als ich klein war? Cola zum Beispiel. Oder Nutella. So was hat Papa nie gekauft. Aber ist das vergleichbar damit, keine Kinderunterwäsche zu haben? Die Sachen von der Mutter tragen zu müssen? Es schüttelt mich. Nein, das ist kein passender Vergleich.

Mir fällt nichts ein, womit ich Henry trösten könnte.

Und so sitzen wir in Mandys Bett, trinken Henrys Kaffee, und zwischen uns ist ein Schweigen, das nicht zu uns gehört.

Im nächsten Augenblick sehe ich Willi Schneider, wie er aus dem Seitenflügel kommt, schnurstracks zu den Müllcontainern latscht und beginnt, darin herumzuwühlen. Das kann ja wohl nicht wahr sein.

»Henry, siehst du das?«

»Hm.«

»Oh Gott, ist das eklig!«

Willi Schneider hat sein graues Hemd bis weit über die Ellbogen hochgekrempelt und kriecht fast in die Container hinein. Mit seinen dünnen weißen Armen wühlt er im Unrat. Er zieht Mülltüten heraus, hält sie hoch, ganz dicht vor sein Gesicht, schaut sie sich genau an und wirft sie wieder hinein. Dann das Gleiche von vorn mit der nächsten Mülltüte.

»Was macht der da?«

»Nichts, Süße, der sucht sich was zum Lesen.«

»Was zum Lesen?«

»Ja, Willi Schneider hat ja nur eine ganz kleine Rente. Der liest alles, was wir wegschmeißen. Der hat kein Geld für Illustrierte.«

Einen Moment denke ich darüber nach, was Henry sagt.

»Aber warum wühlt er dann nicht im Papiercontainer? Das ist der Restmüll!«

»Aber da schmeißen viele ihren Papiermüll rein. Guck!«

Gerade zieht Willi Schneider etwas aus dem Müll, das tatsächlich aussieht wie Papier. Ein Reklameblättchen oder so. Dann holt er wieder etwas heraus. Eine Art Aktenordner. An der Seite läuft bräunlicher Glibber runter.

»Igitt«, stöhne ich.

Willi Schneider wühlt weiter. Er scheint etwas Besonderes entdeckt zu haben, denn er stutzt kurz, dann stellt er sich auf die Zehenspitzen und lehnt sich weit über den Container. Den Kopf tief gebeugt. Ich muss schon vom Hinsehen fast kotzen.

»Wie eklig ist das denn!«

Willi Schneider scheint an etwas zu ziehen, sein Po ruckelt hin und her, dann taucht er langsam wieder auf, die dünnen weißen Arme weit von sich gestreckt. Was auch immer er da gerade aus dem Müll holt, scheint ziemlich festgepappt zu sein, er ruckelt noch mal fest, und dann hält er es hoch über seinen Kopf. Es ist Willi Schneiders vollgekotzter Badezimmerteppich, den ich in der vorletzten Nacht in den Müllcontainer gestopft habe.

»Oh Gott«, sage ich und halte mir die Decke vors Gesicht, in der Hoffnung, dass Willi Schneider mich nicht sieht.

»Igitt«, sagt jetzt auch Henry, »was ist das denn?«

Ich sage nichts, ich starre nur aus dem Fenster. Denn direkt davor steht Willi Schneider und starrt zu uns herein, und er guckt nicht wütend, nicht einmal böse, er schaut nur einfach so, wie einer schaut, wenn er sehr enttäuscht ist. Dann stopft er den Teppich wieder in den Container.

Willi Schneiders Gesichtsausdruck verfolgt mich den ganzen Morgen. Henry ist längst im Café. Wenn ich den dicken Vorhang zur Seite schieben würde, könnte ich sie in ihrer Küche hantieren sehen. Aber ich habe den Vorhang wieder ganz vors Fenster gezogen, jede winzige Ritze verschlossen. Und doch fühlt es sich so an, als stünde Willi Schneider immer noch davor und schaute mich an. Ich schäme mich. Ich schäme mich so sehr. Was bin ich für ein Mensch? Willi Schneider hat seinen Sherry und seine Zigarren mit mir geteilt, er hat mir für ein paar Stunden ein warmes, trockenes Zuhause gegeben. Und was mache ich? Kotze seinen Badvorleger voll und schmeiße ihn in den Müll.

Heute, beschließe ich, kaufe ich Willi Schneider einen neuen Badezimmerteppich. Und dann finde ich endlich heraus, was mit Jens ist. Wollte Adrian das nicht machen? Wo steckt der überhaupt? Ich rufe ihn an und lasse es klingeln. Einmal, zweimal, viermal. Es klingelt und klingelt, und niemand geht ran. Was ist nur mit Adrian los? Egal. Ich kriege das auch alleine hin. Ich muss wirklich endlich wissen, was mit Jens ist.

Aber zuallererst muss ich mich waschen und mich ordentlich anziehen. Und ich muss, das macht Henrys Kaffee, ganz dringend aufs Klo.

Ich mag nicht in den Garten. Im Garten zu kacken hat etwas Herabwürdigendes. All die Fenster im Hinterhaus. Jederzeit könnte jemand herausschauen und mich entdecken. Mit nacktem Po in Mandys Beeten. Ganz zu schweigen davon, dass ich nicht so recht weiß, wohin mit dem Klopapier. Für gewöhnlich stopfe ich es in eine Kaiser's-Tüte, und die klemme ich unter Mandys weiße Plastikbank, damit sie nicht davonfliegt. Ich müsste die Tüte mal wechseln.

Es ist alles so eklig.

Nein, ich mag nicht in den Garten. Ich frage Henry, ob ich kurz bei ihr aufs Klo gehen kann. Meine wunderbare Henry. Mit der ich die ganze Nacht gekuschelt habe. Das geht bestimmt.

Im Café sitzt eine einzige Prenzlauer-Berg-Mutter und stillt ihr Baby. Ich sehe untertellergroße Brustwarzen und einen winzigen bemützten Hinterkopf und will am liebsten gleich wieder gehen. Aber wo ist Henry?

»Entschuldigung …«

»Pssst!« Die Prenzlauer-Berg-Mutter funkelt mich böse an. »Leise!«

»Wo ist Henry? Die Besitzerin?«

»Pssst«, macht die Prenzlauer-Berg-Mutter noch einmal, und dann wedelt sie mit der Hand, als sei ich ein Insekt, das sie verscheuchen will, »pssst! Raus!«

Ich kenne das. Prenzlauer-Berg-Mütter sind so. Was mich verstört, ist, dass Henry nicht da ist. Nie lässt sie ihr Café allein. Niemals. Wo ist sie bloß?

Ich stürme die Treppe hoch, zu Henrys und Gunthers Wohnung. Eine Unruhe hat mich gepackt. Ich muss nach Henry sehen. Sofort.

Die Wohnungstür ist zu. Doch von außen steckt der Schlüssel. Das wird ja immer seltsamer.

»Hallo?« Ich klopfe vorsichtig an die Tür. »Hallo?«

Keine Antwort.

»Henry?« Ich versuche es noch einmal, lauter. »Henry, bist du da?«

Nichts rührt sich.

Ich mag diese Wohnung nicht betreten. Jahrelang habe ich sie überhaupt nicht betreten. Und als ich hier war, um zu baden, war alles total verstörend. Die komischen Bilder. Die Phallus-Symbole. Die vor allem.

Ich mag hier nicht rein.

Und sowieso öffne ich keine verschlossenen Türen.

Eine Tür, die zu ist, bleibt zu.

Basta.

Und doch ist da dieser bohrende Gedanke. Henry. Was ist mit ihr. Niemals würde sie das Café allein lassen. Niemals würde sie den Wohnungsschlüssel von außen stecken lassen.

Henry, meine weiche duftende Freundin.

Henry, die Hans kannte. Die ihn Sonnenschein nannte. Hans, dessen Kopf ich für eine Bürste hielt.

Ich habe ihr nichts erzählt von den Malen auf meiner Brust.

Die Angst wächst.

Was mache ich bloß.

Ich öffne keine verschlossenen Türen.

Und doch. Jetzt tue ich es.

Es ist eine kleine Bewegung. Ich drehe den Schlüssel. Die Tür springt sofort auf.

Der Flur ist leer. Kein Geräusch. Oder doch? Da ist etwas, ganz leise.

Ein Stöhnen. Es kommt aus dem Wohnzimmer. Himmel!

Die Tür zum Wohnzimmer ist geschlossen. Es ist eine dieser schönen hohen Altbautüren. Mit kleinen Fenstern aus Milchglas. Und hinter diesem Milchglas ist etwas. Ein Schemen, der sich bewegt.

Ich zögere nicht mehr, ich denke nicht einmal mehr nach. Mit einem einzigen Schwung reiße ich die Tür zum Wohnzimmer auf.

Es ist nicht ein Schemen, es sind zwei.

Gunther sitzt auf dem Sofa. Vor ihm kniet ein Mädchen, fünfzehn, sechzehn vielleicht. Er hält ihren Kopf mit beiden Händen, bewegt ihn. Auf und ab.

Sie sind beide vollkommen nackt. Gunthers Schwanz steckt tief im Mund des Mädchens.

Er sieht mich, wirft mir einen Blick zu, er lächelt. Es ist ein genüssliches Lächeln. Dann schaut er wieder das Mädchen an, mit der einen Hand bewegt er weiter ihren Kopf, er beugt sich ein wenig vor, mit der anderen berührt er ihre Brust. Es sind winzige Brüste.

Ich kenne das Mädchen. Ich brauche einen Moment, bis ich weiß, woher. Ich habe sie in den Hof huschen sehen, heute Morgen, als ich mit Henry im Bett saß und Kaffee trank. Das dünne Mädchen. Es kniet hier in Henrys Wohnzimmer und hat Gunthers Schwanz im Hals. Und Gunther grinst dazu.

Ich weiß nicht, wie ich aus der Wohnung rausgekommen bin. Ich habe keine Ahnung, ob Henry auch da war. Das Nächste, an das ich mich erinnere, ist, dass ich in Mandys Garten hinter dem Haus hocke und mir die Seele aus dem Hals kotze. Wieder einmal. All der Kuchen der vergangenen Nacht. Henrys Kaffee mit viel Milch und Zimt. Ich kotze und kotze.

Dann hocke ich mich auf die weiße Bank und starre dumpf vor mich hin. Das Bild geht mir nicht aus dem Kopf. Gunther und das dünne Mädchen. Weiß Henry davon? War sie deshalb vergangene Nacht bei mir? Und warum weiß ich von alldem nichts? Hätte Henry mir nicht was gesagt? Hätte sie nicht was sagen müssen? Ist sie wirklich meine beste Freundin?

Meine einzige Freundin, korrigiere ich im Stillen. Henry ist meine einzige Freundin. Und nun weiß ich nicht einmal mehr, ob sie überhaupt meine Freundin ist.

Hätte sie mir das nicht erzählen müssen?

Weiß sie überhaupt davon?

Meine Gedanken drehen sich im Kreis. Das Bild von Gunther und dem Mädchen geht nicht weg aus meinem Kopf. Was für eine verdammte Scheiße.

Ich hätte die Wohnzimmertür zu lassen sollen.

In meinem Mund schmecke ich Galle. Habe ich jemals in meinem Leben so viel gekotzt wie in den vergangenen Tagen? Ich kann mich nicht erinnern. Außerdem stinke ich. Wann habe ich das letzte Mal geduscht, mich gewaschen? Und zu allem Überfluss muss ich immer noch kacken.

Mein Blick wandert die Rückseite des Hinterhauses hinauf. Grauer, bröckelnder Putz. So viele Fenster. Vier Stockwerke und ein Dachgeschoss. Manche Fenster scheinen blind. Andere sind mit gebatikten Tüchern verhängt. Ganz oben, direkt unterm Dach, Balkonkästen mit Geranien. Wer wohnt dort? Wer wohnt in den Nachbarhäusern? Sie bilden eine Wand, die die Wildnis, in der ich hocke, abtrennt von allem. Von dem, was sich in den Hinterhöfen ereignet, in den Vorderhäusern, auf der Straße.

Suchend gleitet mein Blick über die Häuserwand. Und dann finde ich es. Ein winziges Fenster auf halber Höhe zwischen Erdgeschoss und erstem Stock. Das Fenster zum Kabuff. Der Ort, wo Hans' Leiche war, zwanzig Jahre lang. Welche Geheimnisse hütet dieses Haus noch? Dieses Haus, das zur Straße hin so einladend ist – mit Henrys Café und den Simsen und Erkern und schmiedeeisernen Balkonen. Und das auf seiner Rückseite so verschlossen ist. Grau und dunkel. Als presste es seine Lippen fest aufeinander. Ein Haus, das seine Geheimnisse wahrt, so lange wie irgendwie möglich.

Ich muss mir dringend die Zähne putzen. Und mich waschen. Und kacken. Es hilft ja alles nichts. Ich schlage mich ein wenig tiefer ins Gebüsch und hocke mich hin. Ziehe meine Jeans in die Kniekehlen, beinahe fällt mir das Handy heraus. Wann habe ich das letzte Mal versucht, Jens zu erreichen? Warum meldet Adrian sich nicht? Wo steckt er bloß?

Ich hocke im Gebüsch, und schon wieder fahren meine Gedanken Karussell. Und endlich kann ich kacken.

Mein Körper entleert sich mit einem platzenden Geräusch. War da jemand an einem der Fenster? Nein, alles ruhig. Wenn mich nur niemand sieht!

Der Einzige, der auftaucht und so schaut, als wollte er nach dem Rechten sehen, ist der rote Kater. Er streift um mich herum, mit gebührendem Abstand.

Er lässt mich keinen Augenblick aus den Augen. Was hat der bloß? Warum guckt der so? Mittlerweile hat sich ein entsetzlicher Gestank ausgebreitet. Guckt der deshalb so? Soll ich mich jetzt vor einer Katze schämen, weil ich draußen kacken muss? Geht's noch? Dann weiß ich es. Er guckt vorwurfsvoll. Er guckt, als wäre ich ein ganz schlechter Mensch. Und ein bisschen hat er recht. Ich habe nicht nur Willi Schneiders Badvorleger vollgekotzt und weggeschmissen, ich habe auch den Katzen kein Essen gegeben. All den Katzen, für die Mandy ganz offensichtlich gesorgt hat. Das sehe ich in den Augen des roten Katers: Du bist ein schlechter Mensch.

Er hat ein bisschen recht. Aber muss er gleich so gucken?

»Wenn du wüsstest«, erkläre ich dem roten Kater, »was Gunther da vorne treibt, dann würdest du mich nicht so angucken. Schlechte Menschen sind schlimmer.«

Der Kater guckt weiter. Auf diese eine bestimmte Art. Und ich gebe klein bei.

»Okay«, murmele ich, »sobald ich hier fertig bin, gibt es was. Versprochen.«

Doch dazu kommt es nicht. Ich bin noch dabei, mich wieder aufzurappeln, ich habe das dreckige Klopapier noch in der Hand, als ein fürchterlicher Knall ertönt. Dicht gefolgt von einer kreischenden Stimme.

»Aber meine Herren, das wäre doch nicht nötig gewesen!«

Ich kenne diese Stimme. Es ist das kleine Kerlchen Zikram, das kreischt. Von der Hausverwaltung. Und es kreischt in meiner Wohnung. Oder, besser gesagt, in Mandy-Monikas Wohnung.

Im Nullkommanix habe ich das Klopapier weggeschmissen, meine Jeans hochgezogen und mich aufgerichtet. Um gleich wieder in die Hocke zu gehen. Denn in den Fenstern im Erdgeschoss tauchen lauter fremde Silhouetten auf. Die Wohnung ist voller Menschen. Polizei!, fährt es mir durch den Kopf. Sie durchsuchen die Wohnung!

Und so ist es wohl auch.

Ich suche Schutz hinter einem Gestrüpp, das vielleicht gar kein Gestrüpp ist, sondern Johannisbeeren oder Stachelbeeren oder so, aber hätten die jetzt im Herbst noch Blätter? Keine Ahnung. Es ist ein notdürftiges Versteck, und ich muss mich tief ins Dickicht kauern, um nicht entdeckt zu werden.

Sie nehmen die Wohnung auseinander. Von meinem Platz aus sieht es nicht so aus, als gingen sie systematisch vor, aber was weiß ich schon. Auf jeden Fall sind es viele, Männer und Frauen, alle in Uniform. Sie machen alle Schränke und alle Schubladen auf und durchwühlen einfach alles.

Ein einziges Mal war ich mit Adrian in den hinteren Zimmern, danach habe ich sie nie wieder betreten. Ich öffne eigentlich keine verschlossenen Türen. Ich bin nicht neugierig. Henrys Wohnzimmertür habe ich vorhin aus Sorge geöffnet, nicht aus Neugier. Ich weiß nicht einmal, wie das ist, neugierig zu sein. Jetzt aber bin ich Voyeurin eines seltsamen Spektakels, ob ich will oder nicht.

Alle Fenster sind hell erleuchtet. Das Wohnzimmer mit dem Flügel und der hässlichen Couchgarnitur. Ein großer blonder Mann öffnet alle Schränke, durchwühlt das Regal, in dem Hans' Klaviernoten stehen. Ich erkenne den kleinen Zikram. Er hüpft neben dem großen Blonden auf und ab und kreischt und kreischt. Er kreischt so laut, dass es bis draußen zu verstehen ist.

»Das bezahlt mir keiner! Wer haftet mir dafür! Das kostet Unsummen! Hören Sie mir überhaupt zu?!«

Doch der große Blonde macht nicht den Eindruck, als ließe er sich von Zikrams Kreischen beeindrucken, er wühlt einfach weiter.

Direkt neben dem Wohnzimmer muss das Elternschlafzimmer sein. Ich sehe einen braunen Kleiderschrank und Bettdecken, die aufgeschüttelt werden. Dann folgt das Kinderzimmer. Wie Adrian gesagt hat: ein winziger Schlauch. Eine ziemlich korpulente Frau ist gerade dabei, die Klappbetten herunterzulassen. In dem Moment, in dem sie unten sind, kann die dicke Frau sich anscheinend nicht mehr vor oder zurück bewegen. Sie lehnt sich schwerfällig über die Betten, greift unter die Matratzen. Ich meine, sie stöhnen zu hören.

Das nächste Fenster in der Reihe ist der Raum mit dem vielen Futter für die Katzen. Hier wird nur einmal kurz das Licht angeknipst und gleich wieder aus. Das Fenster zum Garten sieht geschlossen aus. Habe ich es vorhin von außen zugedrückt? Ich kann mich nicht erinnern. Was, wenn sie mich entdecken?

Ich kauere mich noch tiefer ins Gebüsch.

In der winzigen Küche sind sie zu viert oder zu fünft, ich kann es nicht genau erkennen. Sie machen alle Raviolidosen auf und kippen den Inhalt ins Spülbecken. Sie reißen auch alle Teeschachteln auf und schmeißen die Beutel hinterher.

Sie räumen alle Schränke komplett leer. Sie nehmen sogar das Trocknungsgerät auseinander, bis nur noch ein stählernes Gerippe bleibt.

»Danke schön«, murmele ich in meinem Versteck vor mich hin. Jetzt habe ich keine Vorräte mehr. Und erst recht keine Chance, diese Wohnung jemals trocken zu kriegen.

Als Nächstes finden sie meine Sachen. Sie schleppen eine Umzugskiste nach der anderen in die Küche und leeren sie, alle sieben. Ich habe in den letzten Tagen kaum hineingeschaut. Nur das Notdürftigste herausgeholt. Ich wollte nicht sehen, was Jens für mich gepackt hatte. Jetzt bekomme ich all mein Hab und Gut vorgeführt, ein kleiner Mann mit Minipli hält jedes einzelne Stück in die Höhe. Meine Anziehsachen. Meine Yogasachen. Meine CDs. Meine noch übrigen Parfümflakons.

Eine Frau mit rotem Wuschelkopf lacht dabei und sagt irgendwas. Ich kann nichts davon verstehen. Aber ich sehe, wie sie sich meine Flasche *Sublime* schnappt, mein Lieblingsparfüm, mein teuerstes. Sie sprüht es sich hinter die Ohren, wie alte Frauen es machen, schnüffelt und steckt sich die Flasche in die Jacke. Jetzt lachen beide, die Frau und der Typ mit Minipli.

Ich hocke in meinem Gebüsch und koche vor Wut. Was sind das für Dreckspolizisten, die hier einfach auftauchen und Sachen klauen? Was soll das!

Aber ich mache keinen einzigen Mucks. Bloß nicht entdeckt werden.

Ich weiß nicht, wie lange der Spuk dauert. Ich verliere jedes Zeitgefühl. Ich halte es ziemlich gut aus, lange zu hocken. Das macht das viele Yoga. Was ich nicht aushalte, ist die Kälte. Sie kriecht von allen Seiten in mich rein. Sie kriecht von unten in mich rein, vom feuchten, kalten Erdboden, und sie beißt mich von vorn und von hinten, das macht der eiskalte Wind. Ich liebe den Berliner Wind, denn meist ist er trocken und riecht nach der Ostsee, doch heute ist er feucht, und er frisst an mir.

Neben mir hockt der rote Kater. Er sitzt wie eine Sphinx, als würde ihm der feuchte Boden nicht das Geringste ausmachen. Auch er hält den Blick auf die Fenster gerichtet, schaut nach links und nach rechts. Nichts von dem, was sich in der Wohnung ereignet, scheint ihm zu entgehen.

Irgendwann sind sie fertig. Der Mann mit Minipli trägt eine Reihe Kartons hinaus. Keine Ahnung, was sie da reingetan haben. Zikram hat aufgehört zu kreischen und sitzt an Mandys Küchentisch, wo er Papiere unterschreibt, die der große Blonde ihm hinlegt. Dann sind sie weg. Als wären sie nie da gewesen.

Ich warte noch einen Moment, aber nicht allzu lange. Mir ist einfach schrecklich kalt. Und vor lauter Kälte muss ich schon wieder pinkeln. Der Kater geht einen Meter zur Seite, als es neben ihm plätschert. Und guckt schon wieder auf diese eine bestimmte Weise.

Mir reicht es langsam.

»Nun tu nicht so etepete! Als wenn du nicht pinkeln würdest!«

Habe ich das jetzt gedacht, oder habe ich es laut gesagt? Hat mich jemand gehört? In dem Moment, in dem ich mit dem Kater schimpfe, nehme ich aus den Augenwinkeln eine Bewegung wahr. In der Wohnung. Da ist noch jemand. Da hat sich gerade jemand bewegt. Eine kleine Gestalt. Oder jemand, der geduckt geht. Der gleich wieder aus meinem Blickfeld verschwindet. Der nicht will, dass ihn jemand sieht.

Ich hocke im Gebüsch, schon wieder mit runtergelassener Jeans, und mein Herz ist ein Blasebalg. Es pumpt und pumpt.

Das ist kein Polizist. Die Polizisten sind gegangen. Wer ist das? Wer versteckt sich dort in Mandy-Monikas Wohnung?

Sofort sind alle Bilder wieder da. Das Kabuff. Das, was ich für eine Bürste hielt. Bin ich eigentlich völlig schwachsinnig, in einer Mörderwohnung zu hausen? Warum bin ich nicht längst weg?

Weil ich nicht weiß, wohin. Weil ich ganz allein bin. Jens ist weg. Und Henry, ja, was ist eigentlich mit Henry, mit meiner besten Freundin?

Ich hocke im Gebüsch und bin so verzweifelt, wie man nur verzweifelt sein kann.

Mandy sitzt im Gefängnis. Wer also treibt sich da in ihrer Wohnung rum? Vielleicht ein Komplize? Vielleicht der wahre Mörder? Womöglich ist Mandy unschuldig. Und ich, die ich die ganze Zeit nichts raffe, bin einfach zur falschen Zeit am falschen Ort. War's das jetzt? Lande ich jetzt auch in einem Kabuff, wo man mich vielleicht zwanzig Jahre später findet? Ich fange an zu weinen. Lautlos. Die Tränen laufen mir übers Gesicht. Ich mache dabei kein einziges Geräusch. Ich behalte die Fenster im Auge.

Der Kater und ich, wir sind mucksmäuschenstill.

Und dann klingelt mein Handy. Es klingelt laut und gut hörbar. Und was das Krasseste ist: Es spielt »Come on Eileen«. Das ist Jens' Melodie. Jens ruft an.

Im ersten Augenblick bin ich versucht, das Handy auszuknipsen oder weit von mir wegzuschmeißen oder beides. Doch dann sehe ich die Bewegung wieder. Wer immer da in der Wohnung ist, er hat mich entdeckt. Ich kann mich nicht mehr verstecken. Jetzt bin ich dran.

Oder auch nicht.

»Jens«, japse ich, und ich höre meinen Atem pfeifen, »hör gut zu, ich bin auf einem freien Feld, das sich direkt hinter unserem Haus befindet, also hinter der Wohnung im Erdgeschoss im Hinterhaus.«

»Caro?« Es ist tatsächlich Jens, der in der Leitung ist, und er klingt komisch, irgendwie irritiert. »Caro, bist du das?«

»Natürlich bin ich das!« Ich werde jetzt lauter. »Es ist mir völlig egal, was mit dir ist, warum du abgehauen bist, warum ich obdachlos bin, warum mein ganzes Leben versaut ist.«

Jens unterbricht mich.

»Caro, bitte, hör mir zu …«

»Nein! Du! Hörst! Mir! Zu! Verstanden?!?«

»Caro, was ist mit dir?«

»Ich bin auf dem freien Feld hinter der Erdgeschosswohnung im Hinterhaus.«

»Ich kenne kein Feld …«

»Ist egal! Stell es dir vor! Du musst in die Erdgeschosswohnung und dann aus dem Fenster klettern!«

»Ich soll aus dem Fenster klettern? In einer fremden Wohnung?«

Ist das Jens? Ist dieser begriffsstutzige Typ mein kluger cooler Jens? Der bestaussehendste aller Orthopäden? Ich muss es anders versuchen.

»Hör mir einfach zu, okay? Ich bin in Gefahr. Ich –«

»Du bist in Gefahr? Aber wieso denn?«

»Hör mir zu! Du musst sofort hierher kommen!«

»Caro, ich kann nicht –«

»Du musst kommen! Da ist jemand in Mandys Wohnung, und ich –«

»Caro, ich verstehe, dass du aufgebracht bist. Lass uns das in Ruhe besprechen. Jetzt geht es nicht. Ich werde mir Zeit für uns nehmen –«

»Aber ich habe keine Zeit!«

Verdammte Hacke. Der Jens, den ich kannte, hätte keine

Sekunde gezögert, zu mir zu kommen. Der Jens, den ich kannte, erfüllte mir jeden Wunsch in dem Moment, in dem er ihn mir von den Augen ablesen konnte. Und das konnte er ziemlich gut. Der Jens, den ich kannte, hätte mich niemals in dieser Höllensituation alleingelassen.

Der Jens, der jetzt am Telefon ist, kann das.

»Hör zu«, versuche ich es ein letztes Mal, »es hat hier einen Mord gegeben –«

»Einen Mord! Caro! Was erzählst du –«

»Verdammt, hör zu! Ich gehe jetzt in die Erdgeschosswohnung. Hast du das verstanden? Die Erdgeschosswohnung bei uns im Hinterhaus. Jens?«

»Caro, sollten wir nicht besser –«

»Ich bin in Gefahr! Kapier das endlich! Da ist jemand in der Erdgeschosswohnung im Hinterhaus. Er hat mich entdeckt. Ich gehe jetzt hinein. Und sobald ich aufhöre zu sprechen oder sonst etwas geschieht, rufst du die Polizei. Verstanden?«

»Ich rufe die Polizei. In die Erdgeschosswohnung im Hinterhaus. Sobald was mit dir ist.«

Ich atme aus. Was immer mit diesem Typen los ist, jetzt scheint sein Verstand wieder einzusetzen.

»Okay«, sage ich, »ich gehe jetzt los.«

Und das tue ich. Ich marschiere auf das Fenster vom Katzenzimmer zu. Schnurstracks. Das Handy halte ich hoch vor mein Gesicht, ich habe die Freisprecheinrichtung angeschaltet.

»Ich komme jetzt!«, rufe ich.

Ich höre Jens »okay« sagen, aber ich habe ihn gar nicht gemeint. Ich meine den Fremden in der Wohnung.

»Ich komme jetzt«, rufe ich noch einmal, »und sobald mir etwas passiert, ruft mein Freund die Polizei!« Ich wedele mit dem Handy. »Mein Freund! Er ruft die Polizei!«

»Caro, ich …«

»Maul!«, brülle ich.

Es ist das erste Mal in sechzehn Jahren, dass ich Jens beschimpfe. Er verstummt sofort. Ist er noch dran?

»Jens?«

»Ich bin dran. Gehst du jetzt rein?«

»Ja.«

Mit steif gefrorenen Gliedern klettere ich durchs Fenster zurück ins Katzenzimmer.

Hier ist tatsächlich alles unverändert. Die Regale bis oben hin voll mit Katzenfutter. Was haben die gesucht, dass sie hier nicht nachschauten?

In der Wohnung hängt ein komischer Geruch. Aftershave und Schweiß. Ein Männergeruch. Einer, den ich nicht kenne.

Es ist ganz still. Ich höre Jens durchs Handy atmen. Hat er Angst? Meinetwegen?

Jens duftete eigentlich immer. Er schwitzte kaum. Und wenn, dann verströmte seine Haut nur einen ganz leichten, eigenen Geruch. So ein bisschen wie Sauerkirsche. Ich liebte diesen Geruch. Ich rieb mein Gesicht in seinen Achselhöhlen und konnte kaum genug davon kriegen. Jens war das immer ein bisschen peinlich. Aber nur ein bisschen. Denn natürlich mochte er es auch. Ich fuhr einfach so total auf ihn ab. Und das gefiel ihm, klar.

Ob der Jens, den ich jetzt atmen höre, noch genauso riecht? Ob ich je wieder mein Gesicht in seinen Achselhöhlen reiben werde?

Nicht daran denken.

»Jens, bist du da?«

»Ich bin da, Caro.«

Die restliche Wohnung sieht verheerend aus. Als wenn Vandalen hier gehaust hätten. Bloß dass es die Polizei war, die alles aus den Schränken gerissen hat. Die alle Schubladen ausgeleert hat, alle Regale, die alle Teppiche umgedreht hat und jede Decke, jedes Kissen, jeden Vorhang. Die gesamte Wohnung ist total verwüstet. Kniehoch liegen Anziehsachen, Badetücher, Dokumente. Ich erkenne eine Männerhose aus blauem Cord, ein geblümtes Kleid. Sind das Sachen von Mandy? Oder von ihren Eltern? Hat sie alles behalten?

Mitten im Flur steht eine Nähmaschine. Daneben liegt ein Gummistiefel, blau, kleine Größe. Ich denke an Hans. Er war fünfzehn, als er verschwand. War er groß, oder war er eher klein für sein Alter? Kann das sein Gummistiefel sein?

Auf Zehenspitzen schleiche ich von Zimmer zu Zimmer.

Ist der Fremde noch da? Lauert er hinter der nächsten Tür?

»Jens?«

»Ich bin da.«

Die Wohnung ist mir fremd, unheimlich. Es ist, als präsentierte sie mir ihr Gedärm. Eine Packung Damenbinden liegt im Elternschlafzimmer aufgerissen auf dem Bett. Daneben ein Schmuckkoffer, rotes Plastikleder, leer, offene Schatullen für Uhren und Ringe. Haben die etwa auch den Schmuck mitgenommen? Hat Mandy Schmuck? Ihre Mutter? Im Kinderzimmer sind die Klappbetten immer noch heruntergelassen. Sie stehen so dicht beieinander, sie lassen kein Fitzelchen Platz. Unmöglich, auch nur einen Schritt ins Zimmer zu tun. Wie haben Mandy und ihr Bruder hier gelernt, gespielt?

Im Wohnzimmer ist der Flügel nicht mehr blank poliert, der Deckel steht irgendwie komisch hoch, und der ganze Raum ist übersät mit Notenblättern, Geschirr in allen Farben und Formen, aufgeklappten Fotoalben, verstreuten Dias und VHS-Kassetten. Dazwischen halb volle Flaschen mit Sherry, Whisky, Jägermeister.

Ich ziehe die Tür schnell wieder zu. Der Anblick der Flaschen hat etwas in mir ins Schwingen gebracht. Etwas, das still sein soll. Keine Erinnerung. Ich mag nicht mehr.

Was, zum Teufel, ist hier los. Was mache ich nur. Jetzt lebe ich nicht nur in einer Mörderwohnung, sondern auch noch in einer total verwüsteten Mörderwohnung.

»Caro, was ist?«

»Was ist?«

»Du atmest komisch.«

»Alles okay. Bleib dran.«

Das ist doch mein Jens in der Leitung. Mein Jens, der an meiner Art zu atmen erkennt, was mit mir ist.

Über der Küche hängt ein penetranter Geruch ungekochter Ravioli. Angewidert schaue ich ins Spülbecken. Es ist eine einzige Schweinerei. Wie soll ich das bloß alles wieder sauber kriegen?

Was noch viel schlimmer ist: Mandys Laptop ist weg. Und, verdammt, auch die Unterlagen, die Adrian mitgebracht hatte. Adrians Recherche zu Hans' Tod. Die Mappen mit Zeitungsausschnitten und Polizeiberichten und Fotos. Alles weg.

Verdammt.

»Caro?«

»Alles okay.«

»Wirklich?«

»Es ist alles weg.«

»Was ist weg?«

»Unsere Recherche. Adrians Recherche. Wegen Hans' Tod.«

»Wessen Tod? Caro, was ist los? Meinst du deinen Rechercheur Adrian? Den Dicken? Den du hasst?«

»Genau den.«

»Caro, ich verstehe gar nichts.«

»Tatsächlich?«

Jetzt ist nur noch Mandys Schlafzimmer übrig. Wo Mandy vor nicht einmal einer Woche meine sieben Umzugskartons reingetragen hat. Sieben Umzugskartons. Alles, was Jens mir gelassen hat von unserem Leben. Von meinem Leben. Sieben Kartons. Das ganze Zimmer ist ein einziger Saustall. Ich mag gar nicht nachschauen, was überhaupt noch da ist.

»Caro? Was ist los?«

»Was los ist? Ja, genau, was ist eigentlich los? Kannst du mir das mal sagen? Du verschwindest innerhalb von zwei Stunden, räumst unsere ganze Wohnung aus, hinterlässt mir nichts, keine Nachricht, gar nichts –«

»Ich habe dir deine Sachen gepackt –«

»Genau! Du hast mir meine Sachen gepackt! Du Arschloch! Du Riesenarschloch! Was fällt dir ein! Du verficktes Riesenarschloch!«

Und während ich das schreie, in der Tür zu Mandys Schlafzimmer, mit heißem Kopf und wilder Wut, während ich kreische und Jens am anderen Ende der Leitung schlucken höre, ist da plötzlich diese Gestalt. Wie aus dem Nichts. Ganz schwarz gekleidet. Eine Kapuze auf dem Kopf. Sie kommt von der Seite. Sie hat etwas in der Hand. Der nächste Moment ist Schmerz. Und Dunkelheit.

Angst. Ein einfaches Wort. Ein schreckliches Wort. Eins, über das er mit dem Fräulein gesprochen hat.

»Aber nicht doch«, hatte sie gesagt, »sei ganz beruhigt.«

Und er war beruhigt gewesen.

Mit ihr hatte er darüber nicht gesprochen. Wozu auch. Keine Angst. Keine Angst mehr. Überhaupt keine mehr.

Die Angst war so weit weg. So weit weg, wie sie nur weg sein konnte. Meilenweit. Planetenweit. Weltallweit.

Wie lange ist das her? Er hat längst jedes Zeitgefühl verloren. Zeitgefühl. Auch so ein Wort. Kann man ein Gefühl haben für die Zeit? Wohl kaum. Eine Vorstellung, ja. Aber ein Gefühl? Totaler Blödsinn.

Darüber könnte er auch gut mit dem Fräulein sprechen. Wenn er hier raus ist.

Angst. Sie ist da.

Adrian sitzt in dem großen weichen Bett und isst geröstetes Brot mit Schinken und Käse. Rosa hat es auf dem schmiedeeisernen Herd zubereitet, der das winzige Häuschen mit bullernder Hitze füllt. Viel mehr als den Herd und das Bett gibt es nicht. Lediglich ein kleines Tischchen, zwei Sessel, ein Bücherregal. Vor den Fenstern hängen bunt bestickte Gardinen. Dahinter der See. Adrian hat ihn kaum wahrgenommen, als sie hier ankamen, in Rosas unaufgeräumtem Auto. Wie lange ist das her? Eine Stunde? Ein Tag? Er weiß es nicht. Und es ist ihm egal. Da ist Rosa, die ihm Brote reicht. Die ihm über die Brust streicht, ihm durch die Haare fährt.

Nie zuvor hat er eine Frau wie Rosa gekannt. Nie zuvor hat er eine solche Zärtlichkeit erlebt.

Adrian mag fett sein, doch natürlich hatte er Frauen. Es gibt Frauen, mehr, als dünne Männer sich vorstellen können, die auf fette Männer stehen. Adrian hatte eine Menge dieser Frauen. Aber er hatte nie eine Frau wie Rosa.

Rosa, die, kaum dass Caro gegangen war, hinter ihrem Schreibtisch hervorkam, vor ihm niederkniete und ihm die Hose öffnete. Die sein Glied in den Mund nahm und daran saugte, als hätte sie ihr Leben lang auf diesen Augenblick gewartet. Er war zu erschrocken gewesen und auch voller Angst. Was, wenn jemand kam?

Da hatte sie ihn an der Hand genommen und war mit ihm hier herausgefahren. In dieses kleine Häuschen an diesem See, den er nicht kennt, wie auch, es gibt so viele Seen rund um Berlin, und Adrian gehört nicht zu denen, die rausfahren und schwimmen gehen.

Doch nun ist er hier, und obwohl es ihre erste Begegnung ist, fühlt er sich so vertraut mit Rosa, als habe er sie schon immer besessen. Ja, besessen. So altmodisch dieser Ausdruck klingt, so falsch er ihm jemals vorgekommen ist, gerade in Bezug auf Männer und Frauen, hier stimmt er ganz und gar. Er besitzt Rosa. Ihren zarten, wendigen Körper. Ihre Lippen, die Dinge tun, von denen er nicht ahnte, dass man so etwas tun kann. Ihre Hände, die jede noch so intime Stelle seines Körpers erkundet haben. Ihre Scheide, die rot ist und pulsiert, so oft hat er Rosa in den letzten Stunden genommen.

Gerade ergreift sie seine Hand und legt sie zwischen ihre Beine.

»Es ist deins«, sagt sie, »es ist alles deins.«

Er besitzt sie. Ja, es ist das richtige Wort.

Später telefoniert Rosa kurz. Er weiß nicht, mit wem. Es ist ihm egal.

Dann geht sie im See schwimmen.

»Ich habe das immer gemacht, bei jedem Wetter, schon als kleines Mädchen«, erzählt sie. »Damals hatte meine Großmutter an derselben Stelle eine Datsche. Ich war die ganzen Ferien bei ihr und jedes Wochenende. Wir haben zusammen Brombeermarmelade gekocht und Bohnen für den Winter eingemacht und die Enten gerupft, die sie auf dem See schoss. Später, als ich studierte, habe ich hier bei ihr für die Prüfungen gelernt. Als sie starb, war ich in Moskau. Als ich zurückkam, war die Datsche verfallen. Erst viel später, als ich Leiterin wurde in der Kita, hatte ich genug Geld, ein neues Häuschen zu bauen. Es ist genauso klein wie die alte Datsche. Und es steht an genau derselben Stelle. Hier fühle ich mich ihr nah. Und hierher nehme ich nur ganz besondere Menschen mit.«

Jetzt schwimmt sie, die Sonne ist gerade aufgegangen, und Adrian beobachtet sie durch das Fenster. Die Bäume wachsen hier bis ans Ufer heran. Ein schmaler Steg führt durch das Schilf bis in den See. Daran liegt ein kleines Ruderboot, ein ziemlich modernes Kajak. Gehört das auch Rosa? Einen Moment lang hat Adrian das Gefühl, dass er zu wenig über sie weiß. Dass er nachfragen muss. Dass er ein Rechercheur sein muss, um alles über Rosa zu erfahren. In genau diesem Moment dreht Rosa sich auf dem See auf den Rücken, sie reckt ihre Arme in die Höhe und winkt ihm zu. Und Adrian winkt zurück und beschließt, dass er kein Rechercheur sein will. Nicht hier, nicht bei Rosa.

Auf der Rückfahrt, im Auto, beantwortet sie seine Fragen, ohne dass er sie stellt.

»Ich glaube nicht, dass der Tod von Hans etwas mit Mandy zu tun hat. Das wolltest du doch wissen, nicht wahr? Deshalb all die Fragen nach dem Wochenheim, habe ich recht? Natürlich war Mandy eifersüchtig auf ihren Bruder. Aber niemals hat sie ihn ermordet.«

Rosa steuert den alten BMW eine Allee entlang, die Bäume stehen hier so dicht, dass sie kaum Licht durchlassen.

»Meinst du, deine kleine Freundin hat mir meinen Sermon abgekauft?«

Sie lacht und fährt Adrian mit der Rechten durchs Haar.

»Sie schien mir nicht besonders helle. Ich wollte sie loswerden, gleich von Anfang an. Hat ja auch gut geklappt.«

Sie lacht wieder und streicht Adrian über die Wange. Es ist eine ganz kleine Geste, und doch liegt in ihr so viel Zärtlichkeit, dass Adrian einen Schauer fühlt. Rosa. Beinahe hätte er laut geseufzt. Doch Rosa wird nun ernst.

»Das mit den Wochenheimen war eine Scheißidee unseres

großen sozialistischen Staates. Die Mütter sollten arbeiten gehen, und der Staat kümmerte sich um die Kinder. Einen Bullshit tat er. Als ich studierte, wurde das langsam den Ersten klar. Eine meiner Pädagogik-Professorinnen initiierte eine Studie, um herauszufinden, wie die Wochenheimkinder sich entwickeln. Deshalb war ich als Studentin in der Preußstraße. Ich gehörte zu ihrer Gruppe. Wir beobachteten die Kinder und schrieben alles auf. Eines Tages wurden wir in die Hochschule gerufen. Meine Professorin war nicht mehr da. Ihr Nachfolger, ein rotgesichtiger Typ aus der Partei, erklärte uns, die Studie würde eingestellt. ›Wegen Unerheblichkeit.‹ Man stelle sich das mal vor. Unerheblichkeit! Unsere Studie passte nicht ins sozialistische Weltbild, so war das. Später, nach der Wende, las ich das, was ich noch finden konnte. Die Wochenheimkinder waren ihren Altersgenossen in allem unterlegen. Sie entwickelten sich langsamer und schlechter, körperlich, seelisch und geistig. Sie saßen in ihren Bettchen und wiegten sich hin und her, sie zeigten ganz klar Anzeichen von Hospitalismus. Aber über all das wurde in der DDR nie gesprochen oder gar berichtet. Das Einzige, was passierte, war, dass man nach und nach den Müttern weniger Druck machte, ihre Kinder ins Wochenheim zu geben. Mandy, ausgerechnet, hat es noch erwischt. Als ihr Bruder geboren wurde, zehn Jahre später, gab man kaum noch Kinder ins Wochenheim.«

»Deshalb durfte Hans zu Hause bleiben? Bei den Eltern?«

»Durfte ist gut. Hast du die Mutter mal getroffen?«

»Sie kam vorbei, nachdem Mandy verhaftet wurde. Ich hatte sie gebeten zu kommen.«

»Und sie kam tatsächlich? Interessant. War sie nüchtern?«

»Vielleicht am Anfang. Später nicht mehr.«

»Sie war eigentlich immer betrunken. Sie hatte zusammen mit ihrem Mann die Kneipe auf der Ecke, ich glaube, es gibt sie immer noch. Sie waren beide fast immer betrunken. Sie waren nie zuverlässig.«

»Zuverlässig? Was meinst du mit zuverlässig?«

Rosa zuckt kurz, sie weicht einem entgegenkommenden Kleinlaster aus, der gefährlich dicht auf sie zuhält.

»In Bezug auf die Kinder waren sie unzuverlässig. Schau dir Mandy an. Sozial total verwahrlost. Haust seit zwanzig Jahren in der Wohnung, die ihre Eltern verlassen haben, als Hans verschwand. Hat nie irgendetwas gelernt. Hat nie irgendetwas gearbeitet. Lebt von Hartz IV. Und Hans? Wer weiß, was aus ihm hätte werden können.«

»Meinst du echt?«

»Aber natürlich. Der Junge war ein Ausnahmetalent. Spielte Klavier wie ein junger Gott. Bekam Unterricht von einer der besten Opernsängerinnen, die wir damals hatten. Aber zu Hause galt er als Idiot, weil er still war, verschlossen, kaum sprach. Und wie hübsch er war! Das wurde ihm zum Verhängnis, glaub mir.«

»Die Geschichte mit den Kinderschändern? Damals in der Jugendbegegnungsstätte? Ist da was dran?«

»Mehr, als uns allen lieb sein kann. Es war diese ungeordnete Zeit. Freiheit. Freiheit, wovon?, habe ich mich oft gefragt. Ich war verstört damals, durcheinander. Dann kamen diese ganzen Wessis. Die hatten Geld und teure Klamotten und konnten alles kaufen. Das hat uns alle damals beeindruckt, nicht nur die Kinder. Aber die natürlich ganz besonders. Diese Männer, das waren ausgebildete Sozialarbeiter. Mit Papieren und allem. Meinst du, die hätten da arbeiten dürfen ohne Zeugnisse? Die waren alle in Ordnung. Später, viel später hat man das mit dem erweiterten polizeilichen Führungszeugnis eingeführt. Heute bekäme von denen keiner mehr bei uns einen Job. Die waren alle vorbestraft, einschlägig. Aber das wussten wir nicht. Und alles, was aus dem Westen kam, galt als hip. Da wollte man dabei sein.«

Rosa schweigt. Sie haben die stillen Alleen des Berliner Umlandes verlassen und fahren nun auf der Stadtautobahn nach Berlin hinein. Graue Wohnblocks links und rechts. Sie sind im Wedding.

»Mindestens zwölf Kinder haben sie damals missbraucht. Wobei missbrauchen das falsche Wort ist. Sie haben ihnen Gewalt angetan, sexuelle, sadistische Gewalt. Jungs, Mädchen, große, kleine, sie haben vor nichts haltgemacht. Ob wir etwas hätten merken müssen? Natürlich. Aber wir haben nichts gemerkt.«

»Du warst damals schon da? In der Jugendbegegnungsstätte?«

»Gelegentlich. Nach der Wende war ich eine Weile arbeitslos. Du weißt schon, ich galt irgendwie als verdächtig.«

Rosa stößt ein raues Lachen aus, das kein Lachen ist.

»Ich bekam Stütze damals. Lebte bei meiner besten Freundin gleich um die Ecke. Sie hatte eine Krise, ich habe sie unterstützt. Und in der Jugendbegegnungsstätte ausgeholfen, ehrenamtlich. Wir haben nichts bemerkt.«

»Und später?«

»Später gab es eine Untersuchung. Intern. Die Kinder haben sich uns anvertraut. Oder zumindest einige von ihnen. Es war entsetzlich. Nichts davon ist je öffentlich gemacht worden. Es gibt Gerüchte, nach wie vor, das ja. Aber wir haben alle geschwiegen. Auch, um die Kinder zu schützen.«

»Und die Täter?«

»Wurden gekündigt.«

»Und wo sind sie nun?«

»Ich habe keine Ahnung. Ich hoffe, in der Hölle.«

Rosa bremst vor einer roten Ampel. Tief verschleierte

Frauen überqueren die Straße. Jede Menge Kinder. Ein glatzköpfiger Hüne, der trotz des Oktoberwetters nur eine Hose trägt und komplett tätowiert zu sein scheint, bis zur Schädeldecke.

Adrian schaudert es. Sadistische Täter. Einfach entlassen.

»Aber man muss diese Männer doch zur Rechenschaft ziehen!«

»Das«, sagt Rosa und lächelt ein wenig, »ist ein so typisch westdeutscher Satz. Bei euch muss alles geklärt und bestraft und beendet werden. Wir hier im Osten, wir sind es gewöhnt, mit dem Unklaren zu leben. Wir halten das irgendwie besser aus als ihr.«

Adrian findet diesen Satz mehr als merkwürdig, aber er mag nicht mit Rosa streiten. Auf keinen Fall. Nicht mit Rosa, niemals.

»Aber irgendeiner muss doch was wissen!«

»Über die Täter von damals? Nein.«

Rosa klingt resolut.

»Und Hans?« Adrian zögert kurz. »War er unter den missbrauchten Kindern?«

»Ich weiß es nicht. Vielleicht. Er war so hübsch. Aber er war so verschlossen. Er hätte niemals etwas gesagt.«

Sie schweigen beide. Rosa manövriert das Auto durch den Stadtverkehr. An der nächsten roten Ampel stürmen schwangere Roma-Mädchen mit Eimern und Putzzeug auf sie zu und beginnen, die Scheiben zu wischen. Ihr Putzwasser ist dreckig, sie verschmieren die Scheiben mehr, als dass sie sie säubern. Als sie ihren Obolus verlangen, winkt Rosa ärgerlich ab und gibt Gas.

»Adrian, mein Süßer. Die Welt ist schmutzig und ungerecht. Überall. Weit weg und vor unserer Nase. Was zählt, ist, was wir daraus machen. Wir zwei. Hier und jetzt.«

Sie wendet sich ihm zu, streichelt noch einmal seine Wange.

»Du wundervoller Kerl. Wie wäre es, wenn wir uns bald wiedersehen?«

Rosa lässt die Spitze ihres Zeigefingers ganz sanft über Adrians Lippen streichen.

»Ja«, flüstert Adrian, »bald. Ja, bald.«

»Soll ich dich nach Hause fahren?«

»Ja.«

Adrian hat gesehen, dass Carolin mehrfach versucht hat, ihn zu erreichen. Er sollte sie zurückrufen. Aber er hat keine Lust.

Alles, was er will, ist, nach Hause zu gehen und von Rosa zu träumen.

*

Ich habe keine Ahnung, wie lange ich ohne Bewusstsein war. Als ich zu mir komme, liege ich mitten in Mandy-Monikas langem Flur, mit seltsam verrenkten Gliedern. Jedes Fitzelchen meines Körpers tut weh. Jede Bewegung verursacht einen höllischen Schmerz. Stöhnend rappele ich mich auf. Da ist etwas Feuchtes an meiner Stirn. Ich will mir an den Kopf fassen, doch es geht nicht. Mein rechter Arm ist der einer Schlenkerpuppe, er schwingt hin und her, aber alle Muskeln sind wie tot. Ich kann ihn einfach nicht bewegen. Das Feuchte beginnt, mein Gesicht herunterzurinnen. Ich fasse mit links an meinen Kopf, und meine Finger sind voller Blut.

Ich bin gestürzt. Ich habe eine Kopfwunde. Mein rechter Arm lässt sich nicht bewegen.

Die Informationen kommen in mein Gehirn. Doch sie lösen keinerlei Gefühl aus. Ich stelle fest. Ich bin wie betäubt.

So sitze ich. Lange.

Dann tröpfeln weitere Informationen in mein Gehirn.

Da war jemand in Mandy-Monikas Wohnung. Er hat mich angegriffen. Jetzt ist er fort.

Ist er fort?

Mit einem Schlag sind die Gefühle da. Ein Gefühl. Es ist die Angst. Eine Angst, wie ich sie nie zuvor gefühlt habe. Nicht einmal, als ich Hans' Kopf in der Hand hielt. Damals war es Unglauben, fassungsloses Entsetzen. Jetzt ist es pure, vernichtende Angst.

Keine Luft. Kein Gedanke. Keine Kraft.

Ich sinke zu Boden. Mein Körper eine zuckende Ansammlung von Zellen. Keine Kontrolle. Ich bin ein einziges Zittern. Ich kann nichts dagegen tun. Mein Herz pumpt wie irre Blut durch meinen Körper, doch es scheint nirgendwo hinzugelangen. Keine Kraft. Überhaupt keine. Nur Zucken. Entsetzen. Schwäche.

Und Schluchzen. Es klingt fremd, wie von jemand anderem. Doch es kommt aus mir raus. Es ist das Schluchzen eines verlassenen Kindes. Eines, das keine Hoffnung mehr sieht.

In meinem ganzen Leben war ich niemals zuvor in einer so großen Gefahr. Und ich war niemals zuvor so allein.

Jens.

Wo ist mein Handy? Mein Blick irrt über den Flur. Durch all das Chaos, das die Bullen angerichtet haben. Aber waren das wirklich nur die Bullen? Was hat der Fremde hier getan? Hat er etwas gesucht? Verdammt, wo ist mein Handy?!

Da. Im Flur. Nur gut einen Meter entfernt. Ich robbe hin, immer noch zitternd, mein rechter Arm nach wie vor taub, hin und her schlenkernd.

»Jens?«

Die Leitung ist tot.

Ich rufe ihn an. Es läutet. Einmal. Zweimal. Viele Male. Jens geht nicht dran.

Dann meldet sich die Mobilbox: »Der Teilnehmer ist derzeit nicht erreichbar. Wenn Sie eine Rückrufbitte hinterlassen möchten, drücken Sie bitte die Taste Stern.«

Ich drücke keine Sterntaste. Ich kauere in Mandys verwüstetem Flur auf dem Boden und weine hemmungslos. Dieses verdammte Arschloch. Ich werde niedergeschlagen, und er macht sich davon.

Was ist bloß mit Jens. Was ist bloß mit uns.

Und was, verdammt noch mal, ist mit Adrian? Wieso ruft der einfach nicht zurück? Ich rufe auch Adrian noch einmal an, ich weiß nicht, zum wievielten Male. Doch es klingelt nicht einmal. »Der Teilnehmer ist nicht erreichbar«, sagt mir eine Computerstimme. Ich kann noch nicht einmal eine Rückrufbitte hinterlassen.

Ich kauere im Flur. Verlassen. Verzweifelt. Und langsam ziemlich wütend.

Ich schicke Adrian eine Nachricht.

»Melde dich, sofort«, schreibe ich, und dann noch: »DRINGEND.«

Mühsam rappele ich mich ein weiteres Mal hoch. Schleppe mich zur Wohnungstür. Ich will sie verschließen. Ach was, verschließen. Ich will sie verrammeln und blockieren, verdammte Hacke.

Es ist unmöglich. Das Schloss sieht aus wie weggesprengt. Das also war der Knall, den ich gehört habe. Und deshalb hat das Männlein Zikram von der Hausverwaltung so gekreischt. Wie blöd können Bullen sein. Die Tür war eh nie zu.

Da ist etwas in meinem Rücken. Ein Geräusch. Eine Bewegung. Ist da eine Bewegung?

Der Fremde. Womöglich ist er noch hier.

Da ist wieder das Zittern. Ich schnappe nach Luft. Ich halte immer noch das Handy in der Hand. Wen kann ich anrufen. Jens nicht. Adrian nicht. Henry? Das Bild von Gunther und dem Mädchen ist wieder in meinem Kopf. Henry auch nicht.

Das Zittern wird schlimmer. Und in mir wächst die Wut.

»Komm doch raus!«, brülle ich. »Komm doch raus, verdammtes Arschloch!«

Ich brülle es, schleudere das Handy von mir und reiße mit meinem funktionierenden linken Arm die nächstgelegene Tür auf, es ist die zum Wohnzimmer.

»Feigling, verdammter«, brülle ich, »ich bin verletzt! Siehst du! Mein rechter Arm ist kaputt! Ganz toll gemacht, du Arschloch!«

Ich reiße weitere Zimmertüren auf. Die zum Kinderzimmer. Zum Katzenzimmer. Und ich brülle immer weiter.

»Was bist du für ein Drecksack! Ich habe nichts getan, hörst du? Nichts! Und ich weiß auch nichts! Ich bin die doofe Carolin! Hörst du? Ich bin doof! Total doof! Keiner glaubt, dass ich irgendwas kann. Verstehst du? Ich bin keine Gefahr! Ich bin die, die nichts rafft! Gar nichts! Die von allen verarscht wird! Von ihrem Freund, der einfach abhaut! Vom fetten Adrian! Sogar von ihrer besten Freundin! Du hirnrissiger Idiot, mich niederzuschlagen! Das ist so was von Energieverschwendung! Wie doof bist du!«

»Keine Ahnung«, sagt eine Stimme. Wieder in meinem Rücken. Ich fahre herum. Bereit, wem auch immer die Fresse einzutreten. Wie auch immer. Mir reicht es. Mir reicht es vollkommen. Jetzt schlage ich zurück, zur Not mit links.

Ich fahre herum. Und vor mir steht, verlegen lächelnd, Jens.

Ich weiß nicht, was andere Frauen tun, wenn plötzlich ihr Freund vor ihnen steht, der eine Woche zuvor mit Sack und

Pack verschwunden ist. Der sie einfach verlassen hat, ohne ein Wort, der die gemeinsame Wohnung gekündigt hat und nichts dagelassen hat außer sieben Umzugskisten. Ich weiß nicht, was andere Frauen tun. Ob sie ihm eine reinhauen oder ihm die Augen auskratzen oder ihm die Haare büschelweise vom Kopf reißen. Keine Ahnung. Ich weiß nur, was ich tue.

Ich schlinge meinen linken Arm um Jens' Hals und vergrabe meinen blutenden Kopf in seiner Halsbeuge und heule wie ein Schlosshund. Wie ein Schlosshund, dessen Prinz endlich nach Hause gekommen ist.

Jens hält mich und tätschelt meinen Rücken und sagt »tsch«, und noch einmal »tsch« und: »Alles ist gut.«

Dann rückt er ein bisschen von mir ab und schaut auf seine Hand und auf sein weißes Hemd, und alles ist voller Blut.

»Caro, was zum Teufel –«

»Da war jemand. Er hat mich zusammengeschlagen. Und guck«, ich drehe mich ein wenig, sodass mein rechter Arm hin und her schlenkert, »der Arm tut's nicht mehr.«

»Verdammt.« Jens ist jetzt ganz Arzt. Er zieht mich ein wenig in die Mitte des Flurs, dorthin, wo die einzige Glühbirne hängt, schaut auf meine blutende Stirn.

»Das muss nicht genäht werden. Aber gesäubert. Und …« Er schnüffelt, und ich denke, es ist wegen der Ravioli in der Küche, doch dann merke ich, er schnüffelt an mir. »Und du müsstest auch mal gesäubert werden.«

Ich schäme mich in Grund und Boden. Wann habe ich mich zuletzt gewaschen? Zuletzt in den Spiegel geguckt? Ich sehe garantiert aus wie ein Wischmopp. Sofort fange ich wieder an zu heulen.

»Das Kabuff ist kaputt. Und bei Henry ist Gunther mit dem dünnen Mädchen. Wo soll ich denn duschen? Wo soll ich denn hin?«

»Tsch«, macht Jens, und noch einmal, »tsch«. Und dann nimmt er mich an meiner linken Hand und führt mich aus der Wohnung raus.

»Ich weiß, wo du duschen kannst. Und baden. Und alles.«

Im Hinterhof ist es ruhig. Verstohlen werfe ich einen Blick auf Henrys Küchenfenster. Sie ist nicht zu sehen. Wahrscheinlich ist sie im Café. Hoffentlich ist sie im Café. Wenn nur mit Henry alles in Ordnung ist. Zu ihrer und Gunthers Wohnung hochzuschauen traue ich mich nicht.

Ein bisschen die Straße runter steht ein dunkelblauer Kombi. Jens drückt die Entriegelung und hält mir die Beifahrertür auf.

»Was ist das für ein Auto?«

»Von einem Freund.«

»Und dein Porsche?«

»In der Werkstatt.«

Wir fahren nach Mitte. Jahrelang habe ich hier gearbeitet, und doch ist mir dieser Stadtteil fremd. Und so verhasst wie vielen Berlinern. Mitte, das sind Touristen, also vor allem Spanier und Briten, die besoffen grölend durch die Straßen ziehen. Das sind Kneipen und Restaurants, die allein für diese lärmenden Horden entstanden sind und Berliner Flair vorgaukeln, wo keins ist. Und das sind die Angestellten der Ministerien, die in Anzug und Kostüm Aktentaschen schaukelnd durch die aufgehübschten Straßen stöckeln, in den für sie eröffneten Sushi- und Vegane-Burger-Läden essen und in ihren gesichtslosen Neubauwohnungen hocken, zwischen falschen Mauer-Souvenirs im Rahmen und Möbeln von Manufactum.

In genau eine solche gesichtslose Einraum-Neubauwohnung führt mich Jens. Nur dass es hier keine Möbel von Manufactum gibt, sondern überhaupt keine Möbel. Die Wohnung ist klein und komplett leer. Blanker Fliesenboden. Leere

Bohrlöcher in den Wänden. In einer Ecke eine große Matratze. Direkt hinter der Tür zwei Umzugskartons. »Bad« steht auf dem einen, »Bettzeug« auf dem anderen.

Beim Anblick dieser Kartons wird mir ganz mulmig.

»Jens –«

»Tsch«, sagt Jens, »lass mich sehen, was mit dir ist.«

»Aber diese Wohnung?«

»Von einem Freund. Gerade ausgezogen.«

»Welcher Freund?«

»Tsch. Komm.«

»Sollten wir nicht lieber ins Krankenhaus?«

»Aber nein. Lass mich sehen.«

Er führt mich in ein Bad, das winzig ist, aber immerhin eine Badewanne hat. Und eine sehr helle Lampe. Jens stellt mich direkt darunter und schaut sich noch einmal die Wunde an meiner Stirn an. Dann verschwindet er kurz und kommt mit Wattepads und Desinfektionsmittel zurück.

»Wo hast du das denn her?«

»Aus den Umzugskartons.«

»Woher wusstest du –«

»Geraten.«

Vorsichtig betupft er die Wunde. Es ziept ein bisschen. Und doch. Ich atme aus. Ich bin bei Jens. Er schaut nach mir.

»Was ist mit deinem Arm?«

»Weiß nicht. Da war jemand.«

»Da war jemand?«

»Ja. Jemand Großes.«

»Und dann?«

»Er hatte etwas in der Hand. Und dann dieser Schlag. Danach war ich ohnmächtig. Glaube ich.«

»Okay.«

Jens zieht mir das Sweatshirt aus. Er macht es ganz vorsichtig, er hält meinen rechten Arm dabei. Und er macht es ganz selbstverständlich. Wie ein Arzt. Oder wie ein Geliebter.

Ich trage immer noch keine Unterwäsche. Er betrachtet mich. Dann streckt er die Hand aus und berührt vorsichtig eine Stelle an meinem rechten Oberarm.

»Was ist das?«

»Keine Ahnung.«

Jetzt sehe ich es auch. Zwei rote Flecken. Als hätte ich mich verbrannt. Jens bewegt meinen Arm ein wenig.

»Das kribbelt.«

»Gut. Und was ist das?«

Er fasst mich an. Eine Stelle zwischen meinen Brüsten. Ich folge seinem Blick. Noch zwei rote Stellen. Wie verbrannt, wie auf meinem Oberarm. Nur blasser.

Die beiden Male auf meiner Brust. Ich hatte sie vergessen.

»Caro, hat man dir Elektroschocks verpasst?«

»Elektro- was?«

»Das sieht aus wie von Elektroschocks. Wobei diese Verbrennung«, er fasst wieder zwischen meine Brüste, »etwas älter zu sein scheint. Und die hier«, sanft fährt er über meinen Oberarm, »ganz frisch.« Er fasst mein Kinn und sucht meinen Blick. »Caro, was ist los?«

Und so erzähle ich. In dem leeren Badezimmer mit der hellen Lampe an der Decke. Halb nackt auf dem Badewannenrand hockend. Ich erzähle von Mandy und von Hans und von Adrian und von allem. Und während ich erzähle, setze ich das Puzzle selbst zusammen. Der Sturz vor Hackis Bäckerei. Als ich Jens verfolgte. Das war der erste Elektroschock. Und vorhin, in Mandys Flur, das war der zweite.

»Jens«, sage ich, »da ist jemand hinter mir her.«

Ich sage es ganz ruhig. Ich habe keine Angst. Jens ist bei mir. Er wird das jetzt regeln.

»Darum kümmere ich mich, ich lasse dich nicht mehr allein.«

Jens umkreist mit seinen Fingern das Mal auf meiner Brust. Seine Berührung ist so sanft wie die eines Schmetterlings. Und zugleich ist sie so viel mehr. Ich hole tief Luft und schiebe seine Hand weg.

»Jens«, sage ich, »was hast du vorletzte Nacht in unserem Hinterhof gemacht? Wer war die Frau?«

»Welche Frau?«

»Du warst da. Nachts. Du bist vor mir abgehauen. Mit ihr. In deinem Porsche.«

»Caro.« Jens umgreift wieder mein Kinn, zwingt mich, ihm in die Augen zu sehen. »Caro, das war ich nicht. Was immer du gesehen hast – mein Auto ist seit Tagen in der Werkstatt. Ich war nicht im Hinterhof.«

»Und die Frau?«

»Keine Frau.« Er schaut mir nun noch tiefer in die Augen. »Keine Frau.«

Er fasst meinen rechten Arm, streichelt ihn. Das kribbelt noch mehr. Das Gefühl kommt zurück. Und dann küsst er mich, als hätte er mich noch nie zuvor geküsst.

»Jetzt baden wir dich.«

»Bitte was?«

»Dein Arm. Danach kannst du ihn wieder bewegen. Vertrau mir.«

Schon hat er den Stöpsel in die Badewanne gesteckt und das Wasser aufgedreht.

»Jens.«

»Ja?«

»Du hast mich verlassen. Du hast mich total im Stich gelassen. Es war alles seit Monaten geplant.«

»Liebste«, Jens streichelt meinen wehen Arm, und es kribbelt noch mehr, aber immerhin, es kribbelt, »Liebste, es tut mir so leid. Ich war in einer Notsituation.«

»In einer Notsituation? Jens, was soll das?«

»Es tut mir so leid. Ich hätte mit dir sprechen sollen.«

Er streichelt weiter meinen Arm, er fährt mit der anderen Hand durch mein Haar, küsst meine Halsbeuge.

»Ich werde dir alles erklären. Wir werden alles miteinander besprechen. Aber erst«, ganz sanft berührt er mein Kinn und sucht wieder meinen Blick, »erst wirst du baden.«

»Mhm.«

»Und vielleicht auch was essen?«

»Mhm.«

Jens lacht, und es ist genau dieses Lachen, das ich so vermisst habe. Diese Grübchen in diesem kantigen Gesicht, diese blitzenden blauen Augen, diese so schneeweißen Zähne. Jens. Mein wundervoller Jens. Der genau weiß, wie gerne ich esse.

Er fischt sein Handy aus der Hosentasche und ruft den Pizzadienst an. Diavolo für ihn und Thunfisch mit Kapern für mich. Wie immer.

»Jens?«

»Ja?«

»Du hast denen gar keine Adresse gesagt.«

Er schlägt sich vor den Kopf. Eine Geste, die ich nie zuvor an ihm gesehen habe.

»Aber klar! Ich bin so verwirrt! Ich rufe noch mal an.«

Er geht aus dem Zimmer, ich höre ihn sprechen. Als er zurückkommt, hat er Badezusatz in der Hand. Auf der Flasche ist eine grüne Qualle.

»Jens, das ist Badezusatz für Kinder!«

»Tatsächlich?«

Er hält die Flasche weit von sich, studiert das Etikett.

»Du hast recht. Kinderbadezusatz. Ist das okay?«

»Jens, wem gehört diese Wohnung?«

»Ich sagte doch, einem Freund.«

»Du hast keine Freunde.«

Es ist nicht böse gemeint. Es ist die Wahrheit. Jens und ich, wir hatten immer nur einander. Es reichte uns vollkommen. Okay, ich hatte Henry. Aber Jens hatte niemals auch nur einen einzigen Freund. Er hatte immer nur mich.

»Ein Kollege. Ich habe ihm geholfen. Und weißt du was? Ich glaube, ich laufe schnell zur Apotheke und hole Pflasterstrips. Für deine Wunde. Damit sie hübsch heilt, ja?«

Sagt es und ist zur Tür hinaus.

Ich bleibe noch eine Weile auf dem Badewannenrand sitzen. Irgendetwas stimmt nicht. Was für ein Freund? Was für ein Kollege? Wer benutzt denn Kinderbadezusatz? Und was ist das überhaupt für eine Wohnung?

Und was ist mit Jens? Was will er mir erklären? Sollte ich ihm nicht einfach die Meinung sagen und abhauen? Was fällt dem ein, mich zu küssen, nach allem, was war?

Ich bin nicht mehr die Carolin, die er vor einer Woche verlassen hat. Die heulend vor sieben Umzugskartons saß. Die von Henry auf eine Luftmatratze in ihrer Küche gebettet wurde.

Mit Jens war ich sechzehn Jahre lang achtzehn. Ich blieb das junge Mädchen, das einst wegen Rückenschmerzen auf langen dünnen Beinen in seine Sprechstunde stakste. Ich blieb die Kleine, auch wenn ich arbeitete, denn dort hatte ich Adrian und Gila, vor allem Adrian. Jens aber war mein Prinz, der für mich sorgte. Und ich war seine Prinzessin. Sechzehn Jahre lang.

Das ist nun vorbei.

Ich mag immer noch keine geschlossenen Türen aufmachen. Aber ich habe damit angefangen. Ich hatte den Kopf von Hans in der Hand. Ich war dabei, als Polizisten Mandys Wohnung stürmten und sie verhafteten. Ich habe mit Adrian Hans' Tod untersucht, zumindest ein wenig. Ich habe mit Willi Schneider Zigarren gepafft und Sherry getrunken. Ich habe Jens oder wen auch immer nachts durch Prenzlauer Berg verfolgt. Ich habe gelernt, im Garten zu kacken. Ich bin zweimal k. o. gegangen, und ich bin zweimal wieder aufgestanden. Und als ich glaubte, der Eindringling sei immer noch in der Wohnung, habe ich mich ihm mit dem Mut der Verzweiflung entgegengestellt.

Ich mag immer noch keine verschlossenen Türen öffnen. Aber ich habe trotzdem damit angefangen. Weil das Leben es von mir verlangt.

Ich bin nicht mehr die doofe Carolin. Oder zumindest nur noch ein bisschen.

Ich sitze auf dem Badewannenrand und denke, dass ich eigentlich gehen müsste. Wohin auch immer. Aber vor allem weg von diesem Mann, der mich so im Stich gelassen hat. Der mich so offensichtlich verarscht. Mit dem ich alles geteilt habe. Und von dem ich nichts weiß.

Und doch.

Das Badewasser schäumt und duftet. Es duftet nach Erdbeere und Melone. Gar nicht schlecht, so ein Kinderbadezusatz. Mein Arm prickelt. Aber ich kann ihn immer noch kaum bewegen. Und Jens ist Arzt, wenn er sagt, Baden hilft, dann hilft es. Außerdem gibt es gleich Pizza. Und ich bin schrecklich hungrig.

Ich ziehe Schuhe, Jeans und Strümpfe aus und steige in die duftende Wanne.

Und dann atme ich aus. Alle meine Muskeln entspannen sich, auf einen Schlag. Der Kinderbadezusatz macht lustige kleine Blasen, die auf und unter mir zerplatzen. Das warme Wasser umschlingt mich wie eine weiche Decke. Ich wiege mich und stöhne leise vor Wonne. Wann war mir das letzte Mal warm? Seit wie vielen Tagen lebe ich nun in Mandys feuchter Wohnung? Trage ständig klamme Klamotten? Wickele mich nachts in Gilas Dralondecke, damit ich nicht noch mehr friere?

Diese heiße Badewanne ist das Wundervollste, das mir seit Tagen widerfährt. Henrys Wanne war auch wundervoll, aber da standen diese ganzen Phalli rum und dann diese Spiegel. Ich habe keine Ahnung, zu wem diese Wanne gehört, und jetzt will ich es auch nicht mehr wissen. Ich will mich einfach nur wiegen und untertauchen.

Jens kommt zurück. Er reinigt noch einmal meine Wunde an der Stirn und klebt minikleine Pflaster drauf, Steri-Strips.

»Du wirst wieder genauso hübsch aussehen wie vorher«, sagt er, küsst meinen Scheitel, und ich lasse es geschehen.

Dann kniet er sich neben die Wanne, beugt sich weit zu mir herüber und beginnt, meinen rechten Arm im warmen Wasser zu bewegen. Hin und her. Es ist eine ganz kleine Bewegung, und doch fühlt mein Arm sich an, als würde er mit einer ätzenden Säure übergossen. Es kribbelt jetzt nicht mehr, es brennt. Es brennt höllisch.

Ich stöhne und will fast schreien vor Schmerz, da beugt er sich noch weiter hinüber und umschließt meinen Mund mit seinen Lippen.

»Einen Moment nur«, flüstert er, während er mich küsst, »einen kleinen Moment, vertrau mir.«

Und so ist es. Das Brennen wird weniger. Dann verschwindet das Prickeln. Und dann kann ich meinen Arm wieder bewegen. Ich hebe ihn aus dem Wasser, streichele Jens' Nacken, sein Gesicht.

»Komm«, sage ich.

Unsere Körper kennen einander seit sechzehn Jahren. Kein Quadratzentimeter, den wir nicht erforscht hätten. Keine Art der Liebe, die wir nicht probiert hätten, variiert, verfeinert. Angeblich haben Menschen in langen Beziehungen kaum noch Sex oder gar keinen. Nicht so Jens und ich. Wir wurden einander nie überdrüssig. Wir wollten einander immer. Und so ist es auch jetzt.

Und doch ist es anders. Der Jens, der meine Hüfte umschlingt, ist immer noch der große, starke Kerl mit der unbändigen Lust. Doch jetzt ist diese Lust noch unbändiger, noch ungezügelter. Dieser Jens wartet keinen Augenblick. Er verschwendet nicht eine Sekunde auf eine unnötige Bewegung, auf ein überflüssiges Wort. Er nimmt mich sofort, mit einer Kraft und einer Dringlichkeit, die mich an den Jens erinnern, den ich kenne, und doch ist es mehr, viel mehr. Der Jens, der mich nimmt in der Badewanne in dieser fremden Wohnung, ist ein Mann, den die Gier fast zerreißt. Die Gier nach meinem Körper, nach meinem Mund.

»Caro«, stöhnt er ein ums andere Mal, »Caro, ich habe dich so sehr vermisst.«

Das Wasser ist bereits kalt, als wir aus der Badewanne krabbeln. Ein wenig erschöpft. Und überdreht, wie kleine Kinder. Jens trocknet mich ab, zumindest weitgehend, so sehr ist er damit beschäftigt, meinen Körper weiter zu erkunden, mit seinen Händen, mit seinem Mund.

»Caro«, seufzt er. »Du bist die Schönste, Aufregendste, Wundervollste …«

»Und du«, sage ich lachend und fahre ihm durchs Haar, über die Brust, über den Po, »du bist ein Knallkopf. Verlässt mich und fickst mich dann, als wärest du monatelang auf Entzug gewesen.«

Er kommt nicht dazu zu antworten, denn es klingelt an der Tür. Er zuckt zusammen.

»Was hast du«, lache ich, »das ist die Pizza!«

»Natürlich!« Er lacht nun auch, fährt noch einmal mit der Zunge über meinen Bauch, küsst meine Scham, springt in seine Jeans. »Bin gleich zurück.«

»Hallo, Herr Wächter«, höre ich den Pizzaboten sagen, »wie immer ohne Knoblauch. Schönen Abend noch.«

Da ist etwas in meinem Kopf, in meinen Gedanken. Der Pizzabote spricht Jens mit Namen an. Was ist das für ein Freund, der hier gewohnt hat? War Jens so oft hier? Und wer isst hier keinen Knoblauch?

Die neue Carolin würde nun nachfragen. Doch die alte Carolin tut es nicht. Und ich bin die alte Carolin, in dem Moment, in dem Jens mit der Pizza in der Badezimmertür steht. Die Jeans auf die Hüften gerutscht, dieses unfassbare Lächeln im Gesicht, die Grübchen, die blauen Augen. Mein Jens.

»Komm, mein Schatz«, sagt mein Jens, »ich füttere dich.«

Und das tut er. Auf der leeren Matratze in der Ecke. Ich bin immer noch nackt, und nach jedem Stück Pizza, das er mir in den Mund gesteckt hat, küsst Jens mich. Überall hin. Ich mache es genauso. Ziehe ihm die Jeans aus. Er stöhnt meinen Namen und sinkt zurück.

Später essen wir die Reste der kalten Pizza. Jens an die Wand gelehnt, ich sitze zwischen seinen Beinen, schmiege meinen Rücken an seinen Bauch. Er umschlingt mich, streichelt meine Brüste. Umfährt mit den Fingern wieder die beiden roten Male.

»Caro, ich mache mir Sorgen.«

»Unbedingt«, ich kichere, »du solltest dir unbedingt Sorgen machen.«

»Caro!« Jens beugt sich vor, dreht meinen Kopf, sodass ich

ihn ansehen muss. »Das ist kein Spaß! Wo bist du da nur reingeraten?«

»Ja, wo bin ich da nur reingeraten«, kichere ich weiter, »in einen ganz großen Schlamassel.«

Dabei bewege ich ein wenig meinen Po, ich will Jens nicht weh tun, ich will ihn nur wecken.

»Ein riesengroßer Schlamassel, das kann man wohl sagen.«

Ich bewege weiter meinen Po, ganz vorsichtig, und kichere. Ich will jetzt nicht nachdenken und erst recht nicht reden über rote Male und über den Unbekannten, der mir auflauerte, vor Hackis und in Mandys Wohnung. Auf gar keinen Fall. Ich will mit meinem Jens zusammen sein, hier, jetzt, sofort.

»Caro, also wirklich«, sagt Jens, doch ich habe schon gewonnen.

Und dann lieben wir uns noch einmal.

Ich muss eingeschlafen sein. Als ich erwache, ist es dunkel geworden. Durch die nackten Fenster flackern die Reklamen irgendwelcher Mitte-Imbiss-Buden. Jens ist im Bad. Ich höre ihn durch die verschlossene Tür leise sprechen. Ich verstehe kein Wort.

Nach einer Weile öffnet sich die Tür, er kommt zu mir.

»Bist du wach?«

»Mhm.«

»Ich muss noch mal weg.«

»Noch mal weg?«

»Ja, ein Notfall. Im Krankenhaus. Ich komme so schnell wie möglich zurück.«

»Und ich?«

»Du bleibst hier.«

Er ist schon angezogen. Legt sich noch einmal zu mir. Umschlingt mich. Hat seine Hände überall.

»Caro, meine Caro.«

»Mir wird kalt sein, während du weg bist.«

Er steht auf, wühlt noch einmal in einer der Umzugskisten, kommt mit Bettzeug zurück.

»Hier, meine Prinzessin.«

Und damit ist er zur Tür hinaus.

Ein Notfall? Im Krankenhaus? Das ist seit Jahren nicht vorgekommen. Dafür hat Jens seine Assistenzärzte.

Ich liege in dieser leeren Wohnung unter einem Bettzeug, das extrem nach Waschmittel riecht, und schaue an die Decke. Was ist mit Jens. Was ist mit uns.

Ich atme tief ein. Da ist mehr als nur der strenge Waschmittelgeruch. Da ist Jens. Ich rieche ihn überall in diesem Raum. Ich spüre ihn. Seine Hände. Seinen Mund. Einfach alles. Jens ist wieder bei mir. Und er wird gleich zurück sein.

Donnerstag, 7. Oktober 2011

Er kommt zurück, als es schon hell wird. Und alles ist anders.

Es ist nicht der zärtliche, leidenschaftliche Jens der vergangenen Nacht, der die Wohnungstür aufschließt und zu mir kommt. Es ist jemand anders. Ein anderer Jens. Dieser andere Jens trägt einen schmal geschnittenen grauen Anzug, den ich nie zuvor an ihm gesehen habe. Sein schwarzes Strubbelhaar, durch das ich so gerne wuschele und das immer zu allen Seiten absteht, ist mit Gel plattgewellt. Da ist auch kein vergnügtes Blitzen in seinen Augen. Jens' Blick ist der eines gehetzten Tieres.

»Caro, wie geht's, hast du gut geschlafen?«

Ich richte mich auf und ziehe mir die Decke bis zum Hals. Was ist geschehen?

»Schatz, ich muss leider gleich los, macht es dir was aus, ganz schnell aufzustehen? Warte, ich hole dir deine Sachen.«

Ich sage kein einziges Wort. Ich schaue ihn nur an, wie er mir meine Jeans reicht, mein Sweatshirt, meine Socken, meine Schuhe. Es ist alles klamm. Es ist nicht getrocknet in dieser Nacht in der fremden Wohnung. Ich ziehe mich an. Mir ist kalt. Mir ist mit einem Mal so schrecklich kalt.

Der seltsame Jens, der vor mir steht, scheint es nicht zu bemerken.

»Ich würde dich nach Hause fahren, klar, aber weißt du, die Klinik.«

Er hüstelt. Der Jens, den ich kannte, hat niemals gehüstelt. Dieser hier hüstelt gleich noch einmal.

»Der Notfall, letzte Nacht, du weißt schon, ich muss ganz schnell wieder hin.«

Ich sage nichts. Ich stehe auf, gehe zur Tür und hinaus und schaue mich kein einziges Mal um.

Ich gehe den ganzen Weg zu Fuß. Ich brauche etwas mehr als eine Stunde. An mir vorbei düsen schick gekleidete Männer mit Hosenbeinklammern auf schlanken Fahrrädern. Frauen mit Kostüm und Fahrradhelm. In einer Seitenstraße stapeln sich die SUVs, ein Kindergarten. Ich mache einen großen Bogen.

Ich mache auch einen großen Bogen um die Mitte-Cafés, aus denen es nach Kaffee duftet und nach frisch geröstetem Brot. Ich mache einen großen Bogen um das Rundfunkstudio, in dem ich bis vor Kurzem gearbeitet habe. Wie lange ist das her? Eine Woche? Ich mag nicht rechnen. Ich mag nichts sehen. Nichts wahrnehmen. Nichts fühlen. Ich gehe und spüre nichts. Und die ganze Zeit laufen mir die Tränen übers Gesicht.

Ich weine stumm vor mich hin. Den ganzen Weg.

All die Menschen, die an mir vorbeigehen und -fahren, die mich sehen, meine Tränen, tun nichts. Auch das ist Berlin.

Ich fühle mich wund. Im wahrsten Sinne des Wortes. In der vergangenen Nacht hat Jens mich mit einer Leidenschaft geliebt, die ich mit jeder Faser meines Körpers erwidert und gesteigert habe. Jetzt fühle ich mich geschunden.

Ich bin auch seelisch wund. Der Jens, der mich gerade nach Hause geschickt hat, ist der, der auch heimlich unsere Wohnung ausgeräumt hat und abgehauen ist. Bislang hatte ich kein Bild von diesem Jens. All das passte nicht zu dem Mann, den ich kannte. Jetzt habe ich ein Bild. Denn genau dieser Mann ist mir an diesem Morgen begegnet.

Kalt. Gefühllos. Gehetzt.

Nicht mein Jens. Es sind diese Worte, die in meinem Kopf hämmern, ohne Unterlass: Nicht mein Jens. Nicht mein Jens.

Das ist er nicht.

Und diesen Jens will ich nicht.

Henrys Café hat bereits geöffnet. Ich schleiche vorbei wie eine Diebin. Niemals kann ich Henry von der vergangenen Nacht erzählen. Wie sollte ich das je erzählen. Mir schwirrt der Kopf. Ich habe keine Worte für das, was geschehen ist.

Und niemals kann ich Henry erzählen, was ich gestern in ihrem Wohnzimmer gesehen habe. Gunther und das Mädchen. Auch dafür habe ich keine Worte.

Ich schleiche vorbei.

Mandys Wohnungstür ist provisorisch verrammelt. Jemand hat Bretter vor den kaputten Türrahmen genagelt. Ist das Willi Schneiders Art, Ordnung zu schaffen, wo es keine Ordnung mehr gibt? Mir ist das alles so was von egal. Ich passe durch die Zwischenräume und schlüpfe hinein.

Es stinkt entsetzlich. All die Ravioli in der Spüle, seit gestern. Und dazu läuft volle Pulle die Heizung. Ein schwüler Dunst liegt in der Luft. Würgend sitze ich auf Mandys beigefarbenem Sofa.

Leer. Erschöpft. Todtraurig.

Trauer. Noch so ein Wort, das er nicht kennt. Ist es Trauer, die er fühlt? Weil er sie verloren hat? Hat er sie verloren? Muss man nicht etwas besitzen, um es zu verlieren? Hat er sie besessen? Nein. Niemals.

Traurig sein. Das kennt er. Das kennt er so gut. »Nicht doch«, hatte das Fräulein stets gesagt. »Kein Grund, traurig zu sein, komm, lächle.«

Und er hatte gelächelt. Er wollte ihr so gerne gefallen. Was hätte er nicht alles getan, um ihr zu gefallen. Was hat er nicht alles getan, um ihr zu gefallen.

Vielleicht hat er etwas getan, was ihr nicht gefiel. Was ihr ganz und gar nicht gefiel. Vielleicht ist sie wütend auf ihn. Kann das Fräulein wütend sein? Das sanfte, lächelnde Fräulein? Wohl kaum.

Oder vielleicht doch.

Wo ist sie? Ihm war, als hätte er sie gehört.

Warum kommt sie nicht?

Trauer. Ja, vielleicht ist es Trauer, die er fühlt.

Mandys Schlafzimmer ist genauso verwüstet wie die restliche Wohnung. Wenn nicht schlimmer. War das gestern schon so? Oder war die Polizei etwa noch mal da? Ich weiß es nicht. Ich weiß auch nicht, was genau in meinen sieben Umzugskartons war, doch irgendwie habe ich den Eindruck, die Sachen, die in der Küche verstreut sind, hätten keine sieben Kartons gebraucht. Die Bullen haben also meine Sachen mitgenommen. Oder der Fremde. Ein Gedanke, der sich anfühlt wie eine eisige Hand in meinem Nacken.

Mir ist immer noch so kalt. So schrecklich kalt. Ich trage nur Jeans und Sweatshirt. Beides feucht. Und so bin ich gerade zu Fuß von Mitte nach Prenzlauer Berg gegangen. Über eine Stunde lang. Ohne zu bemerken, welches Wetter ist. Ich blicke zum Fenster. Es steht ein Stückchen auf, der dicke, schwere Vorhang ist heruntergerissen, der Gestank der Müllcontainer kriecht ins Zimmer. Und zwei grau getigerte Katzen. Mit ihnen kommt ein feiner Hauch feuchter Kälte herein. Schnell scheuche ich die Viecher wieder hinaus. Mit Mühe schließe ich das Fenster, es ist irgendwie verzogen. Diese seltsame Wohnung, in der Mandy zwanzig Jahre in den Möbeln ihrer Eltern gehaust hat, mit ihrem toten Bruder die halbe Treppe hoch im Kabuff, es ist, als wäre sie nun, wo Hans' Leiche entdeckt ist und Mandy im Gefängnis sitzt, dem Verfall preisgegeben. Als seufzte die Wohnung ein letztes Mal, bevor sie nichts mehr beherbergt als Müll und Staub.

Mandys wenige Klamotten sind von der Kleiderstange gerissen. Ihre Platten sind alle aus den Hüllen gekippt, ihr Plumeau ist aufgeschlitzt und ihre Matratze und ihr Kopfkissen und alle Sitzkissen, die auf dem Boden liegen. Überall quillt schneeweißer Schaumstoff heraus.

Sogar der Plattenspieler ist auseinandergebrochen, sein schwarzer Plastikkörper hat an einer Seite ein klaffendes Loch. Daneben liegt, unversehrt und auf der Seite wie immer, das kleine selbst genähte Schwein. Das, das ich einst Jens zum Geburtstag genäht habe.

Ich sinke auf den Laminatboden. Das darf doch wohl nicht wahr sein. Fast die gleiche Situation. Eine Woche ist es her, dass ich in einer völlig leer geräumten Wohnung saß. Und jetzt sitze ich in einer völlig verwüsteten Wohnung.

Dazwischen habe ich eine Leiche gefunden, ich wurde zweimal mit einem Elektroschocker niedergestreckt, ich habe eine wilde Nacht lang mit Jens gevögelt, und jetzt ist alles wie vorher. Nur schlimmer. Viel schlimmer.

Und das einzige Wesen, das all das anscheinend völlig unbeschadet übersteht, ist das kleine selbst genähte Schwein.

Ich war immer ziemlich unbegabt in Handarbeiten. Das kleine Schwein konnte nie auf seinen Füßen stehen, es liegt schon sein Leben lang auf der Seite. Mindestens eine Woche lang habe ich damals daran genäht. Mit Anleitung. Und am Ende hatte es dann doch eine zerknautschte Schnauze und vier verschieden lange Beine. Ich nehme das kleine Schwein in den Arm. Das habe ich seit Jahren nicht gemacht. Es lag immer ganz oben auf dem Bücherregal. Wäre es nach mir gegangen, ich hätte es längst weggeschmissen. Doch Jens wollte es immer behalten.

Bis er abhaute und es daließ.

Ich habe angenommen, dass es ganz verstaubt ist, aber das ist es nicht. Es sieht aus wie frisch gewaschen. Oder wie frisch abgestaubt. Und es ist irgendwie schwerer, als ich es in Erinnerung habe. Da ist doch nichts Schweres in seinem Bauch?

Ich habe es damals mit Watte ausgestopft, so einer speziellen Watte. Ich musste extra dafür ins Handarbeitsgeschäft. Ich wusste gar nicht, dass es so etwas gab. Aber für Watte ist das Schwein eindeutig zu schwer.

Ich sehe mir seinen faltigen Bauch an. Das Schwein hat schon sein Leben lang eine sehr hässliche Bauchnaht. Grobe Stiche, wo ich es nach dem Ausstopfen mit der Hand zusammengenäht habe.

Die hat es jetzt nicht mehr. Man sieht noch die Löcher, durch die ich den Faden gezogen hatte, unregelmäßig und weit auseinander. Doch das kleine Schwein hat nun eine neue Naht, eine ganz schmale. Mit winzigen Stichen, man sieht sie kaum, so fein ist sie.

Und direkt hinter der Naht ist etwas Hartes. Etwas, das das Schwein schwer macht. Etwas ziemlich Großes.

Ich habe keine Ahnung, wo Mandy eine Schere hat. Und wo ich in dieser total versifften Küche danach suchen soll. Ich finde ein Messer.

Und dann schlitze ich das Schwein der Länge nach auf. Ich halte mich nicht damit auf, die Bauchnaht fein säuberlich aufzutrennen. Wozu. Jens hat das Schwein nicht behalten wollen. Und mich auch nicht. Das trockene Geräusch des Messers, das den Stoff durchtrennt, hat etwas überraschend Wohltuendes.

Zwischen der Watte steckt etwas. Ich brauche eine ganze Weile, um zu begreifen, was ich da in der Hand halte. Es ist eine blaue klebrige Rolle. Plastik, aneinandergepappt. An einer Seite hat diese Rolle eine Art Rand. Ich piddele den Rand frei. Man kann dran ziehen. Ich ziehe. Es ruckelt. Es ist verklebt. Dann löst es sich. Was ich in der Hand halte, ist eine Rolle blauer Müllsäcke.

Die alte Carolin hätte sich jetzt sofort wieder übergeben.

Denn selbst die alte, doofe Carolin, die nichts rafft, hätte sofort begriffen, was sie da in der Hand hält. Es ist eine uralte Rolle blauer Müllsäcke. Genau solcher Müllsäcke wie die, in denen die Leiche von Hans steckte.

Aber ich bin nicht mehr die alte Carolin. Ich merke es in dem Moment, in dem ich nicht kotze. In dem ich die Rolle alter Müllsäcke in der Hand halte, sie anstarre wie ein giftiges Insekt und zugleich bemerke, dass sich in meinem Kopf etwas in Gang setzt. Gedanken. Überlegungen. Wo kommt diese Rolle her. Wer hat sie in das Schwein gesteckt. Wieso. Und was hat das mit mir zu tun?

Sein Körper ist ein Beben. Ein einziges Beben. Es schüttelt ihn, er kann nichts dagegen tun. Zuerst waren es nur die Zähne. Die aufeinanderschlugen, in einem monotonen, verzweifelten Rhythmus. Jetzt ist es jede einzelne Zelle, die sich wehrt, die aufbegehrt gegen die Kälte. Gegen die schneidende, unbarmherzige, vernichtende Kälte.

So viele Wörter. Schneidend. Ja. Ein Schwert, das in ihn schneidet, tief. Und er so schutzlos. Unbarmherzig. Was ist barmherzig? Ein seltsames Wort, das er nicht kennt. Er wird das Fräulein danach fragen. Wenn er hier rauskommt. Wenn.

Vernichtend. Was für ein entsetzliches Wort. Es bringt ein anderes mit sich. Entsetzen.

Er wehrt sich gegen diese Wörter. Er spuckt sie aus seinem Innern heraus. Sie haben nichts mit ihm zu tun. Weg. Fort damit.

Er spuckt sie aus sich heraus und macht dabei kein einziges Geräusch.

Still sein. Versteckt sein. Wenn ihn bloß niemand hört. Er schämt sich so.

Jede Zelle bebt.

Die neue Carolin steht nackt vor Mandys Waschbecken in der Küche und schrubbt sich mit einem grünen Schwamm. Es ist ein Spülschwamm. Ich habe nichts anderes gefunden. Und er scheint mir komplett richtig. Ich schrubbe meinen Körper, bis ich von oben bis unten krebsrot bin. Und dann schrubbe ich noch ein bisschen weiter. Ich lasse die Stirn aus, wo die Steri-Strips, die Jens letzte Nacht in der Apotheke besorgt hat, die Wunde zusammenhalten. Die Wunde ist ein Mal. Ein Mal auf meinem sonst so perfekten Körper. Sie wird mich von nun an jeden Tag daran erinnern, dass das perfekte Leben, das ich geführt habe, vorbei ist. Und dass es womöglich nie so perfekt war, wie ich dachte.

Die neue Carolin will den Geruch von Jens loswerden. Früher, wenn Jens mal nicht da war, was selten war, aber manchmal war er auf Kongressen, habe ich mich nachts allein im Bett in seinen Bademantel gekuschelt. Ich liebte Jens' Geruch. Ich wollte ihn bei mir haben, auf meiner Haut, immer.

Jetzt will ich ihn loswerden. Die Erinnerung an die vergangene Nacht ist zu stark. Sie klebt an mir wie ein dunstiger Schleier, der mich hindert, die Dinge zu erkennen. Ich will nicht im Bett liegen und von Jens träumen. Ich will diesen verdammten Geruch loswerden und einen klaren Kopf bekommen und nachdenken. Was geht hier vor. Wer ist hinter mir her. Und was hat das kleine selbst genähte Schwein mit dem Mord an Hans zu tun.

Ich habe keine Ahnung, wie ich das jemals herausfinden soll. Aber ich weiß genau: Solange der Geruch von Jens an mir klebt, schaffe ich das auf keinen Fall.

Also schrubbe ich.

Danach schlüpfe ich in frische Klamotten. Ich habe sie auf dem Heizkörper in der Küche halbwegs getrocknet.

Und dann öffne ich jede Tür.

Ich gehe in alle Zimmer. Ich öffne jede Schranktür und jede Schublade. Ich durchwühle alles. Das Chaos, das die Polizei hinterlassen hat, und der Fremde, womöglich, machen die Dinge nicht einfacher. Ich weiß nicht, was mit dem Fotoapparat ist, der mir aus dem Wohnzimmerschrank entgegenfällt. Was mit der Medikamentenschachtel ist, die ich im Flur finde. Warum in Mandys und Hans' Kinderzimmer unter den heruntergelassenen Betten eine Baumwolltasche klemmt, in der ein einzelner Löffel steckt. Ich weiß es nicht. Aber ich bringe wieder Ordnung in die Dinge. Ich räume die Klaviernoten in den Schrank und das Geschirr und sogar die halb leeren Flaschen. Ich klappe die Betten im Kinderzimmer hoch und ordne Mandys Klamotten auf der Kleiderstange. Ich sortiere auch meine sieben Umzugskartons wieder ein. Warme Wäsche, eine dicke Jacke und Socken lege ich unter Mandys Kleiderstange. Am Ende sind es nur noch vier Umzugskisten. Irgendetwas fehlt. Ich habe keine Ahnung, was es ist.

Ich werfe alles weg, was kaputt ist. Einen Moment lang halte ich die blauen Müllsäcke in der Hand und denke darüber nach, ob ich nicht eigentlich damit zur Polizei gehen müsste. Dann denke ich an den Typen mit Minipli und an mein Lieblingsparfüm und an die leere Schmuckschatulle. Und dann reiße ich einen Müllsack nach dem anderen von der Rolle und stopfe den ganzen Müll aus Mandys Wohnung hinein.

Ich schaffe Ordnung.

Als Nächstes putze ich. Ich kratze die Ravioli aus der Spüle und wische die ganze Küche. Dann den Flur. Dann die anderen Zimmer. Es gibt kein heißes Wasser, also erwärme ich es auf Mandys altertümlichem Herd und kippe weißes Scheuerpulver hinein, das ich im Küchenschrank finde. Ich schrubbe die Böden, bis alles wieder so sauber ist wie zuvor. Wie vor einer Woche, als Mandy mich zu sich in ihre Wohnung holte. Als sie mir Obdach gab.

Mandy. Ist sie wirklich eine Mörderin.

Jens. Was hat er mit der ganzen Sache zu tun. Er verschwindet, und Hans' Leiche wird nach zwanzig Jahren im Kabuff entdeckt. Er taucht wieder auf, verschwindet, und im kleinen Schwein stecken genau solche Mülltüten, wie sie auch im Kabuff waren. Wie sie um Hans' Leiche gewickelt waren. Entweder, jemand versucht hier eine falsche Fährte zu legen, oder Jens steckt mit drin. Ein Gedanke, undenkbar. Doch je mehr ich aufräume und schrubbe, desto hartnäckiger verfestigt sich dieser Gedanke. Es gibt ein Entweder, und es gibt ein Oder. Keines von beiden gefällt mir.

Am Ende stehen sechs blaue Müllsäcke im Flur, und die ganze Wohnung duftet wie frisch gewaschen.

Ich habe Hunger. Entsetzlichen Hunger.

Im Hof riecht es nach Schnee. Auf den Bürgersteigen laufen die Leute mit Mützen herum. In Bergisch Gladbach habe ich niemals Mützen getragen. In Berlin immer. Wie alle hier. Es wird zu kalt, um auf die Frisur zu achten. Und wir sind cool genug, um Mützen zu tragen.

Ich husche am Café vorbei. Ich will immer noch nicht Henry begegnen. Was soll ich ihr sagen. Was bloß.

Ich gehe nicht weit, nur über die Straße in den Thai-Imbiss. Jedes Gericht vier Euro. Der Koch rührt im Achselhemd in den dampfenden Töpfen. Er sieht mich und sagt »Massaman Tofu«.

Ich nicke und setze mich an den hintersten Tisch, ganz in der Ecke. Mit Jens saß ich immer vorne, direkt am Bürgersteig. Heute sitze ich woanders.

Es wird langsam dunkel. Henrys Café direkt gegenüber ist hell erleuchtet. Ich sehe sie, wie sie zwei Gäste abkassiert. Dann kettet sie ihre Tische und Stühle draußen fest und lässt die hölzerne Jalousie herunter. Ich blicke auf die digitale Uhr, die auf der Theke im Imbiss steht: siebzehn Uhr vier. Eine Stunde zu früh, um das Café zu schließen.

Der Tofu schwimmt in Erdnusssoße, genau so, wie ich es mag. Ich esse. Von Papa habe ich gelernt, zu essen, wenn ich esse. Nicht zu sprechen. Möglichst nicht einmal nachzudenken. Einfach nur zu essen.

»Jetzt isst du«, pflegte er zu sagen, »sonst nichts.«

Gestern Nacht hat Jens mich mit Pizza gefüttert. Ich habe dabei alles Mögliche gedacht und getan.

Und nichts gerafft.

Der Pizzabote, der Jens mit Namen ansprach. Der sagte: »Kein Knoblauch, wie immer.«

»Entschuldigung.« Ich stehe auf. Ich habe noch nie mit dem Koch gesprochen. Ich weiß nicht einmal, ob er der Koch ist oder der Inhaber. Wahrscheinlich der Inhaber. Ist ja nie jemand anders da.

»Ja?«

»Ohne Knoblauch«, sage ich, »wer isst ohne Knoblauch?«

Der Koch oder der Inhaber oder wer auch immer er ist hat sofort eine Antwort parat.

»Alle! Alle essen ohne Knoblauch. Ohne Knoblauch und ohne Chili und ohne Fett und ohne Reis. Du, meine Kleine«, sagt er und zwinkert, »du und dein hübscher Kerl, ihr seid die Ausnahme. Ihr esst alles so, wie ich es koche. Alle anderen legen mir Listen vor, was sie alles nicht essen. Nicht vertragen.

Wovon sie dick werden und Ausschlag bekommen und Blähungen.« Ich verziehe ein wenig das Gesicht. Er lacht.

»Das willst du alles gar nicht wissen, meine Kleine. Iss. Schmeckt es dir?«

Ich nicke und gehe zurück an meinen Tisch in der Ecke. Ich habe eine Frage gestellt. Aber die Antwort bringt mich nicht weiter.

Und aus den Augenwinkeln sehe ich eine hochgewachsene, schmale Gestalt, die neben Henrys Café durch die Hoftür huscht.

*

Adrian hat einen der grässlichsten Tage seines Lebens hinter sich. Er ist dem Bösen begegnet. Und das Böse war so banal, dass es ihn immer noch schüttelt.

Er läuft an der Spree entlang, vom Wedding zurück nach Mitte, wo er wohnt. In einer billigen Einraumwohnung, spärlich möbliert. Adrian ist das, was man prekär beschäftigt nennt. Für jede Sendung, die er für Carolin vorbereitete, bekam er zweihundertfünfzig Euro auf die Hand. Machte im Monat tausend Euro. Zu wenig, um davon gut zu leben. Aber genug, wenn man so wie er seit den frühen Neunzigern dieselbe Wohnung bewohnt, unterm Dach, knapp dreihundert Euro warm. Genug, wenn man anspruchslos ist wie er. Viel zu wenig, um etwas zurückzulegen.

Jetzt ist Carolin gefeuert, und Adrian weiß nicht, ob er es auch ist. Seit Tagen versucht er, Gila zu erreichen, ohne Erfolg. Morgen wäre wieder Sendung. Was werden sie tun? Eine Wiederholung ausstrahlen?

Adrian weiß nicht, wovon er in den nächsten Wochen leben soll. Und er weiß nicht, ob es eine gute Idee war, sich in diesen Mordfall reinzuhängen. Nein, wenn er darüber nachdenkt, dann war es überhaupt keine gute Idee.

Es war nicht schwierig, einen der Männer zu finden, von denen Rosa gesprochen hatte. Nicht für ihn. Heute Mittag stand er vor dem Wohnblock in der Beusselstraße. Drittes Geschoss rechts. Nach dem zweiten Klingeln öffnete ein kleiner dünner Mann. Ein sehr dünner Mann. Er trug das gestreifte Hemd in der Hose. Adrian hätte seine Taille mit den Händen umfassen können.

Der dünne Mann freute sich über Besuch. Er freute sich sogar über die Fragen, die Adrian ihm stellte. Er erzählte sehr gerne von früher. Sehr ausführlich. Er erzählte so gerne und so ausführlich, dass Adrian sich bald wünschte, er könnte ihm die Hände um den dünnen Hals legen und zudrücken und drücken, bis der dünne Mann aufhören würde zu reden.

Aber Adrian kann niemandem die Hände um den Hals legen und zudrücken. Deshalb läuft er jetzt an der Spree entlang und schüttelt sich. Nie zuvor ist ihm ein solcher Ausbund an Verderbtheit begegnet. Ein Mensch ohne jeden Anstand. Ohne jedes Mitgefühl. Ohne jede Einsicht in die eigenen Taten. Ein dünner Mann an einem Küchentisch aus Resopal, der geschäumten Kaffee aus Tüten servierte und Wasser aus dem Kran und der ihm gerne noch seine Fotoalben zeigen wollte. So wie andere Menschen ihre Urlaubsfotos zeigen. Nur dass es keine Urlaubsfotos waren.

Da ist Adrian gegangen. Er weiß, dass es keinen Sinn macht, den dünnen Mann der Polizei zu melden. Die Polizei kennt den dünnen Mann. Der dünne Mann ist längst in dem, was sie Hilfesystem nennen. Er geht jede Woche in die Charité und spricht mit topausgebildeten Therapeuten über das, was er seine Liebe nennt. Und dann geht er nach Hause zu seinen Fotoalben.

Adrian wird keine Anzeige erstatten. Er wird sich etwas anderes ausdenken müssen.

Adrian möchte an Rosa denken. Aber all das Schöne und Zärtliche, das er mit Rosa verbindet, ist verdeckt von dem Schleim des Ekels, der seit seinem Besuch in der Beusselstraße an ihm klebt.

Und dann wäre da noch Carolin. Adrian weiß, dass er sie eigentlich endlich zurückrufen müsste. Aber er will nicht. Er will auf gar keinen Fall. Denn der dünne Mann hat ihm etwas gesagt, was Carolin wissen muss. Was er ihr nicht verheimlichen kann. Niemals. Und doch ist es unmöglich, es Carolin zu sagen. Das. Ausgerechnet.

Es schüttelt ihn. Er will jetzt einfach nur nach Hause. Und dann wird er sehr lange und sehr heiß duschen. Er muss diesen Ekelschleim abwaschen, ihn loswerden, dringend.

*

Mein Papa hat mir nicht viel beigebracht. Mein Papa wollte immer nur, dass es mir gut geht. Ich musste nie irgendetwas zu Hause machen, den Tisch decken oder abwaschen oder so. Das machte alles Papa. Er brachte mir auch keine typischen Papa-Sachen bei wie Toaster reparieren oder Fahrradschläuche flicken. Papa konnte nichts von alledem. Wenn etwas kaputt war, kam Onkel Florian. Onkel Florian kam sowieso ständig. Meist gegen Abend, wenn es Essen gab.

»Nein danke, ich habe schon gegessen«, sagte er stets und weigerte sich, sich zu uns an den Tisch zu setzen. Er saß immer auf der Bank in der Diele. »Ich will nicht stören.«

Papa brachte ihm dann etwas zu essen raus in die Diele. Und so aßen wir, Papa und ich am Tisch, Onkel Florian in der Diele.

Papa war es auch egal, was ich in der Schule machte. »Mein Liebling«, sagte er stets, »guck, dass du höflich bleibst und dass sie dir keinen Ärger machen. Was sie dir beibringen, kannst du getrost schnell vergessen. Hauptsache, sie ärgern dich nicht.«

Papa brachte mir nicht viel bei. Aber das ein oder andere schon. Draußen kacken zum Beispiel. Oder dass man sich nicht halb tot arbeiten muss, um reich zu sein. Papa schrieb seine Detektivgeschichten so nebenher, »sie rutschen aus meinem Kopf«, sagte er immer. Er schrieb jedes Jahr zwei, und alle verkauften sich wie geschnitten Brot. Papa war der Star des Verlags. Immer wenn der Lektor kam, hatte er Champagner dabei. Den trank dann Onkel Florian abends auf seiner Bank in der Diele. Papa trank nie einen Tropfen Alkohol.

Das Wichtigste aber, was Papa mir beibrachte, war: Aufgeben gilt nicht. Er selbst war das beste Beispiel. Wenn er aufgegeben hätte, wäre es vorbei gewesen mit uns beiden. Also hielt er durch. Bis zuletzt.

Es ist die wichtigste Lektion, die mein Papa mir beigebracht hat: Aufgeben gilt nicht.

Sie funktioniert auch jetzt.

Sie funktioniert in dem Moment, in dem ich den ersten der sechs blauen Müllsäcke draußen im Hof in den Müllcontainer werfen will und direkt in Willi Schneiders tote Augen blicke.

Willi Schneider sieht nicht viel anders aus als in der Nacht, als er schlafend auf seinem Sofa saß. Er hat dieselbe Jogginghose an und die Hosenträger und das Unterhemd. Bloß dass er jetzt nicht mehr »brrrrfffff« macht. Und er sitzt auch nicht auf seinem braunen Cordsofa, sondern er liegt mitten im Müll, zwischen aufgeplatzten Tüten, Joghurtbechern und vollgeschissenen Windeln. Es ist ein unfassbar entsetzlicher Gestank, der aus dem Müllcontainer aufsteigt, aber das Allerentsetzlichste ist Willi Schneiders Blick. Leer irgendwie, starr, natürlich, und: erstaunt. Ja, tatsächlich, der tote Willi Schneider guckt erstaunt. Als könnte er gar nicht verstehen, was er da macht, im Müllcontainer.

Ich bleibe einen Augenblick stehen und betrachte Willi Schneider. Ich bin bei Weitem nicht so entsetzt wie vor wenigen Nächten, als ich im kaputten Klokabuff nach etwas griff, das ich für eine Bürste hielt, und Hans' mumifizierten Kopf in der Hand hielt. Das hier ist anders. Willi Schneider ist mir vertraut. Wir haben zusammen Sherry getrunken, Medium, und Zigarren gepafft. Das ist keine Leiche, da im Container, das ist Willi Schneider. Nur in tot.

Später, viel später, werde ich darüber nachdenken, was in diesen wenigen Tagen mit mir passiert ist. Was mit meiner Seele geschah, zwischen dem Abend, als ich vom Yoga zurückkam und Jens weg war, bis zu dem Abend eine Woche später, an dem ich den toten Willi Schneider im Müllcontainer fand. Etwas ist in meiner Seele zerbrochen in jenen Tagen, und etwas anderes ist entstanden, etwas Hartes, Kaltes.

Und so will ich nur ganz kurz schreien und schon wieder kotzen und die Klappe des Müllcontainers zudonnern und wegrennen. Ganz kurz. Dann reiße ich mich zusammen. Ich schließe die Klappe des Müllcontainers sacht, so, als wäre ich in Gedanken ganz woanders. Dann schlendere ich betont lässig in Mandy-Monikas Wohnung, schnappe mir die schöne weiße Decke, in die Gila mich gewickelt hatte, nachdem man mich vor Hackis mit einem Elektroschocker niedergestreckt hatte, gehe wieder hinaus in den Hof, öffne den Müllcontainer ein weiteres Mal und schmeiße die Decke hinein. So, als wäre sie ein alter Stofffetzen, den ich schon lange loswerden will. Falls irgendjemand mich beobachtet haben sollte, dann habe ich mich vollkommen normal und unauffällig verhalten.

Tatsächlich jedoch habe ich mal eben Willi Schneiders Leiche verschwinden lassen, die zwischen Windeln und Joghurtbechern liegt und nun vollkommen von Gilas Decke bedeckt ist. Ich denke keinen Augenblick darüber nach, ob das, was ich tue, richtig ist oder logisch oder auch nur irgendwie nützlich. Es ist ein innerer Impuls. Ich stelle die Ordnung wieder her. So wie Willi Schneider das immer gemacht hat.

»Das wird nicht reichen.«

Die Stimme kommt aus dem Dunkel, und ich erkenne sie sofort. Henry.

»Wir müssen ihn verschwinden lassen.«

»Spinnst du«, zische ich, »wir haben nichts damit zu tun!«

»Bist du sicher?«

»Natürlich!«

»Und Jens? Kaum taucht er auf, gibt es eine zweite Leiche.«

»Woher weißt du … Jens hat damit auch nichts zu tun!«

»Pscht! Du weckst das ganze Haus!«

Henry packt mich am Arm und zieht mich zurück in Mandys Wohnung. Drückt mich auf das beigefarbene Sofa. Baut sich vor mir auf.

Nie zuvor habe ich Henry so gesehen. Wo ist meine weiche, immer fröhliche Freundin? Die Henry mit den Händen voller Kuchenteig, die mich tröstet, mich zum Lachen bringt? Dies hier ist eine ernste Henry, eine, die ich nicht kenne.

»Hör mir gut zu«, sagt die ernste Henry. »Ich weiß nicht, was hier vor sich geht. Aber du hängst mit drin. Entweder weil es mit Jens zu tun hat. Oder weil es mit dir zu tun hat. Du warst die halbe Nacht bei Willi Schneider. Vergiss nicht, im Container ist auch noch der Badezimmerteppich mit deiner Kotze. Wenn sie Willi Schneider finden, finden sie auch deine Kotze. Und dann bist du dran. Dann kommst du in den Knast. Wie Mandy.«

»Mandy«, stammele ich, »sie kann nicht die Mörderin sein. Nicht von Willi Schneider. Und womöglich auch nicht von Hans. Und überhaupt! Woher weißt du das mit dem Teppich! Hast du –«

»Das ist egal jetzt.«

Nie zuvor ist Henry mir über den Mund gefahren.

»Wir warten, bis alle schlafen. Und dann schaffen wir Willi Schneider weg.«

»Das ist nicht dein Ernst!«

»Das ist mein voller Ernst. Oder willst du wegen eines vollgekotzten Badezimmerteppichs in den Knast?«

Der Gedanke an Willi Schneiders Badezimmerteppich treibt mir die Schamesröte ins Gesicht. Zugleich bricht mir der kalte Schweiß aus. Verdammte Kacke. Kann man wegen so was im Gefängnis landen?

Ich schaue zu Henry hoch. Ihr Gesicht ist verschlossen, wie eine alte Büchse, die keiner mehr aufkriegt.

»Du verhältst dich ganz still. Ich komme, wenn es ruhig ist.«

Und damit ist sie hinaus.

Ich hocke auf Mandys Sofa. Ich fühle mich wie einmal durchgeschüttelt. Gerade eben noch saß ich im Thai-Imbiss und aß Massaman-Curry. Ein normales, alltägliches Bild. Jetzt hocke ich hier und warte darauf, dass es im Haus ruhig wird, damit ich mit Henry Willi Schneiders Leiche wegschaffen kann. Alles bricht zusammen. Alles.

Einen Moment denke ich darüber nach, Onkel Florian anzurufen.

»Wir bleiben in Kontakt«, hatte er gesagt, damals am Bahnhof. »Wenn du in Not bist, ruf mich an, jederzeit.«

Ich weiß noch, dass es sehr windig war. Onkel Florians Haare flogen bestimmt einen Meter weit. Er ließ sie wachsen, die eine dünne Strähne, die er noch hatte, und wickelte sie viele Male um seinen Kopf. Doch jedes Mal, wenn ein Wind aufkam, löste sich das kunstvolle Gebilde, und Onkel Florian stand da, mit Haaren, die wie eine schmale Fahne von seinem Kopf wehten, der ansonsten vollkommen kahl war.

Das ist mein letztes Bild von Onkel Florian. Am Hauptbahnhof in Köln. Danach habe ich ihn nie wieder gesehen. Ich habe ihn nicht einmal angerufen.

Ich rufe ihn auch in dieser Nacht nicht an.

Es ist halb zwei, als Henry an Mandys kaputte Tür klopft. Sie hat Gummihandschuhe dabei.

»Komm.«

Ich habe keine Ahnung, wie wir Willi Schneider aus dem Müllcontainer kriegen sollen. Und wohin dann mit ihm. Aber Henry hat über alles nachgedacht.

Sie macht mir Zeichen, ihr zu helfen, und so leise wie möglich schieben wir den Container aus dem Innenhof in die Hofeinfahrt. Die ist überdacht, sodass man aus den Wohnungen nicht direkt hineingucken kann.

»Bist du irre«, flüstere ich, als ich ahne, was Henry vorhat.

»Das klappt schon«, flüstert sie zurück.

»Das wird wahnsinnig laut!«

»Egal, das fällt nicht auf.«

Und so ist es. Wir kippen den gesamten Container um, und es macht einen Höllenlärm. Ich halte die Luft an. Eine Minute. Zwei Minuten. Fünf Minuten. Nichts rührt sich. Im Haus bleibt es still.

Willi Schneider ist beim Umkippen schon fast ganz aus dem Container herausgefallen. Wir müssen nur an seinen Beinen ziehen, dann liegt er vor uns.

Ich habe nie zuvor einen toten Menschen angefasst. Aber ich habe auch nie zuvor Willi Schneider angefasst. Ich weiß nicht, wie er sich anfühlte, als er noch lebte. Jetzt fühlt er sich an wie Pappmaché. Wie ziemlich schweres Pappmaché.

Wir richten den Container wieder auf, wieder macht es einen Höllenlärm, wieder bleibt alles ruhig. Dann sammeln wir all den Müll ein, der mit herausgefallen ist. Diese Aktion ist das Allerekligste, was ich je getan habe. Das mit Hans' Kopf war etwas anderes. Das war aus Versehen. Da hatte ich keine Ahnung. Jetzt wühle ich in der stockdunklen Hofeinfahrt in aufgeplatzten Mülltüten, sammle Kartoffelschalen und dreckige Damenbinden und stinkende Katzenstreu auf.

»Kotz bloß nicht schon wieder.«

Ich würge und kotze nicht. Diese blöde Kotzerei hat mir das alles schließlich beschert.

Und dann macht es in meinem Kopf Klack. Einmal. Ich weiß, dass da gleich noch ein Klack kommt. Und womöglich noch eins. Aber das kommt nicht von allein. Ich muss etwas sehen. Etwas tun. Etwas begreifen.

Ich richte mich auf. Wir haben einen Großteil des Mülls eingesammelt. Der Container ist zu einem Viertel voll.

Ich gehe zurück in den Hof.

»Was machst du!«, zischt Henry.

Ich antworte nicht. Im Hof steht der zweite Container. Ich öffne ihn. Es ist dunkel, doch so ganz dunkel ist es in Berlin nie. Ich sehe genug. Auch dieser Container ist nicht ganz voll, ein Drittel etwa.

Ich drehe mich um. Henry steht in der Hofeinfahrt. Ich schaue sie an. Ich brauche nichts zu sagen.

Als ich Willi Schneiders Badezimmerteppich in den Container stopfte, war der proppenvoll. Ich hatte größte Schwierigkeiten, den Teppich noch reinzukriegen. Und auch als Willi Schneider ihn entdeckte, hat er ihn gleich wieder reingetan. In den überquellenden Container. Diese Container aber sind kein bisschen voll. Sie wurden zwischenzeitlich geleert. Der Badezimmerteppich ist längst auf der Deponie. Ich war nie in Gefahr, verhaftet zu werden.

Henry weiß das. Und doch zwingt sie mich gerade, den Leichnam von Willi Schneider mit ihr wegzuschaffen.

Lust. Allein dieses Wort. Wie es sich auf seinen Lippen anfühlt, sich aus ihm herauswindet. Lust. Ein wundervolles Wort. Ein verbotenes. Ein so sehr verbotenes Wort. Leise sagt er es, immer wieder. Lust. Lust.

Es schlüpft aus ihm heraus, weich und lockend. Es ist ein Wort voller Erstaunen. Und voller Sehnsucht.

Lust.

Ein Wort, das macht, dass ihm heiß wird in all der Kälte.

»Was soll das.«

Es ist meine Stimme, die da spricht. Kalt und beherrscht.

»Caro, bitte, versteh doch.«

Henrys Stimme. Flehend.

»Keine Lust. Ich verstehe seit Tagen nichts mehr. Und du, du verarschst mich, nach Strich und Faden.«

»Caro, nein!«

»Und wie. Kein Wort, dass du Hans kanntest. Tagelang nicht. Und dann dieses Getue. ›Er war mein Sonnenschein.‹ Dafür sprichst du verdammt wenig über ihn. Zwanzig Jahre lang. Ganz abgesehen von dem da!« Ich recke mein Kinn in die Höhe, zu Henrys und Gunthers Wohnung. »Was macht dein feiner Guru da mit kleinen Mädchen, hm? Er fickt sie in den Mund, das macht er.«

»Caro! Du hast –«

»Ja, ich habe sie gesehen. Ein ganz junges Mädchen. Und wo warst du, Henry? Hast du deshalb in der Nacht bei mir geschlafen? Damit er kleine Mädchen ficken kann? Und wieder«, ich spucke die Worte aus, »und wieder kein einziges Wort. Du schläfst bei mir und bringst mir Kuchen und Kaffee und massierst mir die Füße, und nicht ein Sterbenswörtchen darüber, warum du bei mir bist und nicht bei deinem feinen Mann da oben.«

Ich spucke aus. Mir ist danach. Ist immerhin besser als kotzen.

Henry ist wie erstarrt. Selbst im Dunkel des Hofs sehe ich, dass sie leichenblass ist. Sie wankt etwas. Gleich kippt sie um.

Ich stehe da, gleichgültig und zugleich zitternd bis in die Fingerspitzen. Soll sie doch fallen. Ich fange sie nicht auf.

In dem Moment geht im Vorderhaus Licht an. Im Flur. Ich höre Stimmen, doch ich brauche einen Augenblick, um sie zu erkennen. Es ist das ewig schlecht gelaunte Ehepaar aus dem zweiten Stock. Lachend. Vergnügt. Singend.

»Ein Fehlalarm!«, singt der Mann, der sonst immer schweigt, die Mundwinkel unten.

»Ein Fehlalarm!«, fällt die Frau ein, lachend, die sonst nur keift.

»Ein Fehlalarm!«, singen sie nun beide, sie singen es wie eine Sirene, es klingt schrecklich. Und sie lachen in einem fort dabei.

»Komm«, sagt er, »ich schmeiße schnell die Blumen weg.«

»Nicht dein Ernst.«

Sie.

»Unbedingt. Das bringt sonst Unglück.«

»Echt?«

»Echt. Ich schmeiße sie schnell weg.«

Das Zittern, das mich befallen hat, wird stärker. Henry ist noch blasser geworden. Jetzt kippt sie tatsächlich gleich um.

Es geschieht alles in einem einzigen Augenblick. Die Tür zum Hinterhof öffnet sich, der Mann mit den hängenden Mundwinkeln tritt heraus, lächelnd, im Arm einen Strauß weißer Rosen. Henry fällt. Ich stürze zu ihr, um sie zu halten. Doch es ist zu spät. Henry fällt. Sie fällt direkt auf Willi Schneiders Leiche, die mitten in der Hofeinfahrt liegt. Sie landet auf Willi Schneiders Bauch, sie schlägt mit dem Kopf auf dem Pflaster auf, die Beine in der Luft. Ich mache einen einzigen Satz. Im Sprung greife ich mir Gilas Decke, die da immer noch liegt. Ich lande direkt neben Henry, auf Willi Schneiders Kopf. Und im selben Augenblick, in dem Willi

Schneiders Kopf unter mir ein komisches Geräusch macht, ziehe ich Gilas Decke vor Henry und vor mich und vor Willi Schneider. Als der Mann mit den hängenden Mundwinkeln, der heute lächelt, sich zu uns umdreht, hocken wir wie auf einer Bank. Mit einer Decke. Von Willi Schneider ist noch eine Hand zu sehen. Blitzschnell ziehe ich die Decke ein Stückchen weiter.

»Nanu, was machen Sie denn da?«

»Och, nichts.«

Da ist etwas Komisches an meinem Po. Ist das Willi Schneiders Nase? Oder ein Ohr? Bewegt es sich? Ist das etwa eine Ratte?!

Ich will schreien, doch ich lächele ein Lächeln, das aussehen muss, als gehörte ich zur Addams Family.

»Und Ihre Freundin?«

Henry rappelt sich auf. Sie ist immer noch leichenblass. Und sie hat Mühe, auf Willi Schneiders Bauch das Gleichgewicht zu halten. Ich stütze sie.

»Och, nichts. Ihr ist nur ein bisschen schwindelig.«

»Und der ganze Müll?«

»Uns ist etwas in den Container gefallen. Aus Versehen. Wir suchen es.«

»Mmh. Na dann, suchen Sie mal schön.«

Sagt es, schmeißt den Strauß weißer Rosen in den Müllcontainer, der noch im Hof steht, und geht zurück ins Vorderhaus.

»Ein Fehlalarm«, hören wir ihn singen.

»Ein Fehlalarm«, fällt seine Frau lachend ein.

Ich kotze auch diesmal nicht. Ich rappele mich hoch und helfe Henry auf. Wir stehen vor Willi Schneider und klopfen unsere Klamotten aus, als hätten wir uns im Dreck gewälzt. Wir brauchen einander nichts zu sagen. Der Mann mit den hängenden Mundwinkeln wird sich an uns erinnern, wenn sie Willi Schneider finden.

Henry hat einen Plan, und ich folge ihr ohne ein einziges Widerwort. Wir hieven die Leiche auf Gilas weiße Decke und ziehen sie darauf durch den Hinterhof. Es ist eine elende Plackerei. Immer wieder rutscht die Decke unter der Leiche hervor, immer wieder müssen wir Willi Schneider an Armen und Beinen packen, um ihn zurück auf die Decke zu kriegen. Das Kopfsteinpflaster im Hof ist alt und kaputt, nach wenigen Metern sind von Gilas Decke nur noch Fetzen übrig. Wir sammeln sie ein und packen Willi Schneider an den Armen, zerren ihn über den Hof. Er verliert seine Hose. Ich will sie wieder hochziehen, doch Henry winkt ab. Wir sammeln auch die Hose ein und zerren ihn weiter. Ich starre auf Willi Schneiders dünne, haarlose Beine. Sehe ihn vor mir, wie er am Morgen, nachdem Jens verschwunden war, im Bademantel im Hof stand und meinen Umzugskarton zusammenflickte.

»Das hat er nicht verdient«, murmele ich.

»Schh, du hast doch keine Ahnung.«

»Und woran liegt das?«, zische ich zurück. »Weil du mich verarschst, an einem Stück!«

»Schh. Später.«

Und so zerren wir. Bis wir Willi Schneider im Hinterhaus haben. Trotz der Kälte läuft mir der Schweiß in Strömen über den Rücken. Ich zittere von Kopf bis Fuß, und zugleich ist mir, als hätte ich hohes Fieber. Ich empfinde Eiseskälte und brennende Hitze. Und ich habe keine Ahnung, was Henry vorhat.

Henry beginnt, die unteren Bretter vor Mandys zugenagelter Tür herauszubrechen. Ich zucke zusammen.

»Nein! Nicht in meine Wohnung!«

»Deine Wohnung?«

Henrys Tonfall trieft vor Sarkasmus. Ihr Gesicht glänzt schweißnass.

»Wir schaffen ihn in den Garten. Hilf mir.«

Willi Schneider ist fast genauso dünn wie ich, und so gelingt es uns, ihn durch die Tür zu ziehen, nachdem wir die untersten Bretter mit Mühe gelöst haben. Im Flur schlägt uns der schneidende Duft der frisch geputzten Wohnung entgegen. Es ist, als wollte diese Wohnung mich verhöhnen. Stundenlang habe ich sie geputzt, um einen klaren Kopf zu bekommen, um die Dinge zu sortieren. Und nun keuche ich hinein, am Ende meiner Kraft, mit dem toten Willi Schneider.

Das Schwierigste ist es, Willi Schneider durch das Fenster im Katzenzimmer zu kriegen. Er ist schmal und nicht allzu groß, doch es gelingt uns einfach nicht, ihn bis zur Fensterbank hochzuheben.

»Knie dich hin.«

»Wieso?«

»Mach schon. Auf alle viere. Unters Fenster.«

Ich knie, und Henry platziert den toten Willi Schneider auf mir, als wäre mein Rücken ein Stuhl. Sie stöhnt, als sie ihn aufrichtet, und meine Arme und Beine zittern. Es ist die Kraft, die mich verlässt. Und es ist der entsetzliche Ekel. Eine Leiche sitzt auf meinem Rücken.

Henry klettert an mir vorbei, nach draußen, ich spüre, dass sie Willi Schneider unter die Achseln fasst.

»Aufrichten.«

»Was?«

»Aufrichten! Vorsichtig!«

Es ist eine letzte, übermenschliche Kraftanstrengung. Die Muskeln in meinen Armen und Beinen stehen in Brand. All die Jahre Yoga haben mich nicht auf etwas Derartiges vorbereitet. Ich kann auf einem Arm stehen, die Beine in der Luft gekreuzt. Aber ich habe noch nie einen Leichnam auf meinem Rücken durch ein Fenster gehievt. Außerdem hasse ich Partnerübungen. Ich mag es nicht, mit heißen, schwitzigen Körpern fremder Menschen in Kontakt zu kommen. Jetzt hieve ich den Pappmaché-Körper vom toten Willi Schneider hoch. Von draußen zieht Henry, ich spüre, dass der so unfassbar schwere Körper ins Wanken gerät. Im nächsten Moment landet Willi Schneider mit einem satten Plopp kopfüber draußen im Garten.

Ich weiß nicht, wo Henry die Schaufeln herhat. Es ist mir egal. Ich will das jetzt einfach nur zu Ende bringen. Und so graben wir. Ein bisschen weg von der Hauswand, hinter einem Busch, von dem ich nicht weiß, was es für ein Busch ist. Auf jeden Fall hat er auch jetzt im Oktober noch Blätter, und er ist fast zwei Meter hoch. Er bietet ein wenig Schutz vor den Blicken des Hinterhauses. Wir graben. Das heißt, wir versuchen es. Das ist keine Erde hier. Das ist eine Mischung aus Schutt und uraltem Müll. Dazwischen schlängeln sich Wurzeln, armdick. Es ist kein Durchkommen.

»Henry, das schaffen wir nicht.«

»Das schaffen wir.«

Am Ende stehen wir schweißüberströmt und zitternd vor Erschöpfung vor einer flachen Kuhle. Wir legen Willi Schneider hinein, er guckt zur Hälfte raus. Wir nehmen all die Steine, die wir aus der Erde geholt haben, und türmen sie über seinen toten Körper. Es reicht nicht. Also reißen wir Äste von den Bäumen, raffen Laub zusammen und Moos. Willi Schneider verschwindet darunter, Stückchen für Stückchen. Wir bedecken die Hände, das Gesicht. Dann ist er weg.

Henry und ich stehen davor, vor diesem Grab, das wir geschaffen haben. In tiefster Nacht. Ein eiskalter Wind weht.

»Komm«, sagt Henry.

Beim Versuch, durchs Fenster zurück ins Katzenzimmer zu klettern, schlage ich lang hin. Ich bin so erschöpft wie nie zuvor in meinem Leben. Und so entsetzt wie nie zuvor. Was haben wir getan. Ich blicke zurück, und einen Moment lang ist mir danach, mich neben Willi Schneider zu legen. Neben das flache kalte Grab.

Etwas hat sich verändert. Er ist fahriger jetzt. Da ist ein Pochen in ihm, ganz schnell und wild. Es ist sein Herz. Es vollführt einen wilden Tanz.

Sein Herz hat gepocht, als er bei ihr war. Wie es gepocht hat! Ein schneller Galopp. Ein freudiger Galopp. Er war bei ihr.

Und sie berührte seine Brust. Sie schob die Hand unter seinen Pullover und streichelte ihn dort, wo es pochte.

»Du bist ja aufgeregt«, hatte sie gesagt.

Einen Moment hatte er gefürchtet, sie mache sich über ihn lustig. Doch das tat sie nicht. Sie streichelte seine Brust, ihre Finger auf seiner nackten Haut. Sein Herz pochte noch schneller.

»Pscht«, hatte sie gesagt, »pscht.«

Und dann hatte sie seinen Pullover ganz hochgeschoben und ihn dort geküsst. Seine nackte Haut. Seine Brustwarzen. Er hatte nicht gewusst, wie sich das anfühlt. Eine Frau, die seine Brustwarzen küsst. Sie hatte es gemerkt. Sofort. Ihn noch inniger geküsst. Ihre Zunge hatte seine Brustwarze umkreist, ihre Zähne hatten ihn gebissen, ganz leicht. Und sein Herz hatte wilde Purzelbäume geschlagen.

Das jetzt sind keine Purzelbäume. Das ist ein Pochen, das stottert. Ein Tanz, der aus dem Takt geraten ist. Es sprudelt wild in seiner Brust, den ganzen Hals hinauf. Als hätte man eine Sprudelflasche geschüttelt und dann den Deckel aufgemacht. Er bekommt kaum noch Luft.

Das ist ein anderes Pochen. Es ist eins, das ihn schüttelt. Und von draußen hört er leises Kichern.

Ich sitze auf Mandys beigefarbenem Sofa. Henry steht vor der Spüle und schneidet Gilas Decke und Willi Schneiders Hose in kleine Streifen. Dann zündet sie sie an und lässt sie, einen nach dem anderen, im Spülbecken verbrennen.

Sie wendet mir den Rücken zu. Als sie zu sprechen beginnt, ist ihre Stimme tonlos. Als spräche da gar nicht Henry, meine Henry. Als spräche da vor der Spüle eine Maschine. Als spielte jemand ein Tonband ab. Ein Tonband mit einem Geständnis, vorgetragen von einer sonoren Stimme. Wie bei einer schlechten Aufzeichnung fürs Radio. Ein Sprecher, der sich keine Mühe gibt. Keine Pausen gibt es in diesem Monolog. Keine Betonungen. Kein Satz, der endet. Kein Satz, der beginnt. Kein Gefühl. Es ist ein so monotoner Klang. Würde ich nicht Henry vor mir sehen, ihre Arme und Hände, die schneiden und verbrennen, ich würde nicht glauben, dass sie da ist. Dass sie es ist, die spricht. Meine Henry.

»Ich war elf, als es zum ersten Mal passierte. Ein Autounfall. Ich war auf meinem Rad unterwegs und wollte links abbiegen. Ich bog links ab. Ich hatte nicht geguckt, ob hinter mir ein Auto kam. Die Autofahrerin sagte später, ich hätte nicht einmal ein Handzeichen gegeben. Ich weiß es nicht.

Mein Vater verprügelte mich und gab mir Zimmerarrest. Ohne Abendessen ins Bett. Ich hatte schon so geschrien, als er mich schlug. Als ich am nächsten Morgen in die Schule sollte, konnte ich nicht mehr aufstehen. Das Bein war gebrochen. Sie behielten mich zu Hause.

Niemand hatte Zeit, nach mir zu gucken. Der Junge war aus der Nachbarschaft. Viel älter als ich. Meine Mutter mochte ihn. Er kam jeden Tag. Er machte die Tür zu, wenn er bei mir war. Niemand kam herein. Bald brachte er einen Freund mit. Und dann weitere. Auch erwachsene Männer. Ich kannte sie nicht. Ich glaube, er bekam Geld von ihnen. Wenn sie bei mir waren, stand er draußen vor der Tür. Manchmal hörte ich ihn mit meiner Mutter sprechen. Meine Mutter mochte ihn. Ich konnte nichts machen. Das Bein war gebrochen. Ich konnte mich kaum bewegen. Ich hatte entsetzliche Schmerzen. Meine Mutter kam und wusch mich, wenn sie weg waren. Da wusste ich, dass es keinen Ausweg gab. Nach sechs Wochen durfte ich aufstehen. Mein Vater sah mich an, als sei ich ein ekliges Insekt. Meine Mutter schlug mich oft. Der Junge kam weiterhin. Bald durfte er mich abends mitnehmen.

Ich wurde älter. Es änderte sich nichts. Einmal musste ich zu einem Typen ins Auto, in einen alten VW-Bus. Der Typ fragte mich, ob ich das gerne mache. Ich sagte Nein. Er fragte mich, ob ich gerne nach Berlin wolle. Er war auf dem Weg dahin. Er wollte nicht zur Bundeswehr. Ich war so dünn damals, ich passte in eine große Kiste, auf der sein Gaskocher stand. Durchleuchtet wurden nur die Fahrzeuge, die aus der DDR rauswollten. So kam ich nach West-Berlin.

Ich wohnte eine Weile bei ihm. Er war ganz okay. Ich musste nichts machen, was ich nicht wollte. Er kiffte eh den ganzen Tag und futterte ALDI-Schokolade mit ganzen Mandeln, er hatte sonst keine großen Bedürfnisse. Ich zog los und lernte neue Leute kennen. Jeden Tag. Das war Berlin in den Achtzigern. Ein einziges Fest.«

Eine kleine Betonung. Henrys Stimme klingt, als würde sie ein wenig lächeln. Sie dreht mir weiterhin den Rücken zu. Öffnet den Wasserhahn. Spült die Asche von Gilas Decke und Willi Schneiders Hose den Abfluss hinunter. Dann setzt wieder der Monolog ein. Keine Betonung. Kein Gefühl.

»Ich bin anschaffen gegangen. Ich kannte nichts anderes. Ich war sehr jung. Sehr begehrt. Irgendwann hat mir eine Freundin einen Job in einer Diskothek besorgt. Ich stand hinter der Theke, in knallengen Hosen und mit aufgeklebten Sternen auf meinen nackten Brüsten. Ich bekam so viel Trinkgeld, ich hätte nicht mehr ficken müssen. Ich tat es weiterhin. Ich schwamm im Geld. Zweimal wurde ich krank. Ich hatte nie was beiseitegelegt. Ich kam in irgendwelchen WGs unter, schlief auf schimmeligen Sofas. Bis es wieder ging. Dann kam die Wende. Du kannst dir das nicht vorstellen. Ost-Berlin war so was von runter. Davon macht ihr euch heute keine Vorstellung. Diese ganzen Gründerzeithäuser, die waren alle abgerockt bis zum Gehtnichtmehr. Da wollte keiner wohnen. Die standen alle leer. Über allem stand der schwarze Dunst der Kohleöfen. Die Häuser, die Bahnen, die Klamotten, alles stank. Ich zog mit einer Gruppe von Leuten umher, ich kannte sie kaum. Einer hatte die Idee, eine Kneipe aufzumachen. Ich fand das eine Schwachsinnsidee. Ich kam trotzdem mit. Ich hatte ja Zeit. Und so stand ich eines Tages in der Dunckerstraße.«

»Hier, bei uns?«

»Ja, meine Süße.«

Henry dreht sich um. Sie sieht müde aus. Als hätte dieser Monolog sie sehr erschöpft. Sie setzt sich neben mich aufs Sofa. Ein Stück weg. Sie sieht mich nicht an.

»Wir sind einfach rein. Früher war das ein Friseur. Das Schild hing noch dran. Wir haben aus dem Westen Bier rangeschafft und es verkauft. Einer hatte einen Verstärker. Und Platten. Es gab keine Heizung und kein Klo. Auf dem Boden stand immer Wasser, keine Ahnung, wo das herkam. Es lief gut. Eines Tages kamen zwei Typen, ich glaube, aus dem Ruhrgebiet. Sie wollten einen Porno drehen in Ost-Berlin, alles klar, sagte ich. Sie gaben mir dreihundert Mark. Ich vögelte eine Woche lang mit allen, die wollten. Im kleinen Hinterzimmer.«

»Da, wo heute deine Küche ist?«

»Genau da. Es war eng, und es war dreckig. Aber ich war die Attraktion. Es war okay. Ich kannte nichts anderes. Dann wurde ich wieder krank.«

Henry schweigt. Sie sitzt ganz still. Schaut auf ihre Hände im Schoß.

»Ich kannte nichts anderes. Ich hatte bald kein Geld mehr. Ich arbeitete weiter. Eines Tages, ich hatte Fieber, ich konnte kaum stehen. Ich hatte Hunger. Und ich brauchte was.«

»Du hast Drogen genommen?«

»Süße, was denkst du?«

Es ist das erste Mal, dass Henry mich ansieht, während sie spricht. Ich kenne diesen Blick. Adrian hat mich so angeschaut. Wenn ich mal wieder nichts gerafft hatte. Wenn ich wieder die doofe Carolin war. Henry hat mich noch nie so angeschaut. Jetzt tut sie es.

»Was denkst du! Wir waren alle drauf. Alles Mögliche. Viele sind gestorben damals. Ich nicht.«

»Wie? Wie hast du es geschafft?«

»Da gab es diesen Mann. Er war groß und hatte lange Haare. Einen Zopf. So lief damals kein Mensch rum. Ich hatte ihn schon öfter gesehen, von ferne. Man munkelte, er möge nur ganz junge Mädchen. Ich dachte, ich wäre für ihn schon zu alt. Als er hineinkam, an jenem Morgen, ich schlief im Hinterzimmer, es ging mir schlecht, wollte ich ihn gleich wieder wegschicken. Aber er blieb. Er gab mir was. Und er kam wieder. Er fasste mich nicht an. Er brachte mir Medizin. Etwas gegen die Schmerzen. Und alles mögliche andere, natürlich. So ging das vielleicht eine Woche lang. Vorne wurde gefeiert, hinten lag ich und fieberte. Nach einer Woche brachte er mich hoch in den ersten Stock. Er hatte die Wohnungstür eingetreten und von irgendwoher Strom besorgt. Das Klo war auf dem Gang. Am Anfang hatten wir nichts. Dann wurde es besser. Er brachte Möbel mit. Ein Bett. Ein Sofa. Einen Kühlschrank. Handwerker kamen und schliffen die Dielen ab. Irgendwann konnten wir die Wohnung auch offiziell mieten.«

Da ist wieder dieses Klacken in meinem Kopf. Ich kann es kaum glauben.

»Henry! Sprichst du von Gunther? Der Mann mit dem Zopf, das ist Gunther?«

»Aber natürlich.«

Da ist er wieder, der Blick. Die doofe Carolin, die nichts rafft.

»Was denkst du denn. Er hat mich gerettet. Damals und heute. Er sorgt für mich.«

»Aber das Mädchen! Das junge Mädchen! Gestern in eurem Wohnzimmer!«

»Sie tun es freiwillig. Alle.«

»Und du? Was tust du?«

»Ich? Nichts.«

»Nichts? Henry, niemals!«

»Oh doch.«

Wieder dieser Blick.

»Er hat mich nie angefasst. Bis heute nicht.«

»Aber ihr seid verheiratet.«

»Ja, er liebt mich.«

»Wie kann er dich lieben –«

»Er liebt meine Reinheit. Er hat sie in mir gesehen. Ich war geschunden und krank und auf Droge. Und er hat meine Reinheit gesehen. Er liebt diese Reinheit. Er lebt von ihr. Alles, was er schafft, als Heiler, ist genährt aus meiner Reinheit. Ich bin sein Lebenselixier.«

»Henry.« Jetzt bin ich es, die so guckt. »Henry, das ist nicht dein Ernst. Das glaubst du nicht.«

»Vielleicht nicht. Vielleicht doch.«

Da ist ein kleines, trauriges Lächeln in Henrys Gesicht.

»Er hat mich gerettet. Ohne ihn bin ich nichts.«

»Aber Henry! Du bist die wunderhübsche Bäckerin aus der Dunckerstraße! Die mit dem tollsten Café und den leckersten Torten! Die alle mögen!«

Wieder dieses kleine traurige Lächeln.

»Caro, Süße, du verstehst das nicht. Du hattest deinen Papa, der alles für dich getan hat. Du verstehst das nicht.«

Henry schaut wieder auf ihre Hände. Ich suche ihren Blick. Es gelingt mir nicht. Würde sie mich nur anschauen, ich würde ihr alles sagen. Alles, was ich nie zuvor jemandem gesagt habe. Nicht einmal Jens. In diesem Augenblick würde ich mich Henry offenbaren. Wenn sie nur gucken würde.

Henry schaut auf ihre Hände.

Dann spricht sie weiter.

»Ich hatte nie jemanden. Im Gegenteil. Jetzt aber habe ich Gunther, und er tut alles für mich.« Sie verstummt kurz. »Und du? Du würdest auch alles für Jens tun, nicht wahr?«

Ich zögere. Ich weiß es nicht.

»Henry?«

»Ja?«

»Haben wir deshalb Willi Schneiders Leiche entsorgt? Weil Gunther was damit zu tun hat?«

»Nein.« Henry schaut mir direkt in die Augen. »Niemals. Wir haben Willi Schneiders Leiche entsorgt, weil ich fürchte, dass Jens was damit zu tun hat.«

Sie hat die Hand ausgestreckt, berührt mein Kinn. Sie dreht mein Gesicht so, dass ich ihr direkt in die Augen schauen muss.

»Caro, Süße. Wir tun das, um dich zu schützen. Alles nur für dich.«

Sie kommt ein bisschen näher. Sie küsst mich ganz leicht auf den Mund. Als hätte ein Schmetterling meine Lippen gestreift. Dann geht sie. Ich höre, wie sie die kaputte Haustür hinter sich zuzieht.

Draußen vor dem Fenster ist etwas anders geworden. Ich schaue hinaus. Die Schwärze der Nacht ist einem milchigen Dunst gewichen. Es beginnt zu schneien. Mitten in dieser Oktobernacht schneit es in Berlin. Und Willi Schneiders Grab im Garten hinterm Haus verschwindet unter einer weiß glitzernden dünnen Schicht frisch gefallenen Schnees.

Freitag, 8. Oktober 2011

Als ich nachmittags aus dem Haus trete, ist die ganze Dunckerstraße in Zuckerguss getaucht. Es schneit immer noch. Eltern ziehen ihre Kinder auf Schlitten die Bürgersteige entlang. Neben der Tür zu Henrys Café leuchten Kerzen in Einmachgläsern. Mein Atem macht eine Wolke in der Luft. Prenzlauer Berg ist an diesem Nachmittag wieder einmal ein Freilichtmuseum. Mit lauter glücklichen Menschen, die hier wohnen.

Ich stehe vor dem Haus und will mein altes Leben zurück. Und ich bin fest entschlossen, es mir zurückzuholen.

Ich habe kaum geschlafen in der Nacht. Habe mich in Mandys klammem Bett gewälzt, den Schaumstoff, der aus Plumeau und Kissen quillt, in Nase und Mund. Ich habe entsetzlich gefroren ohne Gilas warme weiße Decke. Vor allem aber war mir innerlich so kalt, als wäre etwas in mir gestorben. Henry. Was hat sie mir alles verschwiegen. Wie konnte sie das vor mir geheim halten. Wie hat sie das alles bloß überlebt. Und was ist das für eine seltsame Geschichte mit Gunther. Dem Guru, der sie für ihre Reinheit liebt. Was für eine Reinheit, frage ich mich.

In mir war eine Schallplatte, die sich drehte, ein ums andere Mal. Henrys monotoner Singsang. Das, was sie gesagt hat.

In mir war ein Film, hässlich aneinandergereihte Szenen. Willi Schneider im Container. Gunther und das Mädchen. Willi Schneider unter Steinen und Moos im Garten. Jens. Das kaputte Klokabuff. Der Kopf von Hans.

So viele Bilder. So viel Entsetzen.

So viele Fragen.

Jens, der verschwindet und wieder auftaucht und wieder verschwindet. Und zur gleichen Zeit stolpere ich über zwei Leichen.

Mandy, die im Gefängnis sitzt und deshalb nichts mit Willi Schneiders Tod zu tun haben kann.

Und Henry, die mir ihr ganzes Leben verschwiegen hat.

Als es dämmerte, bin ich aufgestanden und habe die ganze Wohnung noch einmal geputzt. Ich habe die blauen Müllsäcke, die immer noch im Flur standen, draußen in die Container gekippt. Ich habe nicht zu Willi Schneiders Küchenfenster geschaut.

Dann habe ich mich geschrubbt. Mit dem harten grünen Schwamm, von Kopf bis Fuß. Ich habe den Geruch und das Gewicht von Willi Schneider weggeschrubbt. Und alles andere auch. Ich habe mir sogar die Haare gewaschen an Mandys Waschbecken, mit eiskaltem Wasser. Ich habe lange die Naht auf meiner Stirn angeschaut und die Flecken auf meinem Oberkörper, von denen Jens sagt, sie stammen von Elektroschockern. Es fühlt sich an, als hätte man mich gezeichnet. Aber wer? Und warum?

Ich habe geweint. Und dann bin ich eingeschlafen, auf Mandys beigefarbenem Sofa, ich habe tatsächlich geschlafen, tief und fest, viele Stunden. Kein Traum. Keine Bilder.

Als ich erwachte, klingelte mein Handy. Jens.

»Ich will dich sehen.«

»Du warst so komisch gestern Morgen.«

»Verzeih.«

»Jens, was ist denn bloß geschehen?«

»Ich werde dir alles erklären, bald.«

»Wann ist bald?«

»Bald.«

»Du willst mich sehen?«

»Ja.«
»Wann?«
»Heute Abend. So gegen acht.«
»In der leeren Wohnung in Mitte?«
»Nein, die ist übergeben. Ich komme zu dir.«
»Um acht?«
»Ja, wenn es dir recht ist.«
»Komm. Um acht.«

Ich habe noch Zeit. Und Hunger. Die Tische, die vor Henrys Café stehen, sind alle mit einer feinen Eisschicht überzogen. Die Stühle auch. Ich schnappe mir eine von den dünnen IKEA-Decken, breite sie über einen Stuhl und setze mich. Niemand sitzt hier außer mir.

Ich müsste Henry so viel fragen. Aber ich will nicht. Ich will einfach nur hier sein, vor Henrys Café, in Schnee und Eis. Ich sitze dort wie ein Ausrufezeichen.

»Schau«, sagt dieses Ausrufezeichen, es sagt es zu Henry, »ich bin hier. Ich bin deine beste Freundin. Egal, was war. Egal, was ist. Egal, was sein wird. Ich bin für dich da.«

»Du bist da.«

Henry steht vor mir, das Gesicht ein wenig rot vom Rennen und vom Backen, so kenne ich sie. Kein Schatten, der von der vergangenen Nacht erzählt. Henry, duftig und weich und warm. Sie drückt mich an ihren großen Busen.

»Meine Süße«, flüstert sie in mein Haar, »meine wunderbare süße Caro.«

Dann bringt sie mir Kaffee mit viel geschäumter Milch und mit Zimt, sie bringt mir Splitterbrötchen und pochiertes Ei und Maronensuppe und Müsli mit frischen Blaubeeren und zum Schluss ein sehr großes Stück Zitronenbaiser-Torte. Ich esse alles auf.

Und Henry rennt hinein und hinaus, serviert Kuchen und Suppe und geschäumte Milch in kleinen Bechern für die Prenzlauer-Berg-Kinder, sie lacht und scherzt, und jeder, der das Café verlässt, hat ein Lächeln im Gesicht. Sie ziehen alle an mir vorbei, Mütter, Kinder, Models, Schauspieler, Möchtegern-Schriftsteller, Aktentaschenträger und magersüchtige Ich-mache-was-mit-Medien-Mädchen. Ich sehe sie ins Café hineingehen, gestresst, fröhlich und gelangweilt, und ich sehe sie hinauskommen, fröhlich, alle.

Sie haben alle keine Ahnung, denke ich bei mir, und sie werden niemals etwas ahnen. Denn ich werde schweigen wie ein Grab.

»Süße.« Henry hockt sich neben mich, auf die vereiste Sitzfläche eines Stuhls, sie streicht mir eine Strähne hinters Ohr, flüstert. »Süße, das Wichtigste ist nun Normalität, verstehst du?«

Ich verstehe gar nichts.

»Wir müssen so leben wie immer. Unauffällig. Das ist total wichtig.«

»Aber wie soll das gehen?«

»Du machst alles so wie sonst.«

»Wie sonst? Jens ist weg. Meine Wohnung ist weg. Mein Job. Und dann Willi Schneider –«

»Pscht«, Henry legt ihre warme weiche Hand auf meinen Mund, »das meine ich. Vergiss Willi Schneider.«

Ihre Stimme ist nur noch ein ganz kleines Flüstern.

»Vergiss ihn.«

»Aber wie kann ich –«

»Du kannst. Glaub mir, du kannst.«

»Und was ist, wenn die Polizei –«

»Die kümmert sich doch sowieso um nichts.«

Ich will etwas erwidern, doch in dem Moment schießt

direkt neben uns ein Auto auf den Bürgersteig, es schrammt über die hohe Bordsteinkante, es gibt ein hässliches Geräusch, als der Unterboden aufsetzt, und dann noch ein knirschendes, als einer von Henrys eisüberzogenen Stühlen unter dem rechten Vorderrad verschwindet. Es ist ein wirklich großes Auto. So eine typische Familien-SUV-Kutsche. Drin sitzt das unsagbar schlecht gelaunte Ehepaar aus dem Münsterland.

Keiner hier hat Autos. Berlin ist die Stadt mit den wenigsten Autos pro Einwohner. Insgesamt liegt das daran, dass die Menschen hier vergleichsweise arm sind. Im Besonderen liegt es in Prenzlauer Berg daran, dass es einfach schick ist, kein Auto zu haben. Wir fahren mit dem Fahrrad. Wir machen Carsharing. Zur Not fahren wir mit der Bahn, allerdings nur zur Not. Allein Jens hatte ein Auto, aber das war ein Bergisch-Gladbach-Überbleibsel. In Bergisch Gladbach fahren Orthopäden Porsche. In Berlin-Prenzlauer Berg eher nicht.

Jetzt hat das unsäglich schlecht gelaunte Ehepaar aus dem zweiten Stock ein Auto. Er sitzt am Steuer. Sie daneben. Schimpfend. Und mit dem Einparken hat er offensichtlich ein Problem. Er setzt einmal an, noch einmal, ein drittes Mal. Schließlich gelingt es ihm, vom Bürgersteig runterzukommen. Es gibt wieder ein hässliches Geräusch, als das Ungetüm von Gefährt Henrys Stuhl freigibt. Und noch eins, als es wieder über den hohen Bordstein schrammt. Wir hören sie aus dem geschlossenen Auto keifen. Dann setzt er ein viertes Mal an, lässt den Motor aufheulen, schrabbt noch einmal über die Bordsteinkante und parkt das Auto mitten auf dem Bürgersteig. Zwischen Henrys Tische und Stühle.

»Entschuldigung!« Henry ist aufgestanden und klopft an die Scheibe. »Sie dürfen hier nicht parken.«

»War schon klar«, keift die Alte, »für solche wie euch ist hier Platz, für Kinder nicht.«

»Entschuldigung«, sagt Henry noch einmal, »das ist ein Gehsteig. Niemand darf hier parken.«

Die Frau sagt nichts mehr, sie scheinen sich untereinander zu beraten. Leiser nun. Und dann lässt er ein weiteres Mal den Motor aufheulen, schrappt noch einmal über den Bordstein und fährt davon. Die Alte wirft einen letzten giftigen Blick aus dem Seitenfenster. Irgendwie habe ich das Gefühl, sie guckt mich an, nicht Henry. Ich habe doch gar nichts gesagt!

»Was hat die nur?«

»Vergiss die beiden. Die spinnen.«

Henry kaut auf ihren Fingernägeln. Sie überlegt.

»Wann warst du das letzte Mal beim Yoga?«

Ich überlege.

»Als Jens verschwand. Davor.«

»Genau.«

Sie streicht noch eine Haarsträhne hinter mein Ohr, sieht mich an.

»Caro, du bist hier das Yogamädchen. Du machst nichts außer Yoga und, na gut, früher, deine Sendung. Wenn du nicht mehr zum Yoga gehst, fällt das auf.«

»Aber mir ist nicht nach Yoga.«

»Völlig egal, wonach dir ist.«

Henrys Stimme hat wieder diese Härte, die sie in der vergangenen Nacht hatte. Als wir Willi Schneiders toten Körper durch den Hinterhof schleiften.

»Du gehst ab heute wieder zum Yoga. Du fragst Gila nach deinem Job. Du suchst dir eine Wohnung. Kurzum: Du machst ganz normal weiter.«

»Aber Henry! Nichts ist normal! Da ist ein toter Mann im Garten! Und Mandy ist immer noch im Gefängnis! Und dann Hans! Niemand weiß, was ihm geschehen ist!«

»Und Jens? Wenn er mit drinhängt? Und du verhältst dich

auffällig? Caro! Dann hängst du auch mit drin! Vergiss nicht: Du hast gestern eine Leiche entsorgt!«

»Weil du –«

»Weil ich um dich besorgt war!«

Henry ist laut geworden, sie guckt, als bisse sie sich selbst auf die Zunge.

»Caro«, sie flüstert wieder, »vertrau mir. Normalität. Das ist alles, was zählt. Besorg dir eine neue Wohnung. Guck, dass du deinen Job zurückbekommst. Und geh wieder zum Yoga. Fang damit an. Geh zum Yoga. Du bist das Yogamädchen.«

Bei ihren letzten Worten ist wieder ein Lächeln im Gesicht, doch es ist nicht Henrys Lächeln. Nicht das, das ich kenne.

Dann ist sie weg. Weiter bedienen. Kassieren. Lächeln.

Jeder, der Henrys Café verlässt, geht glücklich.

Ich sitze noch einen Moment auf dem eiskalten Stuhl. Ich habe ihr nicht gesagt, dass ich Jens sehe. Ich habe ihr nichts von vorletzter Nacht gesagt. Und davon, dass er zu mir kommt, heute Abend.

Ich will keinen Moment daran glauben, dass er etwas mit den Morden zu tun hat. Niemals.

Dann gehe ich ins Haus, mich umziehen und meine Yogamatte holen.

Als ich nach Berlin kam, war ich ein dünnes großes Mädchen mit Rückenschmerzen. Daran hatte auch Jens, der bestaussehendste aller Orthopäden, nichts geändert. Trotz Einlagen und Krankengymnastik. Ich hasste die Einlagen, und ich hasste die Krankengymnastik. Ich hasste es sowieso, mich zu bewegen. Im Sportunterricht war ich die, die immer als Letzte in eine Mannschaft gewählt wurde. Ich war schlaksig und hatte keine Muskeln und keine Koordination. »Du bist genau richtig«, hatte Papa immer gesagt. »Sport ist was für Doofe.«

Dann nahm Henry mich mit zum Yoga. Zu Katja, einer Russin, die einst Ballett getanzt hatte. Katja war winzig klein und wog vielleicht fünfunddreißig Kilo. Vielleicht ein bisschen mehr, nicht viel. Neben ihr fühlte ich mich wie eine Kuh. Sie aber sah mich und liebte mich sofort.

»Wie eine russische Prinzessin!«, frohlockte sie, stellte sich auf die Zehenspitzen und berührte meine roten Locken. »Wie eine russische Prinzessin!«

Ich war immer noch schlaksig und hatte keine Muskeln und keine Koordination. Aber Katja war die geduldigste Yogalehrerin, die man sich nur denken kann. Zumindest, was mich anging. Die anderen Schüler herrschte sie an, mich nicht. Ich war ihre russische Prinzessin. Und ich lernte, was das eigentlich ist, mein Körper. Durch Katja wuchs ich in ihn hinein. Die Rückenschmerzen verschwanden.

Eines Tages war Katja weg. Ich habe nie erfahren, was aus ihr geworden ist. Henry kam auch nicht mehr mit, sie hatte zu viel zu tun im Café. Ich aber habe nie wieder aufgehört mit dem Yoga.

Das Studio ist nur zwei Blocks weiter, in der Senefelderstraße. Die nächste Stunde gibt Jürgen. Normalerweise ist der kleine Raum im Erdgeschoss proppenvoll. Nicht, wenn Jürgen unterrichtet. Niemand mag Jürgen. Ich auch nicht. Heute ist es mir egal. Normalität, hat Henry gesagt.

Von Jürgen weiß man, dass er heimlich ins Fitnessstudio geht. Yoginis gehen nicht ins Fitnessstudio. Yoginis haben lange schlanke Muskeln, keine aufgeblasenen wie die Typen aus den Fitnessstudios. Jürgen hat genau solche aufgeblasenen Muskeln. Und wenn er unterrichtet, tut er nichts anderes, als jede Stellung so lange zu halten, bis seine Schüler der Reihe nach vor Erschöpfung umfallen. Nur Jürgen nicht. Dafür hat er ja extra trainiert. Und ich nicht. Ich falle auch nie um.

Jürgen mag mich auch nicht leiden. Es ist mir egal. Normalität.

Ich rolle meine Matte aus, sie ist ein bisschen länger als die, die es im Studio gibt, und warte, dass die Stunde beginnt. Zum Glück sind außer Jürgen keine Männer da. Ich hasse Männer beim Yoga, sie stöhnen und schwitzen schrecklich. Dafür kommt aus dem Nebenraum ein ungeheures Plärren.

»Die neue Schwangeren-Mutter-Kind-Gruppe«, sagt Jürgen und lächelt mit gelben Zähnen, »ganz zauberhaft.«

Ich finde das gar nicht zauberhaft. Ich mag keine Schwangeren und keine Mütter und womöglich auch keine Kinder. Ich lächele. Normalität.

Und dann geht es los. Wir stehen auf den Händen, auf einer Hand, die Beine gegrätscht in der Luft. Wir springen nach vorne an den Mattenrand und gleich wieder zurück in die Krähe, die Hände vor dem Oberkörper auf dem Boden, die Knie links und rechts von den Ohren. Wir springen in das Brett und in den einarmigen nach unten schauenden Hund, und Jürgen bleibt so lange in dieser Stellung, dass selbst meine Armmuskeln beginnen zu brennen. So wie letzte Nacht, als wir Willi Schneiders Leiche entsorgten.

Nicht daran denken. Normalität.

Eine Schülerin nach der anderen gibt auf, landet stöhnend auf der Matte, zieht sich maulend zurück in die Kindstellung. Ich nicht. Am Ende läuft mir der Schweiß in Strömen über den Körper. Ein Seitenblick zu Jürgen, er ist auch klitschnass. Die Ersten beginnen, entnervt ihre Matten einzurollen und zu gehen. Ich nicht. Jürgen turnt weiter vor. Ich turne nach. Längst ist es ein Zweikampf geworden. Meine Muskeln schreien, mein ganzer Körper ist ein einziger Schmerz. Und zugleich ist es ein so lustvoller Schmerz, dass ich vor Wonne stöhnen möchte. Da ist nur noch Körper und Bewegung. Kein

Gedanke. Kein Entsetzen. Keine Ratlosigkeit. Keine Angst. Körper. Bewegung. Normalität.

Ich halte durch bis zur Endentspannung. Außer mir sind nur noch zwei weitere Frauen im Raum. Sie liegen längst flach auf dem Rücken, Arme und Beine von sich gestreckt. Shavasana. Die Todesstellung. Jürgen liegt vorne, er schnauft wie ein Bär. Mein Atem geht flach und schnell. Er beruhigt sich bald.

Ich spüre meinen Körper, wie er am Boden liegt. Meine Muskeln, schwer und leicht zugleich. Meine Bauchdecke, die sich hebt und senkt. Meinen Atem, wie er sanft am Kehlkopf vorbeifließt. Shavasana. Normalität.

Danach gehe ich erst einmal in Ruhe aufs Klo. Herrlich, auf einer richtigen Toilette zu sitzen. Mein Darm entleert sich mit einem einzigen riesigen Schwall. Es stinkt erbärmlich. Es ist mir egal. Ich bleibe noch einen Moment sitzen. Sicherheitshalber.

Leider bleibe ich nicht allein. Eine aus der Schwangeren-Mutter-Kind-Gruppe kommt rein, mit Kind. Ich höre es durch die dünne Klowand plärren.

»Mama, ich will aber heute Abend mit dem neuen Papa spielen!«

»Das geht nicht.«

»Ich will aber!«

»Der neue Papa muss heute Abend arbeiten.«

»Der neue Papa muss immer arbeiten!«

»Dafür haben wir jetzt die schöne neue Wohnung.«

»Ich will aber spielen!«

»Sei still. Das geht nicht.«

»Ich will aber spielen!«

»Sei still!«

»Will aber!«

»Ruhe jetzt!«

Eine Tür klappt auf und wieder zu. In der Klokabine neben mir raschelt es, begleitet von Stöhnen. Ich mache, dass ich rauskomme. Vor den Waschbecken steht ein kleiner Junge, blond. Er kommt mir vage bekannt vor. Was Quatsch ist, ich kenne keine Kinder.

Der Duschraum ist proppenvoll. Lauter Schwangere. Und ganz viele Kinder. Es ist ein Riesengewusel und ein Höllenlärm.

Auch egal. Ich dusche. Heißes Wasser, das auf meinen Körper strömt. Auf meinen Kopf, meine Schultern, meinen Nacken. Das meinen Rücken herunterfließt, auf meine Brüste, meinen Bauch, meinen Po. Ich drehe und wende mich und würde vor Wonne am liebsten jauchzen. Wäre ich da mal früher draufgekommen! Meine letzte Dusche war bei Mandy, im Klokabuff. Neben der Leiche von Hans. Nicht dran denken. Duschen. Normalität.

Ich höre nicht auf das, was all die Schwangeren direkt neben mir quatschen. Ich höre nicht auf das Geschrei der vielen Kinder. Ich dusche und jauchze innerlich. Und ab und zu plansche ich ein bisschen mit den Füßen im Wasser, als wäre ich drei Jahre alt. Ich dusche, bis ich wieder einmal krebsrot bin. Die Haut an meinen Händen und an meinen Füßen wellt sich bereits.

Die Umkleide ist inzwischen fast leer. Nur noch zwei Schwangere sind dabei, ihre Sachen einzusammeln. Der kleine blonde Junge aus dem Klo ist auch noch da. Er schaut mich an, als wollte er etwas sagen. Die beiden Frauen bemerken mich nicht.

»Ist er denn jetzt öfter zu Hause?«, fragt die eine.

»Schon«, sagt die andere, »aber heute Abend muss er wieder weg.«

»Immerhin besser als Matthias«, sagt die Erste, »der hat doch überhaupt nicht gearbeitet.«

»Leise«, zischt die andere, mit einem Blick zu dem kleinen blonden Jungen.

»Mein neuer Papa arbeitet ganz viel«, erklärt der mit ernstem Gesicht.

»Oh ja«, lacht die Mutter und wuschelt ihm durchs Haar.

»Und Gott sei Dank ist alles noch mal gut gegangen«, sagt die Erste wieder.

»Oh ja«, die Mutter des kleinen kleinen blonden Jungen tätschelt ihren voluminösen Bauch, »war nur ein Fehlalarm.«

»Ein Fehlalarm!«, echot der Junge.

Es ist dieses eine Wort, das in mich fährt wie ein elektrischer Schlag. Das alle meine Nervenzellen schrillen lässt, das mich innerlich zerbersten lässt.

»Ein Fehlalarm«, kreischt der kleine Junge noch einmal, »ein Fehlalarm!«

Die beiden Frauen lachen. Ich lache nicht. Ich bin wieder im Hinterhof, zerre mit Henry Willi Schneiders Leiche aus dem Müllcontainer und werde von dem ewig schlecht gelaunten Ehepaar überrascht. Ein Fehlalarm! Dieses eine Wort macht, dass alles wieder da ist. Kein Yoga. Keine heiße Dusche. Kein Shavasana. Nichts hat geholfen. Es gibt keine Normalität. Nicht für mich.

Ich drehe mich zur Seite und kotze in einem großen Schwall all das Essen, das Henry mir gegeben hat, wieder aus. Kaffee mit ganz viel Milch und Zimt und Splitterbrötchen und Ei und Maronensuppe und Müsli und Zitronenbaiser-Torte. Es ist eine ganze Menge Kotze, die sich auf den polierten Holzboden im Yogastudio ergießt, heiß und stinkend.

»Oje«, ruft die erste Frau und ist direkt bei mir, »das hatte ich am Anfang auch!«

Sie rennt ins Klo und kommt mit zwei Rollen Klopapier zurück, versucht hektisch, alles aufzuwischen. Ihr Bauch ist so dick, dass sie kaum bis auf den Boden runterkommt. Sie verwischt die Kotze mehr, als dass sie sie beseitigt. Es ist eine Riesenschweinerei.

Jürgen erscheint in der Tür.

»Oje«, sagt auch er und verzieht seinen Mund mit den gelben Zähnen zu einem schiefen Lächeln.

»Ich mach das weg!«, keucht die Frau, hektische rote Flecken im Gesicht.

»Lass mal.« Jürgen hilft ihr auf. »Ich mach das, kein Problem.«

Dabei guckt er, als müsste er nun auch kotzen.

Ich sitze auf der schmalen Umkleidebank und zittere von Kopf bis Fuß. Fehlalarm. Ein einziges Wort, und alles ist vorbei. Henry kann sich ihre Normalität sonst wo hinschieben.

Ich zittere und starre auf den Boden. Ich muss hier raus. Ich weiß nicht, wohin und zu wem. Aber ich muss hier raus. Sofort.

Mein Blickfeld ist irgendwie verengt. Es weitet sich nur ganz langsam. Alles ist verschwommen. Meine Augen sehen etwas, doch es dauert lange, bis mein Gehirn es begreift. Ich bin in einer Zeitlupe gefangen.

Langsam hebe ich den Blick. Erst sehe ich nur den kleinen Jungen. Er guckt immer noch so, als wollte er etwas sagen. Er kann aber nichts sagen. Eine Hand ist fest auf seinen Mund gepresst. Über der Hand erblicke ich den riesengroßen schwangeren Bauch der Mutter, die den Jungen an sich drückt. Und darüber ein Gesicht. Ich kenne es nicht. Oder doch? Mein Gehirn ist so langsam. Ich gucke weiter. Blonde Haare. Pferdeschwanz.

Ein Bild. Die Nacht, in der ich glaubte, Jens zu verfolgen. Die Frau auf dem Beifahrersitz. Blonde Haare. Pferdeschwanz.

Noch ein Bild. Die Nacht mit Jens. Kinderbadezusatz.

»Nein.«

Es ist ein Stöhnen, das den Raum erfüllt. Es kommt von mir. Ich stehe auf, wanke auf die Frau zu. Sie packt den kleinen Jungen an der Hand und rennt hinaus. Dafür, dass sie so schwanger ist, ist sie verdammt schnell.

Ich renne hinterher. Ich bin nicht schnell. Ich stolpere, fange mich. Dann bin ich draußen.

Direkt vor dem Yogastudio parkt ein dunkelblauer Kombi. Ich kenne dieses Auto. Jens hat mich damit abgeholt. Vor zwei Tagen. Und es ist Jens, der am Steuer sitzt. Neben ihm klettert gerade hektisch die blonde Frau mit dem Pferdeschwanz auf den Beifahrersitz. Hinten sitzt bereits der kleine blonde Junge. Daneben eine leere Babyschale.

*

Adrian ist zu einem Entschluss gekommen. Er wird es Carolin sagen. Sie wird schon damit klarkommen.

Zu seinem eigenen Erstaunen tut sie ihm leid. Das dumme reiche Mädchen, das nie irgendetwas gelernt hat, das nie irgendetwas gekonnt hat. Das seinen bescheidenen Ruhm als Radiomoderatorin allein ihm und seinen Recherchen zu verdanken hat. Die sich nie um ihn geschert hat.

Sie tut ihm leid. Trotz allem. Und vielleicht auch wegen Rosa. Die Begegnung mit ihr hat ihn weicher gemacht, empfindsamer. Rosa. Ihr Name flüstert sich in einem fort aus ihm heraus. Rosa. Seine wundervolle Rosa.

Heute früh war er bei ihr, in der Kita. Vor dem Gebäude stand ein Polizeiauto. Adrian hat ihm keine Beachtung geschenkt.

Rosa hatte ihre langen Haare kunstvoll aufgesteckt, er hat

jede einzelne Strähne gelöst. Er hat sie mit einer Hingabe ausgezogen, die sie kichern ließ.

»Nicht doch«, lachte sie, »mach schneller, wir haben nicht so viel Zeit.«

Sie war mit ihm ganz ans Ende des Geländes gelaufen, in ein Gewächshaus, in dem es warm war, fast schwül. Und Adrian, der sich sein Leben lang geschämt hatte, dafür, dass er dick ist, dafür, dass er so stark schwitzt, schämte sich für nichts mehr. Denn Rosa liebte seinen dicken schwitzenden Körper, als hätte sie ihr Leben lang darauf gewartet, allein das zu tun. Sie war so zart, er hatte Angst, sie zu erdrücken, als er auf ihr war. Doch sie stöhnte und griff in seine Haare und zog ihn zu sich herunter. Nie zuvor hat er eine Frau gekannt wie sie.

Rosa. Ihr Name flüstert sich in einem fort aus ihm heraus.

Doch nun ist er auf dem Weg zu Carolin. Er wird es ihr sagen. Sie kriegt das schon hin. Was kann er dafür, mit wem sie sich abgibt.

Er findet sie zwei Blocks von ihrem Haus entfernt, auf dem Bürgersteig, würgend.

»Jens«, keucht sie, »er hat. Er hat.«

Weiter kommt sie nicht. Sie würgt. Und würgt. Und erbricht ein bisschen grüne Galle. Sie wimmert dabei, als würde man ihr einen brennenden Spieß in die Kehle rammen.

»Jens. Er hat.«

Adrian hat so seine Erfahrungen mit hysterischen Frauen. Die Frauen, die auf dicke Männer wie ihn abfahren, sind nicht selten hysterisch. Er weiß deshalb, was zu tun ist. Auf keinen Fall darf man die Hysterie weiter schüren. Gut ist ein Ortswechsel. Und etwas zu essen.

»Komm«, sagt er, »wir gehen zu dir nach Hause. Zu Henry. Ins Café.«

»Auf keinen Fall«, kreischt Carolin, »niemals! Nicht nach Hause! Nicht zu Henry! Sie hat alles gewusst! Bestimmt!«

Dann erbricht sie weiter grüne Galle. Es ist nur noch ein ganz kleines Rinnsal, das aus ihrem Mund kommt und an ihrem Kinn herabläuft.

Adrian, der als dicker Mann, der viel schwitzt, immer Stofftaschentücher dabei hat, findet eins in seiner Hosentasche, es ist noch halbwegs sauber. Er spuckt einmal drauf und wischt Carolin den grünen Sabber vom Kinn. Sie lässt es widerstandslos geschehen. Dann schafft er sie in die Kneipe an der Ecke. In die Prenzel-Perle. Da wollte er eh mit ihr hin. Und er geht davon aus, dass eine hysterisch kotzende Frau da nicht weiter auffällt.

*

Ich glaube, sie haben uns angestarrt wie grüne Marsmenschen. Ich weiß nicht genau. Ich erinnere mich, dass einer was sagte wegen meiner Größe. Ich glaube, mich zu erinnern. Ich weiß es nicht.

Da saßen so Männer an der Theke. An einer richtigen Theke. So wie früher in den Kneipen in Bergisch Gladbach. Mit gezapften Bieren. Im Hintergrund etwas, das Geräusche machte und leuchtete. Spielautomaten.

Adrian setzte mich an einen Tisch mit grüner Decke. So aufgeschäumter Kunststoff, mit Dellen drin. Eine Frau kam. Sie hatte verschiedenfarbige Haare. Grau am Ansatz. Der Rest gelb.

»Was wollt ihr trinken?«

»Zwei Bier. Große.« Adrian.

»Auch was zu essen?«

»Gern.«

»Das Tagesgericht?«

»Das Tagesgericht, danke.«

Sie war kaum weg und schon wieder da. Oder bringe ich da etwas durcheinander? Zwei Bier. Zwei Teller. Kartoffelpüree. Fleisch in dunkler Soße. Rotkohl.

Ich erinnere mich nicht, je zuvor etwas Vergleichbares gegessen zu haben. Papa hat so etwas nie gekocht. Vielleicht gab es solches Essen bei meinen Schulkameradinnen in Bergisch Gladbach. Ich weiß es nicht. Ich war nie bei einer zu Hause eingeladen.

Ich esse. Adrian isst. Als unsere Teller leer sind, kommt die Frau mit den zweifarbigen Haaren und bringt uns Schüsseln mit weißer Creme. Sie schmeckt süß und undefinierbar und irgendwie chemisch. Ich esse alles auf. Adrian schiebt seine Schüssel von sich weg. Ich esse auch Adrians auf.

Langsam komme ich zu mir. Essen hilft. Immer.

»Jens –«, beginne ich.

»Ist das nicht verrückt«, sagt Adrian, »so eine Kneipe. Mit Butzenscheiben und allem. Seit vierzig Jahren hat sich hier nichts verändert. Und das mitten in Prenzlauer Berg. Wahrscheinlich sind die Typen auch schon vierzig Jahre hier.«

Er macht eine kleine Bewegung mit dem Kinn zur Theke. Ich schaue nicht. Was interessieren mich die Typen.

»Jens –«, beginne ich wieder.

»Ich weiß, ich weiß«, sagt Adrian.

»Du weißt!« Ich schreie so laut, die Typen drehen sich zu uns um. Ich schaue nicht hin. »Du weißt!«, schreie ich noch einmal.

Adrian legt mir seine dicke Hand auf den Unterarm. Ich will nicht, dass er mich anfasst. Ich will das alles nicht. Ich will mein altes Leben zurück. Aber Jens –

»Jens hat eine Neue.«

Adrian ist ganz ruhig. Er trägt die Fakten vor, als hätte ich gleich Sendung. Und mal wieder seine Recherchen nicht gelesen. Er informiert mich. So gut, wie nur er das kann. Schnell. Konzentriert. Auf den Punkt.

»Ihre Eltern wohnen bei euch im Haus. Das geht schon lange. Sie ist schwanger von ihm. Er hat ihr eine Wohnung gekauft, ihnen beiden, oder besser gesagt, allen vieren. Der kleine Junge ist ja auch noch da. Und das Baby kommt bald. In Hohenschönhausen. Gesichtsloser Neubau. Wie die Butze, in der sie bislang gelebt hat, mit dem Jungen.«

»Die Wohnung in Mitte? In der Jens mit mir –«

Ich muss schon wieder würgen. Adrian hält mir sein besabbeltes Taschentuch vor den Mund und wischt den grünen Glibber weg, der rauskommt. Jetzt vermischt mit weißer Creme.

»Ist mit deiner Freundin alles in Ordnung?« Die zweifarbige Frau.

»Ihr ist nur ein bisschen schlecht.«

»Sie ist doch nicht schwanger?«

»Nein, auf keinen Fall!«

Ich würge weiter in Adrians Taschentuch.

»Wisst ihr was, ihr zwei«, die zweifarbige Frau stemmt die Hände in die Hüften, »ich bringe euch jetzt einen ordentlichen Schnaps. Dann geht es deiner Freundin gleich besser.«

Ich will protestieren. Ich will keinen Schnaps. Und vor allem bin ich nicht die Freundin vom dicken Adrian.

Ich komme nicht dazu. Ich würge.

Dann trinke ich den Schnaps. Und gleich noch einen.

Ich trinke nie Schnaps. Ich bin eine Yogini. Ich war die Freundin vom bestaussehendsten aller Orthopäden. Die trinkt keinen Schnaps. Ab und zu ein Glas Rotwein. Oder Sherry. Aber keinen Schnaps. Nie.

Jetzt kippe ich ihn hinunter. Den dritten, glaube ich. Oder den vierten?

Die zweifarbige Frau lacht.

»Sag ich's doch! Hilft sofort!«

Sie stellt die Flasche auf den Tisch. Ein Etikett, das ich nie zuvor gesehen habe. Ich erkenne es nicht. Meine Sicht verschwimmt.

»Caro! Bleib wach! Ich muss dir was erzählen!«

»Lass mich. Ich will nach Hause. Nein, ich will nicht nach Hause. Ich habe ja gar keins. Adrian, kann ich zu dir nach Hause? Hast du ein Zuhause?«

»Mach ruhig weiter so«, sagt Adrian. Und obwohl alles so verschwommen ist, sehe ich, dass er wieder diesen Blick hat. »Sei das dumme kleine Mädchen, das nichts mitkriegen will. Dem immer geholfen werden muss. Irgendeiner wird schon da sein. Aber weißt du was? Es ist keiner mehr da. Kein Jens. Der fickt seit Monaten eine andere. Und macht jetzt auf Familie. Keine Henry. Die verarscht dich seit Jahren nach Strich und Faden. Und der dicke Adrian, der geht jetzt auch. Der marschiert einfach so zur Tür hinaus und lässt dich hier sitzen. Bei diesen netten freundlichen Herren an der Theke.«

»Jawohl«, ruft einer an der Theke, »lass die Kleine hier, wir machen es uns lustig!«

Ich schaue nicht hin.

»Adrian«, sage ich, ich lalle ein bisschen, aber ich bin sicher, dass er mich versteht, »ist das dein Ernst? Was bist du für ein gefühlloses kaltes Arschloch! Mich hier sitzen zu lassen! Nach allem, was ich durchmachen musste!«

»Nach allem, was ich durchmachen musste«, äfft Adrian mich nach. »Ja, mein liebes Fräulein, was denn? Du stolperst über zwei Leichen, und außer Kotzen und Willi Schneider im Garten entsorgen fällt dir nichts ein?«

»Du weißt von Willi Schneider –«

»Ich bin der fette Adrian, der weltbeste Rechercheur, ich weiß alles! Was denkst du! Du wirst zweimal von einem Elektroschocker niedergestreckt, und du denkst kein bisschen drüber nach, wer das wohl war? Mein verwöhntes dummes Fräulein, bist du so doof? Ja, du bist so doof. Und ignorant. Und. Ach, egal. Hast du in den letzten Tagen einen einzigen Gedanken an Mandy verschwendet? Die dir Obdach gegeben hat? Und die im Gefängnis sitzt? Hast du überhaupt darüber nachgedacht, was sie mit der ganzen Kacke um ihren toten Bruder zu tun haben kann?«

»Ich? Nein. Obwohl, vielleicht. Ein bisschen.«

»Genau das meine ich.«

Adrian ist nun ruhig geworden, sehr ruhig, so, als sei er unendlich müde.

»Du interessierst dich nur für dich. Ausschließlich. Du kriegst überhaupt nicht mit, was um dich herum passiert. Kein Wunder, dass Jens nebenher eine andere schwängern konnte. Wobei mich wundert, dass du nicht längst Mama bist. Hätte doch gut gepasst. Jetzt, wo du auch deinen Job los bist. Tja. Ist dir eine andere zuvorgekommen.«

Ich beiße die Zähne zusammen. Kralle meine Finger in die geschäumte grüne Plastiktischdecke. Das geht nun eindeutig zu weit.

»Was fällt dir ein«, presse ich hervor. Ich kriege die Lippen kaum auf, so fest drücke ich die Kiefer aufeinander. »Was fällt dir ein.«

Ich könnte nun eine Menge sagen. Über Jens. Über Babys. Über mich. Aber das geht niemanden etwas an. Erst recht nicht den dicken Adrian. Den geht das überhaupt gar nichts an.

Er scheint trotzdem ein bisschen was verstanden zu haben.

»Tut mir leid.« Er tätschelt meinen Arm. »Da bin ich wohl zu weit gegangen.«

Ich schüttele seine fette Pranke ab. Ich will nicht weinen. Ich weine nicht. Ich ziehe nur einmal fest die Nase hoch.

»Also«, sage ich dann, und meine Stimme klingt fast so klar, wie sie klingen soll. »Warum sind wir hier? In dieser komischen Kneipe? Wo keiner reingeht?«

»Du willst es wissen?«

»Du willst es wissen?« Jetzt bin ich es, die Adrian nachäfft. »Sag schon! Die blöde dumme Carolin will ausnahmsweise mal was wissen!«

»Wir sind hier«, Adrian macht eine Geste mit dem Arm, die den ganzen Raum einschließt, die Tische und Bänke aus dunklem Holz, die getäfelten Wände, die blinkenden Spielautomaten, die Typen an der Theke und die zweifarbige Frau, »wir sind hier, weil hier alles seinen Ursprung hat.«

»Ja, klar«, sage ich.

»Ja, genau«, antwortet Adrian, »das hier ist die Kneipe von Mandys Eltern. Die Kneipe von Mandys und Hans' Eltern.«

»Ist nicht dein Ernst?«

»Oh ja, sie gehört ihnen immer noch. Der Mutter, der Vater ist lange tot. Sie hat sie nur verpachtet.«

»Und was hat das nun mit Hans' Tod zu tun?«

»Alles. Einfach alles. Hier haben die Eltern den halben Tag und die ganze Nacht gearbeitet. Hier hat der Vater sich ganz und die Mutter sich halb totgesoffen. Hier hat sich ihr Leben abgespielt. Deswegen war Mandy im Wochenheim. Die Eltern hatten einfach keine Zeit. Und hier gingen alle ein und aus, das ganze Viertel.«

»Auch nach der Wende noch? Als Hans verschwand?«

»Aber ja. Ich nehme an, Henry hat dir von der improvisierten Kneipe erzählt, da, wo heute ihr Café ist?«

Ich nicke.

»Das war was für die Wessis, die extra angereist kamen, den wilden Osten gucken. Der Osten war nicht wild. Und als die Wende kam, gingen die Ostler einfach weiter in ihre Kneipen. Sie hätten niemals auch nur einen Fuß in die versifften Kellerlöcher gesetzt, die ihr Wessis so toll fandet. Sie gingen hierher. Bis heute.«

»Stimmt genau.« Die zweifarbige Frau ist an unseren Tisch getreten. »Und falls ihr zwei Hübschen jetzt Autogramme haben wollt oder so, geben wir gerne. Echte Ossis. Mitten in Prenzlauer Berg. Wir sind eine Attraktion, was?«

»Sind wir!«, rufen die Typen an der Theke und lachen.

»Hans«, sagt Adrian, »war der auch oft hier?«

»Lass mal die alten Sachen.« Ein Typ an der Theke. Jeans. Sweatshirt. »Der arme Junge. Jetzt haben sie ihn gefunden.«

»War er oft hier?« Adrian wieder.

»Klar war er hier.« Die zweifarbige Frau. »Die ganze Familie war hier. Immer. Was sollten die Kinder denn zu Hause. Die haben hier gelernt und gegessen und alles. Und der Hans, das war so ein Hübscher.«

»Und Mandy?«

»Monika meinste. Bei mir heißt sie immer noch Monika. Verstocktes Ding. Aber still waren sie beide. Der Hans, der hatte nur sein Klavier im Kopf. Soll ziemlich gut gewesen sein. Und was die Monika im Kopf hatte, keine Ahnung. Verstockt war sie. Unscheinbar. Nicht so wie der Hans.«

»Ist gut jetzt.« Wieder der Sweatshirt-Typ an der Theke. »Die Toten soll man ruhen lassen.«

Er streicht eine Zeitung glatt, die vor ihm auf dem Tresen liegt.

»Haste recht«, die zweifarbige Frau, »wir haben hier schließlich noch mehr Attraktionen!«

»Jawohl!« Der Sweatshirt-Typ. »Auf unsere Bettina! Unseren neuen Radio-Star!«

Ich horche auf.

»Auf euren was?«

»Nicht so wichtig.« Adrian. »Wir wollten jetzt eh gehen.«

Die zweifarbige Frau wendet sich ab. »Ich hole euch die Rechnung.«

»Moment.« Ich greife ihren Arm. »Wer ist Bettina? Was für ein Radio-Star?«

»Hier, meine Hübsche.« Die zweifarbige Frau macht sich frei, geht drei Schritte zur Theke, nimmt dem Sweatshirt-Typ die Zeitung ab, legt sie auf den Tisch. Es ist die Zeitung von heute.

Sensationelles Comeback, titelt sie.

Und darunter zwei Bilder. Eins von einer jungen Frau in einem altertümlichen Abendkleid. Eins von Gila. Ich starre auf die Bilder und begreife nichts.

Ich lese.

Nach dem plötzlichen Ausscheiden der ›Stimme des Ostens‹, der Radiomoderatorin Carolin Königsforst, die aus persönlichen Gründen ihre nächtliche Talkshow aufgegeben hat, ist nun eine neue ›Stimme des Ostens‹ gefunden. Und es ist tatsächlich eine Stimme aus dem Osten! Die frühere Opernsängerin Gila Sturm übernimmt ab heute die Sendung.

›Ich freue mich sehr über diese zweite Chance‹, sagte Sturm im Gespräch mit dieser Zeitung. ›Für mich geht ein Traum in Erfüllung.‹

Sturm hatte zu DDR-Zeiten große Erfolge als Opernsängerin gefeiert, nach einem Motorradunfall gab sie diese Karriere auf. Zuletzt arbeitete sie als Redakteurin beim Radio.

Ich lese und begreife nichts. Gila war früher Opernsängerin? Was ist denn das für ein Quatsch! Und sie übernimmt meine Sendung? Das ist ja wohl das Letzte! Und wieso nennt der Sweatshirt-Typ sie Bettina? Ich komme mir vor wie der letzte Doofi. Was habe ich sonst noch alles nicht gewusst?

»Mach dir nichts draus«, sagt Adrian. »Gila hat immer so eine Geheimniskrämerei um ihre Vergangenheit gemacht. Und du interessierst dich eh nicht für andere Menschen.«

»Und sie übernimmt heute Abend meine Sendung? In unserem Studio?«

»Nicht in unserem Studio. In Adlershof. Wegen der alten Zeiten. Da ist sie schon früher aufgetreten. Als Opernsängerin mit zwei Beinen.« Adrian verzieht ein wenig das Gesicht. »Mit einem Bein war sie dann nicht mehr gefragt.«

»Und wieso nennt ihr sie Bettina?«

Es ist das erste Mal, dass ich den Sweatshirt-Typen anspreche.

»Na, weil sie so heißt«, lacht der, »zumindest früher. Und hier heißen alle so, wie sie früher hießen. Monika ist Monika, und Bettina ist Bettina.«

»Sind wir deswegen hier?«, frage ich Adrian. »Wolltest du es mir schonend beibringen? Dass Gila, die Nervensäge, ab heute meine Sendung übernimmt?«

Adrian verzieht schon wieder das Gesicht.

»Deswegen auch. Ich hätte es dir schon noch gesagt. Aber es ist ja noch früh. Sie senden erst in drei Stunden. Ich muss dir auch noch etwas anderes sagen, Caro, es ist nicht so schön.«

Jetzt verzieht er noch mehr das Gesicht. Was er lieber nicht tun sollte bei dem Gesicht. Ich gucke weg. Sehe zur Wand. Eine einfache Küchenuhr hängt da, braunes Plastik. Sie zeigt zehn nach acht.

Zehn nach acht. Um acht wollte Jens kommen. Jens. Der die Tochter des ewig schlecht gelaunten Ehepaares aus dem Vorderhaus geschwängert hat. Der der neue Papa für ihren blonden Sohn ist. Der heimlich abgehauen ist und für die neue Familie was in Hohenschönhausen gekauft hat. Und der zwischendurch vorbeikommt, mich ficken.

Dieses elende Arschloch.

Es ist genau dieser Augenblick, der alles verändert. In dem ich auf einen Schlag nüchtern werde. Sehr nüchtern. In meinem Kopf macht etwas Klack, und in meinem Herz ballt sich ein dunkler Klumpen zusammen.

Adrian setzt an, etwas zu sagen, ich unterbreche ihn.

»Was hast du gesagt, sie senden aus Adlershof?«

»Ja, genau. Altes DDR-Studio. Wegen ›Stimme des Ostens‹ und so. Es tut mir leid, Caro, aber sie machen echt ein großes Ding draus.«

Ich bin aufgestanden.

»Ist schon okay«, murmele ich, »ist schon okay. Mach dir keine Gedanken.«

Und damit bin ich raus.

Der blaue Kombi steht direkt vor unserem Haus. Vor Henrys Café, das um diese Zeit längst geschlossen ist. Die Babyschale auf dem Rücksitz ist verschwunden. Jens lehnt an der Fahrertür, reibt sich die Hände, pustet hinein.

»Mensch, Caro! Da bist du ja! Ich friere mir hier den Arsch ab! Du versetzt mich doch wohl nicht?«

Da ist es, dieses Lächeln. Dieses so unfassbare und so umwerfende Lächeln. Einen Moment ist mir, als knickten mir die Knie weg. Jens. Mein Jens.

Dann strecke ich den Rücken durch.

»Komm«, sage ich, »ich habe eine Überraschung für dich.«

Als Jens kapiert, wohin wir fahren, fängt er an, die Gänge krachen zu lassen und den Wagen abzuwürgen. Der blaue Kombi macht einen Satz und bleibt mitten auf der Prenzlauer Allee stehen.

»Bist du sicher?« Seine Stimme ist ein heiseres Flüstern. »Dorthin?«

»Dorthin.« Ich lächele.

Jens startet den Wagen erneut und fährt direkt zum Studio.

Es ist wie immer nachts blau erleuchtet. Am Empfang steht wie immer freitags die nette Frau Dittelbeck.

»Oh, Frau Königsforst!« Sie schlägt sich die Hand vors Gesicht. »Ich freue mich ja so, Sie zu sehen! Aber wissen Sie nicht –«

»Ich weiß, ich weiß.«

Ich gebe ihr die Hand. Das tue ich sonst nie. Ich habe das Gefühl, es könnte helfen.

»Guten Abend, liebe Frau Dittelbeck. Ich möchte nicht ungelegen kommen. Ich möchte nur ein einziges Mal meinem Freund das Studio zeigen.«

Sie schaut mich an, als würde sie gleich weinen. Ich drücke ihre Hand ein bisschen fester.

»Es ist ja wahrscheinlich die letzte Gelegenheit, nicht wahr, liebe Frau Dittelbeck? Heute, wo alle in Adlershof sind. Ich komme ja bestimmt nie wieder hinein.«

Jetzt hat sie wirklich Tränen in den Augen.

»Und ich habe meinem Freund noch nie das Studio gezeigt. Können Sie sich das vorstellen? Noch nie! In all den Jahren! Und er möchte es so gerne einmal sehen!«

Ich greife nach Jens, lege seine Hand in die von Frau Dittelbeck.

»Das ist er übrigens, mein Freund, Jens Wächter.«

Jens macht das, was er immer macht. Er lächelt.

»Selbstverständlich«, sagt Frau Dittelbeck und wischt sich die Tränen weg.

Dann schließt sie uns das Studio auf.

»Ich kann es nicht glauben.« Jens' Stimme ist immer noch ein heiseres Flüstern. Er räuspert sich. Es wird nicht besser. »Dass du mich hierher mitnimmst. Dass wir hier –«

Ich gucke ganz kurz in den Regieraum. Komme sofort zurück.

»Es wurde Zeit«, sage ich und lächele.

Es ist eine von Jens' Fantasien. Wir haben alle seiner Fantasien irgendwann ausprobiert. Fast alle. Diese eine nicht.

»Ich will's im Studio machen«, hatte er stets gesagt, »dort, wo du arbeitest. Wo du sonst adrett gekleidet sitzt und Politiker und Prominente interviewst. Wo du lächelst und Fragen stellst. Dort will ich mir einen runterholen. Dich ansehen. Und du bist ganz nackt.«

Ich bin schon auf den Knien.

»Ich kann es nicht glauben«, stöhnt Jens noch einmal. Dann sagt er erst einmal nichts mehr.

Ich habe vorher nicht darüber nachgedacht, ob ich das kann. Jetzt stelle ich fest: Ich kann. Ich kann es verdammt gut. Dabei muss ich doch auf so viel achten.

Ich richte mich auf, führe ihn zum Moderatorentisch. Setze ihn mit offener Hose auf den Stuhl.

»Sitzt du sonst hier?«

»Nein«, ich gehe ein Stückchen weg, »dort sitzen die, die ich interviewe. Politiker. Schauspieler. Schriftsteller.«

Jens hat seinen Schwanz schon in der Hand. Ich nähere mich der Tür.

»Wohin gehst du?« Ein verschrecktes Flüstern.

»Alles gut«, ich schaue kurz in den Flur, der leer ist, schließe die Tür wieder, lehne mich von innen dagegen. »Ich passe auf, dass keiner kommt.«

»Gut.«

Seine Hand bewegt sich bereits hektisch auf und ab.

»Warte«, ich lächele. Dann ziehe ich mich aus.

Er sieht mich an, ist ganz still und reibt seinen Schwanz.

»Und«, frage ich, »wie ist das?«

»Fantastisch.« Seine Stimme ist kein Flüstern mehr. Sie ist der raue Bass eines wollüstigen Mannes. Stark. Und sehr deutlich.

»Mein Liebster«, ich fasse mich nun auch an, »und wie ist das?«

»Oh, Caro.« Tief. Wollüstig. Deutlich.

»Das wolltest du immer tun, nicht wahr?«

»Ja.«

»Sag es mir.«

»Was?«

»Sag mir, was du tust.«

»Ich. Hole. Mir. Einen. Runter.«

»Sag mir, wo du es tust.«

»Im Studio.« Ein langes Stöhnen, dann lauter: »Im Studio!«

»Sag mir, wie du es machst.«

»Wie ich es mache?«

»Ja, wie du es machst. Reibst du deinen Schwanz?«

»Ich reibe meinen Schwanz.« Laut und deutlich.

»Reibst du ihn fest?«

»Ganz fest.«

»Ist er groß?«

»Riesengroß.«

»Sag: Er ist riesengroß.«

»Er ist riesengroß.« Jens stöhnt. Sehr laut.

Es geht mir fast ein bisschen zu schnell.

»Und wo sitzt du?«

»Wo ich sitze?«

»Du sitzt auf dem Stuhl, wo sonst …?«

»Ich sitze auf dem Stuhl, ah, wo sonst die Promis sitzen. Die. Politiker. Die. Schauspieler. Die –«

Es geht nun wirklich viel zu schnell.

»Liebster, was tust du?«

»Ich. Komme. Gleich.«

Ich gehe kurz zu ihm hin und mache etwas, wofür ich lange trainiert habe. Von Jens ist nun nur noch ein Wimmern zu hören.

Ich gehe zurück zur Tür. »Macht dich das an, dir hier im Studio einen runterzuholen?«

»Ja.« Ein Wimmern.

»Sag es mir.«

»Es. Macht. Mich. Oh, so. An. Ich. Wichse. Das. Studio. Voll.«

»Und die Prominenten. Du fickst sie alle.«

»Ich. Ficke. Sie. Alle.«

»Wen fickst du?«

»Die Promis. Die Politiker. Die Schriftsteller. Aah.«

»Und wer bist du, dass du das tust?«

»Jens Wächter. Ich. Jens. Wächter. Ficke. Sie. Alle.«

Jetzt ist es gleich vorbei.

»Sag mir, wohin du spritzt.«

»Ich. Spritze. Das. Ganze. Studio. Voll. Ich. Ficke. Sie. Alle.«

Und dann kommt er. Mit einem lauten, gut vernehmlichen Stöhnen.

Ich ziehe mich schnell wieder an. Er sitzt völlig erschöpft auf dem Gästestuhl, die Hose offen, seinen schlaffen Penis in der Hand, auf dem Gesicht ein wohlig-dümmliches Lächeln.

»Wow, Caro«, sagt er, »ich hoffe, uns hat keiner gehört?«

Ich kichere.

»Bestimmt nicht. Die Wände sind dick.«

»Was machen wir jetzt?«

»Du gehst zuerst. Sagst, ich müsste noch Abschied nehmen.«

»Und wenn sie was gemerkt haben?«

»Ich regele das. Geh einfach raus. Geh einfach schnell raus und fahr davon.«

Und das tut er, mein Jens.

Er geht.

Ich bleibe im Studio zurück. Es ist ein Hörfunkstudio. Aber natürlich haben wir eine kleine Kamera fürs Internet. Sie ist direkt auf den Stuhl gerichtet, auf dem die Gäste Platz nehmen. Normalerweise überträgt sie live. Heute hat sie einfach nur aufgezeichnet.

Es ist alles drauf. Blitzschnell schneide ich die Stellen raus, auf denen ich im Bild bin und auf denen meine Stimme zu hören ist. Übrig bleibt eine knapp zweiminütige Frequenz von Prof. Dr. Jens Wächter, wie er sich im Hörfunkstudio einen runterholt und dabei erzählt, was er macht, wie groß sein Schwanz ist und wen er alles fickt.

Ich schicke die Datei an alle Rundfunkanstalten in ganz Deutschland. An alle Zeitungen, die Gila in ihrem Presseverteiler hat. Es sind eine Menge. Und an die Charité.

Ich gehe davon aus, dass niemand das Video in Gänze ausstrahlen wird. Wohl kaum. Aber es existiert. Und es wird nie wieder verschwinden. Einzelne Teile werden immer wieder irgendwo auftauchen. Genügend Menschen werden es zu Gesicht bekommen.

In dem Moment, in dem Jens mir ins Studio folgte, war seine Zukunft besiegelt. Jetzt kann er sich seine neue Familie und seine Kariere sonst wo hinschmieren.

Als ich das Studio verlasse, senkt die nette Frau Dittelbeck den Blick und kichert leise vor sich hin.

»Tschüss, Frau Dittelbeck«, rufe ich.

Dann marschiere ich hinaus und rufe mir ein Taxi.

*

Adrian steht vor der Kneipe und ärgert sich. Nachdem Carolin gegangen war, hat niemand mehr mit ihm gesprochen. Nicht die Frau mit den komisch gefärbten Haaren, nicht der Typ an der Theke. Sie haben einfach so getan, als wäre er durchsichtig.

Das kennt er nicht. Niemand übersieht ihn. Und normalerweise spricht jeder mit ihm. Er hat da so seine Techniken. Heute Abend haben sie alle versagt. Adrian, der große Rechercheur, ist kläglich gescheitert an ein paar Ossis in einer übrig gebliebenen Kneipe. Das ist ihm noch nie passiert.

Warum haut die doofe Carolin auch einfach ab. Typisch für diese launige Tussi. Er hätte sie noch gebraucht. Mit Carolin will immer jeder reden. Auch wenn sie selbst das gar nicht merkt. Zu sehr mit sich beschäftigt ist. Diese blöde verwöhnte Tussi.

Adrian ärgert sich.

Und er hat ein bisschen Angst. Er möchte es eigentlich gar nicht zugeben. Aber wenn er in sich hineinfühlt, dann ist sie da. Klar und deutlich, die Angst. Er hat Angst um Carolin. Die ihn immer nur nervt. Die nichts rafft. Die zu nichts nutze ist. Er hat Angst um sie. Er wollte ihr etwas Wichtiges sagen, heute Abend. Er ist nicht dazu gekommen.

Jetzt hat er Angst um sie.

*

Ich sitze im Taxi und fühle mich seltsam betäubt. Müsste ich nicht jubilieren? Nie zuvor habe ich jemandem eine Falle gestellt. Und es ist trotzdem auf Anhieb hervorragend gelungen. Ich müsste mich freuen. Ich habe es Jens gezeigt, diesem Drecksack. Sein geiles Gestöhne wird ihn bis an sein Lebensende verfolgen.

Ich müsste jubilieren. Doch in mir ist ein großer Schmerz. Jens. Mein Jens. Was hat er getan. Was habe ich getan. Diese Szene im Studio war hässlich und geschmacklos. Sie passt nicht zu dem Leben, das wir miteinander hatten. Bevor dies alles geschah.

Da ist noch ein Schmerz. Henry. Was hat sie mir noch verschwiegen. Jens' neue Schwiegereltern, das unsäglich schlecht gelaunte Ehepaar aus dem Vorderhaus, wohnen direkt über ihr und Gunther. Hat sie genauso wenig gewusst wie ich? Ich mag nicht daran denken. Und doch ist da eine kleine böse Stimme in mir, die in einem fort flüstert: »Henry hat es gewusst«, flüstert die Stimme, »Henry hat es gewusst.«

Das Taxi rast mit siebzig Sachen über Unter den Linden. Wie oft bin ich diese Strecke zurückgedüst. Das Brandenburger Tor im Rücken. Vorbei an der russischen Botschaft, am Berliner Dom, am Alexanderplatz. Die Prenzlauer Allee hoch. Vierzehn Minuten dauert die Fahrt bei Nacht. Ich fuhr allerdings nie Taxi, ich hatte immer einen eigenen Fahrer. Die Star-Moderatorin, die keine war. Jetzt bin ich gar nichts mehr. Und niemand wird mich je wieder ins Studio lassen. Nicht einmal die nette Frau Dittelbeck. Die erst recht nicht.

Im Radio ertönt die Musik, die ich so gut kenne. Meine Musik. Meine Sendung. Jetzt gleich wird Gila moderieren.

Einen Moment bin ich wie elektrisiert. Dann lehne ich mich ein wenig vor.

»Bitte«, sage ich zum Fahrer, »bitte machen Sie das aus.«

Es hat nichts mehr mit mir zu tun.

Zu Hause angekommen schleiche ich durch den Hausflur, an Henrys Küche vorbei. Es ist alles dunkel. Und doch. Ich will ihr nicht begegnen.

In mir ist ein einziger Schmerz.

Vor Mandys Tür sind die Bretter weg. Zersplittertes Holz, wo sie in den Rahmen genagelt waren. Das Schloss ist immer noch kaputt. Die Tür schwingt auf. Etwas ist anders. Da ist jemand. Im Katzenzimmer. Ich höre es rascheln. Leise Worte. Ich gehe noch ein paar Schritte den Flur entlang. Da sitzt sie. Mitten im Katzenzimmer, auf dem Boden. Sie öffnet gerade eine weitere Dose. Mindestens zwanzig Katzen sind um sie herum.

»Ist ja gut«, sagt sie, »ist ja gut. Es ist genug für alle da.«

Worte wie dunkler Honig. Mandy ist zurück.

Da ist es wieder, das Kichern. Kann das sein? Ist das das Fräulein? Es ist das Fräulein! Und es kichert.

Er macht keinen Mucks. Und das ist gar nicht so einfach. Das Zittern ist so schlimm, seine Arme, seine Beine, alles bebt. Und es ist so eng hier. Wenn er nur nirgendwo anstößt. Wenn er nur kein Geräusch macht.

Sie darf ihn so nicht sehen. Niemals.

Sein Herz pocht nicht mehr. Es springt einen wilden Galopp. Es hämmert so dermaßen von innen gegen seine Brust, ihm ist, als müsste man auch das hören. Hört sie ihn? Kann sie ihn hören?

Da ist etwas in seinem Kopf. Er bekommt es nicht zu fassen. Ein einziger großer Gedanke spült alles andere fort. Der Gedanke lautet: Ich darf sie nicht enttäuschen. Niemals.

Und sie würde wahnsinnig enttäuscht sein.

Der wilde Galopp in seiner Brust. Das Zittern, das ihn in die Knie zwingt. Es ist so eng hier. Nicht anstoßen. Kein Geräusch machen.

Da hört er es wieder. Sie kichert.

Er hält die Luft an.

Und dann spricht sie.

»Mein Großer«, sagt sie, »wie ist denn das bloß alles passiert?«

»Was«, fragt Mandy, »macht eigentlich Willi Schneider in meinem Garten?«

Das ist der Moment, in dem ich in die Knie gehe. Es ist, als durchführe mich ein elektrischer Schlag. Ich wanke.

»Fort!«, schreit mein Inneres. »Schnell, fort! Renn, so schnell du kannst!«

Aber ich kann nicht rennen. Ich kann nicht einmal mehr stehen. Mandy schaut mich an, fragend. Das Gesicht noch ein bisschen blasser als sonst. Es ist kein Vorwurf in ihrer Stimme. Es ist nur eine Frage.

Mir wird schwindelig. Ich rutsche am Türrahmen entlang auf den Boden. Sitze dort, die Beine lang ausgestreckt. Ein Blasebalg ist in mir drin, meine Brust hebt und senkt sich, ich schnappe nach Luft.

Das, denke ich noch, das ist das Ende.

»Meine Güte«, sagt Mandy, »du bist genau so, wie alle denken. Eine einfache Frage, und du kippst um.«

»Eine einfache Frage?«, japse ich.

»Eine einfache Frage«, wiederholt sie und krault eine schwarz-weiße Katze am Kopf. »Also, noch einmal: Was macht Willi Schneider in meinem Garten?«

»Er war tot«, antworte ich, »im Container. Henry meinte, Jens könnte was damit zu tun haben. Deshalb habe ich ihr geholfen.«

»Und da ist euch nichts Besseres eingefallen, als ihn ausgerechnet in meinem Garten zu vergraben? So, dass er noch halb rausguckt? Nach dem Motto, Mandy ist eh im Knast, da macht eine Leiche mehr oder weniger nichts aus?«

»Nein.« Ich bin ganz kleinlaut. »So war das nicht.«

»Mhm«, macht Mandy. Und dann sagt sie etwas, so halb vor sich hin, das ich nicht ganz verstehe. Ich glaube, sie sagt etwas von wegen »so viele Verstecke«, etwas von »im ganzen Haus«, sie spricht von »Idioten« und »ausgerechnet mein Garten«. Ich fürchte, mit Idioten meint sie Henry und mich. Ich mag nicht widersprechen.

Mandy runzelt die Stirn.

»Jens«, fragt sie dann, »heißt so dein Freund?«

»Ja.«

»Und was soll er mit dem toten Willi Schneider zu tun haben?«

»Nichts«, antworte ich, »ich glaube, nichts.«

»Und deshalb hast du Henry geholfen, Willi Schneider zu beseitigen.«

Mandy schaut mich nun auch mit diesem Blick an. Den ich so gut kenne. Mit diesem Ist-die-Caro-doof-Blick.

»Nein!« Ich trete mit dem Fuß in die Luft. »Da wusste ich das noch nicht!«

»Und was weißt du jetzt?«

»Dass er nichts mit Willi Schneiders Tod zu tun hat«, ich bin nun wieder ganz kleinlaut, »er ist abgehauen, weil er eine andere geschwängert hat. Ich glaube«, füge ich dann hinzu, ganz leise, »er hat sich nicht getraut, es mir zu sagen. Wegen, na, deshalb halt.«

Mandy schaut mich eine Weile an. In ihrem Gesicht ist nichts zu lesen. Dann sagt sie:

»Mensch, Carolin. Das wussten doch alle mit der kleinen Blonden. Die ihren Sohn hier immer zu ihren Eltern bringt. Im Vorderhaus. Sag bloß, du hast das als Einzige nicht gewusst.«

Es ist keine Frage. Es ist eine Feststellung.

Ich antworte nichts darauf.

»Es tut mir leid mit Willi Schneider«, sage ich nach einer Weile.

»Ist schon okay. War eh ein Arsch. Nur meinen Garten, den müssen wir bald mal umgraben.«

Eine halbe Stunde später sitzen wir an Mandys Küchentisch. Ich habe gegenüber zweimal Massaman-Curry mit Tofu geholt. Und Sommerrollen. Und Tom-Ka-Ghai-Suppe. Und Klebreisbällchen mit Rote-Bohnen-Füllung. Und eine Flasche Rosé. Der Wein ist nicht das, was ich gewohnt bin. Egal. Wir feiern, dass Mandy zurück aus dem Gefängnis ist.

»Und sie haben dich einfach so gehen lassen?«

»Mmh«, Mandy hat den Mund voller Massaman-Curry, »was heißt einfach so. Sie hatten von Anfang an nichts gegen mich in der Hand. Sie dachten, sie kriegen mich klein, wenn sie mich einsperren. Tja«, sie schluckt und schiebt sich ein Reisbällchen in den Mund, »da haben sie sich wohl getäuscht.«

»Und deine Fingerabdrücke auf den Müllsäcken?«

»Ah«, sie schaut kurz hoch, »du weißt davon?«

»Adrian hat es mir erzählt. Adrian«, ergänze ich schnell, »ist ein Kollege von mir, also«, ich stocke einen Moment, »er ist ein richtiger Journalist. Also er kann recherchieren und so.«

»Er kann recherchieren und so.« Mandy wiederholt meine Worte und hat schon wieder diesen Ist-die-doof-Blick drauf. Mir reicht es langsam.

»Was ist denn nun mit den Müllsäcken?«

»Es waren meine.«

»Deine?«

»Unsere. Sie waren in unserem Keller. Natürlich waren meine Fingerabdrücke drauf. Ich habe sie gekauft. Ich habe immer alles eingekauft. Und ich habe sie vor zwanzig Jahren in den Keller gelegt. Zu unseren anderen Vorräten.«

»Und dort hat sie damals jemand weggenommen.«

»Mhm.«

»Fragt sich nur, wer!«

»Fragt sich nur, wer.«

Wir essen eine Weile schweigend. Mitternacht ist längst vorbei. Draußen hat es schon wieder angefangen zu schneien. Wann hat es das jemals gegeben, Schnee im Oktober? Ich denke an Willi Schneider und dass wir ihn bald ein bisschen besser vergraben müssen.

»Wieso sagst du, Willi Schneider war ein Arsch?«

»Weil er einer war.«

»Und wieso?«

»Das willst du nicht wissen.«

»Will ich doch!«

»Glaube ich nicht.«

»Wieso nicht?«

»Weil du so nicht bist.«

»Wie bin ich nicht?«

»Neugierig. Interessiert. Interessiert an anderen Menschen.«

»Das stimmt nicht!«

»Und ob es stimmt.«

Ich schweige. Schaue hinaus. Das Schneetreiben wird dichter. Kann sein, dass Mandy recht hat.

Als Mama verschwand, war ich nicht interessiert. Ich war acht Jahre alt und kannte sie kaum. Sie war eh oft nicht da. Und wenn sie da war, war sie hinter der verschlossenen Tür. Die ich nicht öffnen durfte. Es machte keinen Unterschied, als sie verschwand.

Als Papa starb, habe ich das mit dem Nicht-interessiert-Sein perfektioniert. Oder, besser gesagt: Ich tat einfach so, als stürbe er nicht. Papa machte es genauso.

»Wie geht es dir?«, fragte ich ihn, wenn wir telefonierten.

»Gut«, antwortete er stets, »sehr gut.« Und dann: »Caro, erzähl mir etwas Lustiges.«

Und so erzählte ich ihm etwas Lustiges. Aus meiner Sendung. Vom Yoga. Oft war es nicht besonders lustig. Papa lachte immer.

Manchmal ging Onkel Florian ans Telefon.

»Er schläft«, sagte er. Oder: »Er ruft dich später zurück.« Meistens rief Papa später zurück. Meistens.

Es war das erste Mal, dass ich einen Menschen verlor, den ich liebte. Und ich tat alles, um es nicht zu merken.

Bis er tot war.

Zur Beerdigung kamen alle meine alten Schulfreundinnen. Wobei sie nie meine Freundinnen gewesen waren. Sie standen vor der Trauerhalle in Pumps und kurzen schwarzen Röcken, winzige Handtäschchen unterm Arm. Sie kniffen mir in den Arm und küssten mich rechts und links. Ich war die ganze Zeit kurz vorm Kotzen.

Als wir noch zur Schule gingen, war ich immer die, die geflickte Jeans anhatte und ausgelatschte Turnschuhe. Die anderen trugen Schuhe von Salamander und Kleidchen von H&M. Ich war auch die, die in der Klasse immer hinten saß. Die letzten Jahre neben Oliver, der eine Brille hatte und eine feste Zahnspange. Als ich nach Berlin ging, nannte man mich in Bergisch Gladbach »die linke Ausreißerin«. Das hat Onkel Florian mir erzählt. Er lachte dabei, und er lachte auf eine Art, dass ich wusste, sie hatten auch andere Namen für mich. Schlimmere. Ich war achtzehn, und ich ließ mich in Berlin von einem fast doppelt so alten Mann aushalten. Ich war das

Stadtgespräch in Bergisch Gladbach. Ich war die, über die man hinter vorgehaltener Hand sprach und mit roten Ohren. Ich war das Luder und die Wichsvorlage.

Und nun war ich wieder da, weil Papa tot war.

Das einzig Tröstliche war, dass Papa seine eigene Beerdigung nicht mehr mitbekam.

Er wollte kein großes Begräbnis. Keine Blumen. Doch sie waren alle da. Und sie überhäuften den Sarg, der an diesem nasskalten Februarmorgen in der Trauerhalle stand, mit Blumen. Kleine kitschige Gestecke. Lilien und Freesien vor allem.

Papa hätte auch gekotzt. Aber das hatte er in den Monaten davor ja schon genug getan.

Natürlich gab es einen Leichenschmaus.

»Das haben die Nachbarn organisiert«, raunte Onkel Florian mir zu.

Wir saßen in einem Café, das es noch nicht gegeben hatte, als ich wegging. Es gab flache Kuchen mit gebackenen Gitternetzen obendrauf und Kaffee und Limo. Ich aß nichts. Ich saß in diesem Café und fühlte mich so einsam wie nie zuvor in meinem Leben.

»Du Arme«, sagten meine früheren Schulfreundinnen, die keine waren, und kniffen mir wieder in den Arm. Das taten sie ungefähr zehn Minuten lang. Dann erzählten sie von sich. Von ihren Ehemännern. Ihren Kindern. Ihren Eigenheimen. Kaum eine war je aus Bergisch Gladbach rausgekommen. Höchstens mal drei, vier Jahre, um in Köln Sozialpädagogik zu studieren. Die anderen hatten kaufmännische Lehren gemacht. Wenn sie überhaupt was gelernt hatten.

Denn von Beruf waren sie alle Mütter. Wirklich alle, ausnahmslos.

Ich mochte ihre Geschichten nicht hören. Ich mag keine

Mütter. Zu Hause in Berlin machte ich einen großen Bogen um sie. Nun saß ich mitten unter ihnen. Starr vor Trauer. Einsam wie nie. Ohne Entkommen.

Sie reichten mir auf ihren Handys Fotos von Männern mit wenig Haaren und viel Bauch. Fotos von weißen Klinkerbauten mit Vorgärten und Sandkästen im Garten. Und viele, viele Kinderfotos. Ich wischte sie eins nach dem anderen mit dem Daumen weg, sie sahen eh alle gleich aus.

Und doch. Das Gift sickerte in mich rein, Tröpfchen für Tröpfchen. Eine Familie haben. Ich hatte nie darüber nachgedacht.

So viele Bilder. So viele Worte. Familie. Es hatte offensichtlich was mit vollgesabberten Lätzchen zu tun und mit durchwachten Nächten, mit Einschulungen, Klassenfahrten und Theateraufführungen. Es hatte etwas zu tun mit Grillabenden mit extra Tischen für die vielen Kinder, mit Erstkommunionen, Ferienbungalows und aufgeschlagenen Knien. Mit Magneten am Kühlschrank, die selbst gemalte Bilder halten. Mit einem Flur voller kleiner Schuhe.

Aus diesen Geschichten strömte ein Sirup, der klebrig war, aber auch süß.

Ein Gift, das in mich einsickerte.

Aus ihren Mündern, die am Rand faltig waren und deren Lippenstift längst verschmiert, aus ihren Mündern mit Kaffeefahne und Kuchenkrümeln strömten Geschichten, die mit Wohlgefühl zu tun hatten, mit Aufgehobensein, damit, ein Zuhause zu haben, ein lebendiges Zuhause. Ein Zuhause mit Kindern.

Ich schüttelte mich innerlich. Weil es so gestrig war, so Bergisch-Gladbach-mäßig, so piefig und so peinlich. Und zugleich tat sich in mir eine große Sehnsucht auf.

Nachher fuhr Onkel Florian mich direkt zum Bahnhof

und setzte mich in den nächsten Zug. Ich fuhr nach Hause, zu Jens. Mit dieser Sehnsucht.

Und Jens sagte, er wolle keine Kinder. Auf gar keinen Fall.

Jens, dieses elende Arschloch.

»Was hast du eigentlich mit deinem Typen gemacht?«, fragt Mandy in die Stille hinein.

Ich sage es ihr. Mandy macht ganz große Augen. Ihr Gesicht ist auch nicht mehr so blass. Da sind ganz zarte Rötungen auf ihren Wangen. Das muss vom Curry kommen. Und vom Wein.

»Oh«, sagt Mandy, und dann sagt sie noch einmal »oh«.

Und dann hebt sie ihr Glas und prostet mir zu.

»Vielleicht«, sagt sie, »bist du doch nicht so doof, wie ich dachte.«

Und dann lacht sie. Sie lacht so laut und so hemmungslos, ich hätte niemals gedacht, dass die blasse, verschlossene Mandy so lachen kann. Ich starre sie einen Moment lang erschrocken an. Und dann lache ich mit ihr.

Samstag, 9. Oktober 2011

Adrian ist auf dem Weg zu Rosa. Zu ihrer Datsche. Sie wird dort sein. Ganz gewiss.

Sie geht nicht ans Handy. Das ist ungewöhnlich. Rosa geht immer ans Handy, wenn er anruft. Oder sie ruft sofort zurück. Nun meldet sie sich nicht. Und er hat eine solche Sehnsucht. Also fährt er zu ihr. Ganz früh am Morgen. Mit einem Carsharing-Auto, denn natürlich hat er kein eigenes. Es hat die ganze Nacht geschneit, und es schneit immer noch. Seit er von der Autobahn runter ist, fährt er durch Schnee und Matsch. Keine einzige dieser Brandenburger Alleen ist geräumt. Links und rechts die Bäume. Sehr nah für einen ungeübten Autofahrer wie Adrian. Er hält das Steuer ganz fest. Gleich ist er bei ihr. Sie wird sich freuen.

Unmöglich, dass sie nicht ans Handy geht, wenn er anruft. Sie ist in der Datsche, ganz gewiss, und hat dort keinen Empfang. Er kann sie riechen, sie spüren. Gleich wird er bei ihr sein. Mit Mühe schüttelt er die Erinnerung an sie ab. Nur kurz noch. Er muss sich konzentrieren. So viel Schnee. Und nun zieht auch noch Nebel auf.

*

Als ich erwache, ist draußen eine Glitzerwunderwelt entstanden. Der ganze Hinterhof ist von einer funkelnden Eisschicht überzogen. Die ausgeweideten Fahrräder, die Fahrradständer, das kaputte Kopfsteinpflaster, die Müllcontainer, alles glitzert. Das Fenster zu Henrys Küche ist dick beschlagen. Dahinter: Licht und ein Schemen. Henry arbeitet. In meinem Bauch ist sofort wieder dieser feste schwarze Klumpen. Henry. Was hat sie mir alles nicht gesagt.

Ich ziehe das schwere Tuch vors Fenster. Die Glitzerwunderwelt da draußen hat nichts mit mir zu tun.

Ich betaste meine Stirn. Die Wunde scheint zu heilen.

Ich denke an Jens und spüre keinerlei Genugtuung. Was habe ich getan. Ich habe diesen Mann mit jeder Faser meines Körpers, mit jeder Schwingung meiner Seele geliebt. Und nun setze ich ihn der Lächerlichkeit aus. Mehr noch, ich habe ihn öffentlich vernichtet.

»Na und?«, sagt Mandy. Sie sitzt am Küchentisch und hat eingekauft: roter Tee, Toast und Nutella. Auf den Knien ihren Laptop. »Dein Ex geht ziemlich viral heute«, lacht sie, »willste mal sehen?«

Ich schüttele den Kopf. Setze mich neben sie auf das beigefarbene Sofa. Ich muss sie so viel fragen. Ich will so viel wissen. Wie geht das? Wo anfangen? Ich habe keine Ahnung.

Und ich traue mich nicht. Ich kann sie doch nicht einfach nach ihrem toten Bruder fragen. Das macht man nicht.

Das geht nicht. Auf gar keinen Fall.

Mit uns auf dem Sofa sitzt der dicke rote Kater. Er schläft anscheinend, doch zwischendurch zuckt er an einem Stück.

»Er träumt.« Mandy krault den dicken Bauch vom roten Kater. »Hat auch keine leichte Zeit hinter sich.«

»Es tut mir leid«, ich meine es ernst, »ich habe die Katzen nicht gefüttert.«

»Wohl wahr.« Mandy steckt sich noch ein Stück Toast mit Nutella in den Mund. »Aber weißt du, bei jedem anderen wäre ich sauer. Bei dir nicht.«

»Nicht?«

»Nö.«

»Und wieso nicht?«

»Du bist so anders, so –«, sie macht einen angestrengten Gesichtsausdruck, »wie soll ich sagen –«

»Doof meinst du. Sag es nur: Ich bin doof. Ich weiß das. Das sagen mir alle.«

Mandy will sich gerade einen weiteren Nutellatoast in den Mund stecken, jetzt hält sie mitten in der Bewegung inne.

»Du meinst das ernst?«

»Was?«

»Du glaubst, du bist doof?«

»Nein, natürlich nicht«, ich streichele jetzt aus lauter Verlegenheit auch den roten Kater, »aber es gibt Leute, die sagen das –«

»Wer?«

»Na ja, Adrian zum Beispiel.«

»Adrian, so so.« Mandy kaut. »Schau mich an.«

Ich schaue sie an.

»Carolin, du bist nicht doof. Du bist anders. Es ist schwer, es in Worten auszudrücken. Vielleicht sollte ich sagen weltfremd. Immer so ein bisschen abwesend. Mit sich selbst beschäftigt. Du bist freundlich. Du bist harmlos. Und du bist ein bisschen verloren, wenn du allein bist.«

»Hast du mich deshalb aus dem Hinterhof reingeholt?«

»Ja, genau!« Mandy lacht schon wieder. »Du sahst zerzauster aus als die Katzen, die ich normalerweise reinhole.«

»Na, dann danke.«

Ich mache mir jetzt auch einen Nutellatoast. Beiße hinein. Köstlich. Ich kaue. Mandy kaut.

Und in die Stille hinein sagt sie: »Du erinnerst mich an meinen Bruder.«

»An deinen –« Ich bin so erschrocken, dass sie von alleine dieses heikle Thema anspricht, dass ich mich sofort verschlucke.

Mandy spricht einfach weiter. Mehr zu sich selbst als zu mir.

»Er hatte auch etwas Weltfremdes. Freundlich. Harmlos. Mit sich selbst beschäftigt. Und mit dem Scheißklavier. Mit dem beschissenen Scheißklavier.«

Ich schaue auf, brauche nichts zu sagen. Sie spricht direkt weiter. Als müsste es endlich einmal gesagt werden.

»Hast du eine Ahnung, wie es ist, die Schwester von einem Wunderkind zu sein? Die tumbe, langweilige Schwester des ach so begabten Wunderkindes?«

»Nein«, sage ich leise, »ich hatte keine Geschwister.«

»Und das war ja schon, bevor er zum Wunderkind wurde. Bevor diese beschissene Klavierlehrerin ständig bei uns abhing und meine Eltern vollquatschte, Hans bräuchte besondere Förderung, er sei ja so ein Talent. Sie wollte ihn mitnehmen, auf so eine Art Elite-Internat. Sie sollte da unterrichten, und Hans, das Wunderkind, sollte mit. Was hat die gequatscht und gelallt. Jeden Abend. An diesem Tisch hier.«

»Und deine Eltern?«

»Wollten ihn nicht gehen lassen. Wollten ihm nichts verderben. Es war ein ewiges Gequatsche und Gezänk.«

Mandy nimmt noch ein bisschen roten Tee. Dann schmiert sie sich noch ein Brot.

Ich habe das Gefühl, ich müsste irgendetwas sagen, fragen, um das Gespräch in Gang zu halten. Wie mache ich das bloß?

»Also, als das mit der Eliteschule zur Debatte stand«, stottere ich, »war das die Zeit, in der er verschwand?«

»Genau.« Mandy kaut jetzt sehr entschieden auf ihrem Brot. »Weshalb meine Mutter auch immer behaupten konnte, er sei abgehauen, um irgendwo Karriere zu machen. Und dann kommt er eines Tages reich und berühmt zurück. Blabla.«

»Im Ernst?«

»Natürlich nicht. Wir wussten, dass er nicht zurückkommt.«

»Aber wie konntet ihr das wissen?«

»Weil wir anderen wussten, dass er hier ist. Dass er dieses Haus nie verlassen hat.«

*

Adrian ist entsetzlich kalt. Er hätte nicht gedacht, dass man so frieren kann. Ihm ist immer warm. Meistens zu warm. Jetzt friert er erbärmlich.

Die Heizung ist mit allem anderen zugleich ausgegangen. Als das Auto langsam von der Straße rutschte. In einem so gemächlichen Tempo, dass Adrian es fast eine Frechheit fand. Er hat immer gedacht, wenn man gegen einen Baum fährt, dann passiert das mit Karacho. Man fliegt bei hoher Geschwindigkeit aus der Kurve, und peng! Von wegen. Ausgerechnet ihm, dem dicken Adrian, war das Auto einfach davongerutscht auf der vereisten Straße. Und ganz langsam und gemütlich gegen den nächsten Baum gekracht. Es hat auch gar nicht besonders laut geknallt. Der viele Schnee und der Nebel haben das Geräusch fast sofort verschluckt. Jetzt sind sie dabei, das ganze Auto zu verschlucken.

Adrian hat ein Warndreieck aufgestellt. Auch wenn er bezweifelt, dass jemand es sieht, bei all dem Nebel. Er ist die vereiste Straße auf und ab gelaufen, das Handy mit langem Arm weit von sich gestreckt. Doch es gibt kein Netz. Nicht auf dieser Straße.

Und es gibt anscheinend auch keine anderen Autos. Niemand ist vorbeigekommen bislang. Adrian sitzt im Auto und friert entsetzlich. Und zum ersten Mal seit sehr langer Zeit weiß er nicht, was er tun soll. Adrian, der eigentlich immer alles weiß, ist ratlos. Wenn ihm nur nicht so verdammt kalt wäre.

*

»Ich wusste ja gar nicht, dass ich im Heim war.«

Mandy spricht einfach weiter.

Ich habe einmal nach Luft geschnappt. Ich glaube, ich habe auch etwas gesagt. »Was« oder so. Ich weiß nicht, ob ich wirklich gehört habe, was ich glaube gehört zu haben. Kann das sein? Hat sie das wirklich gesagt? Doch sie reagiert nicht auf mich. Sie spricht einfach weiter.

»Ich war Anfang zwanzig und hatte immer wieder diesen Traum. Ich träumte, ich sei in einem stockdunklen Raum, und man habe mich vergessen. Alle anderen, und ich wusste nicht, wer die anderen sind, waren weg. Nur ich war noch da. Ich lag in meinem Bett und wusste, dass ich nun sterbe. Weil mich niemand hier rausholt. Weil sie mich vergessen haben.

Ich bin aus diesem Traum nicht aufgewacht. Ich habe stundenlang im Bett gelegen, starr, gefangen in dieser panischen Angst. Und wenn sie mich dann geweckt haben, meist war es schon mittags, wusste ich nicht, wo ich war. Ich habe um mich geschlagen, geschrien. Da beschlossen selbst meine Eltern, dass ich in Therapie sollte.

Die Therapeutin war eine dünne kleine Frau mit Mäusehaaren. Sie sagte mir, ich solle mich auf den Teppich legen, in die Sonne gucken. Oder etwas singen. Ich ging drei- oder viermal hin. Die Albträume kamen immer wieder.

Und eines Tages bin ich wie immer in der Kneipe, spüle Gläser, als ich meine Mutter zu einem Gast sagen höre: ›Jaja, die Monika, die war ja auch im Wochenheim.‹

›Wo?‹, habe ich gefragt.

›Na, im Heim‹, antwortete meine Mutter, ›die Woche über, wir hatten ja zu arbeiten.‹

›Aber der Hans!‹, sagte ich noch. ›Der war doch immer bei uns zu Hause, als er klein war!‹

›Natürlich‹, sagte meine Mutter und wuschelte ihm durch die braunen Locken, wie er da über seine Scheißklaviernoten gebeugt saß und vor sich hin summte, ›der Hans war nicht im Heim.‹

Von dem Moment an habe ich ihn gehasst. Eifersüchtig war ich vorher schon, aber Hass, nein. Das kam erst in diesem Moment.«

Mandy trinkt einen Schluck von dem roten Tee.

»Plötzlich machte alles einen Sinn. Warum ich eine Mutter hatte, die mir meine ganze Kindheit hindurch fremd war. Nie bin ich zu ihr gelaufen, wenn ich mir wehgetan hatte. Nie habe ich mit ihr gekuschelt. Ich mochte nicht einmal ihren Geruch. Und sie mochte meinen, glaube ich, auch nicht.«

Mandy schaut aus dem Fenster. Auch der Garten ist eine einzige Glitzerwunderwelt. Mit Willi Schneider mittendrin.

Dann spricht sie weiter.

»Geheilt habe ich mich dann selber. Also mit den Albträumen. Wenn ich wieder stocksteif im Bett lag, habe ich mir gut zugeredet. ›Alles ist gut, Mandy‹, habe ich mir gesagt, ›du bist zu Hause, nicht im Heim. Niemand wird dich je wieder vergessen.‹ Und dann konnte ich aufstehen, herum gehen. Bis mein Herz nicht mehr so wild pochte.«

Sie trinkt noch einen Schluck. Es ist roter Tee, und doch sieht es aus, als tränke sie sich Mut an. Für das, was noch kommt. Was noch gesagt werden muss.

»Warum ich dir das alles erzähle. Damit du verstehst. Warum ich ihm nicht geholfen habe.«

»Geholfen? Wem?« Ich kapiere nichts. Und schäme mich dafür.

»Na, Hans natürlich. Als dieser Typ aus dem Vorderhaus, der Mann von deiner Freundin, dieser Gunther, also, als Gunther ihn über den Hof geschleift hat.«

»Gunther hat was?«

»Gunther hat Hans aus dem Vorderhaus gezerrt und über den Hof geschleift und ist mit ihm im Hinterhaus verschwunden. Mann, war der sauer. Wir haben es alle gesehen. Ich habe es gesehen. Willi Schneider hat es gesehen. Henry hat es gesehen, natürlich. Gila hat womöglich etwas geahnt. Und niemand hat etwas getan. Gar keiner.«

Ich schlucke.

»Und das«, frage ich leise, »war der Tag, an dem Hans verschwand?«

»Das war der Tag, an dem Hans verschwand«, sagt Mandy. Sie legt ihr Nutellabrot beiseite. Stumme Tränen laufen über ihre Wangen. Sie wischt sie nicht weg.

*

Da ist ein Zittern in seinem ganzen Körper. Und es ist nicht nur die Kälte. Obwohl die wirklich schlimm ist. Nein, da ist noch etwas anderes. Und Adrian schimpft mit sich selbst deswegen. Wie konnte er das nur riskieren. Wie konnte er hier herausfahren, liebeswund, zu Rosa. Ohne vorher mit Carolin zu sprechen. Weiß der Geier, wo sie gestern Abend noch hin ist, als sie aus der Kneipe stürmte. In diesem total desolaten Zustand. Er hätte es ihr unbedingt sagen müssen. Unbedingt. Was er weiß über ihre feine Freundin Henry und deren seltsamen Mann, diesen Gunther. Die beiden haben so dermaßen viel Dreck am Stecken, dass Adrian ganz schlecht wird bei dem Gedanken, dass Caro Henry für ihre beste Freundin hält. Und dass sie keine Ahnung hat, was Gunther für einer ist. Und Caro ist so doof. Na, wenn er ehrlich ist, dann ist sie nicht ganz doof. Sie ist irgendwie nur so verschlossen. So, als hätte sie mit der Welt um sich herum nicht viel zu tun. Als lebte sie ganz in ihrer eigenen kleinen Welt. Ahnungslos. Und, doch, das auch, ein bisschen dumm.

Und nun gibt es in dem Haus, in dem sie lebt, zwei Leichen. Und sie selbst wurde zweimal mit einem Elektroschocker überfallen. Und die dumme Carolin bewegt sich völlig arglos in diesem Chaos, und das Einzige, worüber sie nachdenkt, ist ihr blöder Ex. Und er, Adrian, hätte sie warnen müssen.

Zu der Kälte gesellt sich nun eine Hitze. Adrian ist sauer. Stinksauer. Auf sich selbst. Er kann Caro immer noch nicht besonders leiden. Aber sie so ahnungslos zu lassen, wie sie ist, das war dumm. Und gefährlich.

Laut Navi, das nun natürlich auch aus ist, war es gar nicht mehr so weit bis zu Rosas Datsche. Zumindest mit dem Auto. Adrian kennt sich nicht aus mit Brandenburger Landstraßen. Er weiß nicht, wie lange sie schnurgeradeaus führen, bis eine Abbiegung kommt. Aber er wird es jetzt herausfinden.

Adrian steigt aus dem Auto. Hinter die Scheibenwischer klemmt er einen Zettel.

»Bin geradeaus gegangen«, steht darauf, »auf dem Weg zur Datsche von Rosa Berger. Kein Handyempfang. Bitte helfen Sie mir, wenn Sie das lesen.«

Und dann geht er los.

*

Es ist, als wäre die Eiseskälte von draußen in die Küche gekommen. Auf einen einzigen Schlag.

»Gunther«, flüstere ich, »Henry.«

Mandy laufen weiter die stummen Tränen über die Wangen.

»Deine feine Freundin mit dem schicken Café«, sie sagt es so leise, ich kann sie kaum hören, »ich habe alles gesehen, was sie mit ihm gemacht hat.«

Ich weiß nicht, ob ich richtig gehört habe.

»Du hast was?«

»Alles gesehen.« Mandy ist immer noch ganz leise. »In ihrer Küche. Sie waren in ihrer Küche.«

»Und du hast sie aus deinem Schlafzimmerfenster gesehen.«

Ein stummes Nicken.

»Mandy, was hast du gesehen? Henry und Gunther?«

»Aber nein«, Mandy spricht nun ein bisschen lauter, und dennoch, ich verstehe nicht, was sie sagt. »Henry und Hans. Sie waren in der Küche.«

»Henry und Hans waren in der Küche?«, echoe ich.

»Ja genau.«

»Bevor oder nachdem Gunther Hans über den Hof geschleift hat?«

»Davor.«

»Davor.«

Ich wiederhole dieses eine Wort. Was auch immer Gunther mit Hans gemacht hat, Henry hat damit nichts zu tun. Hans war vorher bei ihr in der Küche. Na und? Mandy bemerkt meinen Blick.

»Du hättest sie sehen sollen.«

»Wieso?«

»Was sie gemacht haben.«

»Was haben sie denn gemacht?«

»Verdammt, er war doch erst fünfzehn!«

»Du willst damit sagen –«

»Genau. Deine Freundin Henry hat meinen kleinen Bruder vernascht. Und mein kleiner Bruder, das Wunderkind, der ach so beliebte kleine Hans, hat es mit der Nutte in der Küche getrieben. So, dass alle es sehen konnten.«

Ich sage nichts. Da sind Bilder in meinem Kopf, die ich nicht in meinem Kopf haben will. Auf gar keinen Fall. Das kann doch alles nicht wahr sein.

»Verstehst du jetzt?« Plötzlich ist Mandy ganz laut. Sie schreit fast. Und sie weint dabei. »Verstehst du jetzt, warum ich ihm nicht geholfen habe? Der ach so tolle Hans, ein halbes Kind noch, fickt die Nutte? Es geschah ihm ganz recht, dass Gunther ihn da rausgezerrt hat. Wir konnten es doch nicht wissen.« Mandy wird nun wieder leiser. Sie weint heftiger. »Ich konnte doch nicht wissen, dass er nie wieder auftaucht.«

*

Adrian schlittert die verschneite Brandenburger Allee entlang. Die dünnen Ledersohlen seiner Schuhe finden keinen Halt auf dem schadhaften Asphalt, der sich in lauter eisige Buckel verwandelt hat. Zweimal schon wäre er beinahe gestürzt, konnte sich im letzten Augenblick fangen. Nun geht er noch vorsichtiger. Setzt die Füße mit der ganzen Sohle auf, einen nach dem anderen. Er geht wie ein betrunkener Seemann. Oder wie eine Schwangere in Prenzlauer Berg. Es ist ihm egal. Bloß nicht stürzen. Wenn er sich hier ein Bein bricht, ist er erfroren, bevor jemand vorbeikommt.

Adrian schwitzt. Er ist eine solche körperliche Anstrengung nicht gewohnt. Und er schwitzt aus Angst. Das Wissen, das ihn umtreibt, jagt ihm die Röte ins Gesicht. Die Röte der

Wut. Über das, was er weiß. Und die Röte der Scham. Weil er Carolin nichts gesagt hat. Weil er sie unwissend ließ.

Adrian war noch einmal bei dem dünnen Mann. Es hatte ihn viel Überwindung gekostet. Der dünne Mann hatte sich gefreut. Und erzählt. Und Bilder gezeigt. Und Adrian, der nichts wollte als eine weitere Information, eine, mit der er die Polizei überzeugen konnte, diesen Mann doch noch aus dem Verkehr zu ziehen, lebenslänglich, Adrian erhielt eine weitere Information. Eine, mit der er nicht gerechnet hatte, trotz allem. Diese eine Information betrifft Henry und ihren Mann Gunther. »Top secret«, hatte der dünne Mann gesagt und dabei ein Lächeln gelächelt, von dem Adrian jetzt noch schlecht wird, wenn er daran denkt. »Top secret.« Denn dieses Paar, das in der Szene bekannt ist, seit Jahren, soll einmal über eine Grenze gegangen sein. Eine Grenze, die Adrian würgen lässt. Und die die Augen des dünnen Mannes fiebrig glänzen ließen. »Top secret«, hatte er gesagt.

*

Ich sitze in Mandys Küche neben ihr auf dem beigefarbenen Sofa. Der rote Kater zwischen uns. Er schläft immer noch. Er zuckt nicht mehr. Sein Albtraum scheint vorbei.

Ich möchte hier nicht sitzen. Ich will zurück in unsere schicke Wohnung im Vorderhaus. Ins Studio, wo Adrian mir kluge Fragen auf den Kopfhörer sagt. Ich will wieder zum Yoga gehen und über die Schwangeren im Kurs nebenan nur müde lächeln. Danach bei Henry Kuchen essen. Ich will zurück zu Jens. Verdammt. Ich will mein altes Leben zurück.

Ich weine jetzt auch. Aber nicht lautlos wie Mandy. Ich wimmere vor mich hin. Dann fange ich an, mit der Faust auf den Tisch zu schlagen. Der rote Kater ist blitzschnell zur Tür raus. Ich stampfe mit den Füßen auf den Boden. Kurz muss ich an meine Mutter denken, die mich Trampeltier nannte. Vielleicht. Ich weiß es nicht. Als ich gerade meinen Kopf auf die Tischplatte schlagen will, hält Mandy mich fest.

»Still jetzt, hast du sie noch alle?«

Ich schlage ihren Arm weg.

»Wer hat sie hier noch alle?«, schreie ich. »Dieses ganze Haus ist doch völlig bekloppt! Ein toter Junge! Nach dem zwanzig Jahre lang keiner sucht! Das ist doch bekloppt!«

»Ich habe nach ihm gesucht.« Mandy weint immer noch. »Jeden Tag. Wochenlang. Monatelang. Zwanzig Jahre lang. Ich wusste doch, er ist hier. Irgendwo. Mama und Papa hatten keine Ahnung. Sie sind weggezogen. Nie kamen sie auf Besuch. Sie konnten hier nicht mehr sein.« Sie wischt sich über die tränennassen Wangen. »Ich konnte hier auch nicht mehr sein. Aber ich konnte auch nicht weg. Ich musste doch bleiben. Bei ihm.« Sie weint nun lauter. »Ich hatte keine Ahnung, dass er im Klokabuff war. Ausgerechnet! Wie oft war ich in diesem Raum. Und er war immer da, direkt neben mir. Hinter der Duschkabine. Es ist so schrecklich.«

Sie weint so sehr, ihr ganzer Körper vibriert.

Ich will das alles nicht. Ich will mein altes Leben zurück. Aber nichts von diesem alten Leben ist übrig.

Mandy weint und zittert. Lautlos schluchzt sie vor sich hin.

Ich berühre sie. Ganz leicht nur. Ihren Arm. Ihren Rücken. Streichele sie. Mandys Körper wird unter meiner Hand ganz weich. Konturlos fast. Sie sackt in sich zusammen. Den Oberkörper auf den Oberschenkeln, den Kopf zwischen den Knien, so hockt sie auf dem Sofa, einem Bündel gleich, das zuckt und weint. Mir ist, als löste sie sich gleich auf. Als wäre bald nichts mehr übrig von der Mandy, die ich kenne, außer Kummer und Schmerz.

Ich habe noch nie jemanden getröstet. Ich war immer die, die getröstet wurde. Ich war auch noch nie für jemanden verantwortlich. Habe niemals für jemand anders gesorgt. Papa hat für mich gesorgt. Und dann Jens. Bevor Jens verschwand, hatte ich erst ein einziges Mal im Leben einen großen Kummer, damals, als Papa tot war. Ich habe nie zuvor den Kummer eines anderen Menschen erlebt.

Mandy weint. Meine Hand ist auf ihrem Rücken, in ihrem Haar.

»Tsch«, sage ich, streichele sie weiter, »tsch.«

Ich spüre sie. Ihren bebenden Körper. Und ich spüre noch mehr. Ich spüre ihr Entsetzen. Ihre Angst. Ihren übergroßen Kummer. Es haut mich um. Mandys ganze große Verzweiflung. Ich spüre sie, als wäre sie meine eigene.

Wieder kommen mir die Tränen. Doch nun weine ich nicht mehr wegen mir, nicht wegen Jens, nicht wegen Henry. Ich weine wegen Mandy. Wegen all dem, was sie erleben musste, was sie fühlt. Ich leide mit ihr.

»Tsch«, sage ich zu ihr, streichele sie, »tsch. Ich bin bei dir.«

Und dann richte ich mich auf. Da ist mit einem Mal etwas in mir. Etwas Neues. Etwas, das in den letzten Tagen in mir gewachsen ist. Ich kann es spüren. Es fühlt sich fest an und klar und sehr entschlossen.

»Findest du nicht«, sage ich zu Mandy, »dass das alles jetzt mal geklärt werden muss?«

Ich hole das feuchte Plumeau aus ihrem Schlafzimmer, das zerrissen ist, aus dem der Schaumstoff quillt, breite es über sie. Ich habe nichts Besseres.

Und dann stehe ich auf und marschiere los. Zu Henry ins Vorderhaus.

Ihm ist jetzt nicht mehr kalt. Welch Wonne. Die Kälte ist gegangen. Ihm ist warm nun. Herrlich warm.

War das das Fräulein, das mit ihm gesprochen hat? Er weiß es nicht. Da ist etwas mit seinem Kopf. Etwas, was ihn langsam macht. Ja, doch, das Fräulein war da. Es hat mit ihm gesprochen. Aber was hat es gesagt? Er weiß es nicht. Beim besten Willen nicht. Da ist etwas mit seinem Kopf.

Das Fräulein hat auch etwas mit ihm gemacht. Aber was. Was bloß.

Sein Kopf. Was hat das Fräulein denn bloß gemacht.

Etwas, über das er sich gewundert hat. Das weiß er noch. Weiß er das noch?

Die Kälte ist vorbei. Himmlisch. Ihm ist warm nun. Herrlich warm. Fast ein bisschen zu warm. Er bekommt auch schlecht Luft jetzt. Ganz schlecht. Die Jeans. Der Pullover. Das T-Shirt. Kann er das ausziehen? Es ist so eng hier. Er will es ausziehen. Ihm ist so warm. So schrecklich warm.

Das Café ist geschlossen. Mitten am Vormittag. Das hat es noch nie gegeben.

»Wir machen einen Tag Ferien«, steht auf der Tafel, auf der sonst die Kuchen angepriesen werden. Darunter eine lachende Sonne. Typisch Henry. So malt sie. So ist sie. Ist sie so?

Das Feste, Entschlossene in mir zuckt ein bisschen. Was mache ich hier eigentlich. Bin ich völlig schwachsinnig. Mich in etwas einzumischen, das mich nichts angeht. Eine zwanzig Jahre alte Geschichte. Und dann ich, ausgerechnet.

»Ja, ich, ausgerechnet«, sage ich zu mir selbst. Ich bin das nämlich alles so satt. Die dumme Caro zu sein. Die nichts weiß. Nichts rafft. Die nicht nachfragt. Die nicht einmal weiß, wie das geht, nachfragen. Und wohin hat mich das gebracht? Genau hierhin. Ohne Mann. Ohne Job. Ohne Wohnung. Mit zwei Leichen, eine davon schlecht verscharrt im Garten. Und einem Irren, der hinter mir her ist. Es reicht.

»Ja, genau ich«, sage ich zu mir selbst. Straffe den Rücken. Ziehe die Schultern zurück. Laufe die Treppe hinauf, in den ersten Stock, zu Henry.

Ich brauche nicht zu klingeln. Die Tür ist offen. Mittendrin steht Gunther. Ich hatte vergessen, wie groß er ist. Er überragt mich um mehr als einen Kopf. Schwarze Jeans. Schwarzer Rollkragenpullover. Das lange graumelierte Haar fällt ihm bis auf die Schultern. Das ist sein Look. Der Look von Gunther, dem Guru. Ich bin fest entschlossen, mich nicht beeindrucken zu lassen. Ich will zu Henry. Er soll den Weg freigeben. Aber ich brauche gar nichts zu sagen, nichts zu tun.

»Ah, Carolin«, sagt Gunther. Er sagt es mit seiner so sanftdunklen Stimme, die zu ihm gehört wie die eisgrauen Augen und der scheinbar alles durchbohrende Blick. Diese Stimme macht, dass sich meine Nackenhaare aufstellen.

Gunther wendet sich zum Inneren der Wohnung.

»Du sprichst mit ihr, nicht wahr, Schatz?«

»Natürlich.« Henry, unsichtbar, in der Wohnung.

»Sehr fein.« Und damit tritt Gunther zur Seite, er verbeugt sich leicht, lächelt dazu und weist mir mit lang ausgestrecktem Arm den Weg ins Innere: »Bitte schön.«

Dann ist er weg, in wiegendem Schritt die Treppe hinunter.

Henry sitzt im Wohnzimmer, mit roten Wangen. Aber das sind nicht die roten Wangen, die sie hat, wenn sie backt und in ihrem Café hin- und herrennt. Es sind fein abgezirkelte rote Kreise in ihrem ansonsten völlig weißen Gesicht. Sie sitzt auf dem Sofa und knetet ihre Hände. Auf dem Sofa, auf dem Gunther saß, als ich das letzte Mal hier war. Gunther, vor sich auf Knien das Mädchen. Ich mag da gar nicht reingehen.

»Henry«, sage ich und bleibe in der Wohnzimmertür stehen. Ich weiß einfach nicht, was ich sonst sagen soll. Ich weiß nicht weiter.

Henry versucht ein Lächeln, das misslingt. Sie blickt zu Boden. Wieder zu mir. »Caro.« Sie räuspert sich. »Ich habe gesehen, Mandy ist zurück.«

»Ja.«

»Sie hat mit dir gesprochen.«

»Ja.«

»Und nun willst du wissen, was damals passiert ist.«

»Ja.«

»Bist du sicher?« Henry schaut mich an. Da ist Sorge in ihrem Blick. Und etwas sehr Liebevolles. Das ist meine Henry. Ich könnte nun Nein sagen. Wir würden runtergehen, in die Küche, Kuchen essen. Wir wären vielleicht ein wenig beklommen. Wir würden es überwinden, früher oder später. Wir wären wieder wie immer. Henry, meine beste Freundin.

Das Harte und Klare in mir wird weich. Da ist diese große Sehnsucht in mir. Nach meinem Leben von vor einer Woche.

Doch da sind so viele Bilder in meinem Kopf. Jens und der blaue Kombi mit dem Kindersitz. Jens im Studio, seinen Schwanz in der Hand. Gila, die mich rausschmeißt. Die schmale Gestalt vor Hackis Bäckerei und in Mandys Wohnung, die mich mit einem Elektroschocker niederstreckt. Hans, sein Kopf, nachts, im Klokabuff. Willi Schneider im Müllcontainer. Willi Schneider im Garten, unter Steinen und Moos. Und Mandy, wie sie weint.

»Ja«, sage ich, »ich will es wissen.«

»Dann komm«, Henry ist aufgestanden, »komm mit, ich zeige es dir.«

Und so folge ich ihr. Durch den Hinterhof. Doch wir gehen nicht ins Hinterhaus. Wir gehen in den Keller. Durch eine niedrige Tür gleich neben der Tür zum Hinterhaus. Ich habe sie nie richtig wahrgenommen. War ich je im Keller? Ich kann mich nicht erinnern.

Eine steile schmale Treppe. Rechts und links roter Backstein. Tief geht es hinab. Unten ein schmaler Gang, der nach links führt und nach rechts. Niedrige Decken. Altertümliche Deckenlampen, die ein schwaches Licht verbreiten. Es riecht seltsam. Nach Moder. Und nach Schimmel.

Henry geht nach links. Sie geht einfach voran. Sie geht ganz selbstverständlich davon aus, dass ich ihr folge. Und das tue ich.

Auf dem Boden alle paar Meter kleine Kästen aus Plastik. Rattenfallen. Ich schaue schnell weg. Henrys Rücken ist ganz gerade. Aufrecht und schnell geht sie den Gang entlang. Ich folge ihr.

Sie biegt ein weiteres Mal links ab. Ich versuche, im Kopf unseren Weg zu verfolgen. Jetzt müssten wir unter dem Vorderhaus sein. Geht dieser Weg unter dem Hof entlang? Ist hier alles unterkellert?

»Uralte Gänge«, sagt Henry, ohne sich umzudrehen, »noch aus Vorkriegszeiten. Viele sind miteinander verbunden. Viele sind eingestürzt. Oder zu DDR-Zeiten dichtgemacht worden. Es ist eine Stadt unter der Stadt.«

Eine kleine schmale Wanderratte läuft ein Stück vor uns her. Gemächlich.

»Voilà«, Henry macht mit dem Arm eine weite Geste, »willkommen, Prenzlauer Berg von unten.«

Keiner von uns beiden ist nach Lachen zumute.

Henry biegt wieder ab. Und noch einmal. Ich habe längst jede Orientierung verloren. Am Anfang sind wir noch an Kellerabteilen vorbeigelaufen, abgetrennten Bretterverschlägen voller Umzugskartons, Regale und verstaubter Kinderwagen. Jens und ich müssen auch so ein Kellerabteil gehabt haben. Ich weiß es nicht. Ich habe mich nie darum gekümmert.

Jetzt gibt es keine Kellerabteile mehr, nur noch schmale Gänge. Auch die Deckenlampen werden seltener. Kaum noch Licht. Einzelne Rohre unter der Decke. Ich muss mich ducken, um nicht anzustoßen. Der schwere Geruch nach Moder und Schimmel wird stärker.

Henry läuft und läuft. Ich hinterher.

In mir ist eine Stimme.

»Bist du verrückt«, sagt die Stimme, »was machst du hier?«

Ich höre sie und ignoriere sie. Ich weiß, Henry wird mir etwas zeigen. Etwas, das alles erklären wird. Und zum ersten Mal in meinem Leben will ich etwas wissen. Hans. Was ist ihm geschehen. Was hat Henry damit zu tun. Je weiter Henry geht, je öfter sie abbiegt, ohne sich ein einziges Mal zu mir umzuwenden, umso lauter wird die warnende Stimme in mir. Ich ignoriere sie. Und folge Henry. Immer weiter in den Untergrund unseres Hauses.

*

Adrian steht unter einem der zahllosen Bäume an dieser nicht enden wollenden Allee und will nicht mehr weitergehen. Es schneit nun wieder stärker. Er ist nicht angezogen für solch ein Wetter. Seine Jacke, seine Hose, seine dünnen Schuhe sowieso – alles ist längst durchweicht. Nicht mehr lange, und er ist nass bis auf die Knochen.

Er ist erschöpft. Seine Füße tun ihm weh. Seine Beine. Und seine Lunge brennt. Er hatte nicht gedacht, dass es so anstrengend wird. Alle paar hundert Meter hat er sein Handy herausgeholt und es mit ausgestrecktem Arm in die Luft gehalten. In der Hoffnung, doch noch ein Netz zu bekommen. Das bereut er jetzt. Denn das Handy ist fast leer. »Bitte aufladen«, blinkt der Akku. So ein verdammter Mist.

Adrian kann nicht mehr. Er will nicht mehr. In was für eine erbärmliche Situation ist er da geraten. Er will nur noch zu Rosa. Oder zur Not auch nach Hause. Hauptsache weg von hier. Weg von dieser verdammten leeren Landstraße irgendwo im Brandenburger Niemandsland.

Wenn doch nur ein Auto vorbeikäme. Doch es kommt keins. Kein einziges, seit diese blöde Carsharing-Karre gegen den Baum gerutscht ist.

Adrian seufzt tief. Und geht weiter. Ein Fuß vor den nächsten. Schaukelgang. Damit er nicht ausrutscht. Damit ihm nichts passiert.

*

Wir sind am Ziel. Eine schmale Eisentür, kaum sichtbar im Halbdunkel, die rechts von diesem letzten engen Gang abgeht. Henry hat einen riesigen Schlüssel in der Hand. Ich habe keine Ahnung, wo sie den plötzlich herhat. Sie steckt ihn in ein altertümliches Schloss. Die Tür, Rostflecken am Rand, öffnet sich. Ohne ein einziges Geräusch.

Dahinter ein schmales Kabuff. Stockdunkel. Ein Schaben. Eine Flamme. Henry hat ein Streichholz angezündet. Wo hat sie das her? Kerzenschein. Noch mehr Kerzenschein. Und noch mehr Kerzenschein.

Es ist eine kleine Kapelle. Ein hoher Tisch. Davor ein Höckerchen. Auf dem Tisch Teelichte über Teelichte. Henry zündet sie alle an. Mir stockt der Atem. Hinter den Teelichten, umringt von ihrem Schein, ein Bild. Ich habe das Gesicht nur flüchtig gesehen, in den Zeitungsausschnitten, die Adrian besorgt hatte. Und doch. Diese Locken. Diese Zahnlücke. Ich erkenne es sofort. Hans. Auf dem Tisch, zwischen all den brennenden Teelichten, steht ein Foto von Hans. Henry hat einen Altar für ihn errichtet.

»Ich komme oft hierher.« Ihre Stimme ist leise, fast gleichgültig, wäre da nicht dieses Raue, das ich nicht kenne. »Sooft es geht. Hier bin ich ihm nah.«

Ich halte immer noch die Luft an. Ist das hier real?

»Du kannst das Höckerchen haben«, sagt Henry, »ich kann stehen. Es wird nicht lange dauern.«

Ich mag mich nicht hinsetzen. Und doch, ich setze mich. Mir ist, als sollte ich tun, was sie sagt.

Sie wird nun sprechen. Sie wird nun endlich alles sagen.

Und das tut sie.

*

Adrian kann sein Glück kaum fassen. Er hat die Stelle erreicht. Die kleine Gabelung, an der der Weg zu Rosas Datsche abzweigt. Er hat sie sofort erkannt. Und ist gleich ein wenig schneller gelaufen. So schnell es ging. Er will jetzt nicht mehr darauf achten, ob er stürzt. Er will einfach nur endlich zu Rosa. Zu Rosa. Endlich.

Was, wenn sie nicht da ist? Was macht er dann? Er hat sich diese Frage nicht erlaubt. Nicht, als er in Berlin losgefahren ist. Und erst recht nicht, als er allein und zu Fuß auf der vereisten Landstraße unterwegs war. Sie muss da sein.

Jetzt hämmert diese Frage in seinem Hirn. Wenn sie doch bloß da ist! Wenn sie nicht da ist? Nur noch ein paar Meter. Dann macht der Weg eine Biegung. Adrian rennt jetzt noch schneller. Rutscht aus. Stürzt fast. Fängt sich gerade noch. Nur noch ein kleines Stück.

Da. Endlich. Er kann sie sehen. Rosas Datsche. In den Fenstern brennt Licht. Aus dem Kamin steigt Rauch. Rosa. Sie ist da.

Er stürmt voran. Nur noch wenige Meter.

*

»Er war mein Sonnenschein. Er kam fast jeden Nachmittag, nach der Schule, nach dem Klavierunterricht. Er saß bei mir im Café und machte seine Hausaufgaben. Was hätte er zu Hause gesollt? Oder in dieser schrecklichen Kneipe? Er kam zu mir. Ich gab ihm Kuchen und Kakao.«

Henry steht an die Wand der schmalen Kammer gelehnt. Ich hocke direkt vor ihr. Unsere Knie berühren sich fast. Der Kerzenschein malt huschende Schatten auf ihr Gesicht.

»Für die anderen war er ein Kind. Ein hübsches liebes Kind. Für mich war er das nie. Er hatte immer schon diesen

Blick. Wie er mich ansah. Ich kenne diesen Blick. Ich kenne ihn so gut. Ich weiche ihm aus. Nehme ihn nicht wahr. Ducke mich weg.«

Noch mehr Schatten auf Henrys Gesicht.

»Nicht so bei Hans. Ich hielt seinem Blick stand. Erwiderte ihn. Er schaute. Ich schaute. So ging das. Wir haben einander nicht berührt. Sehr lange nicht.«

Eine Hand fährt durch mein Haar, ein Daumen streicht über meine Stirn. Henry hebt meinen Kopf ein wenig an, sucht meinen Blick.

»Verstehst du, Caro? Er war wie du. Ganz in seiner eigenen Welt versunken. Ganz genau wie du.«

Henrys Blick geht weg von mir, woandershin, tief in die Vergangenheit.

»Wenn er spielte, öffnete ich das Küchenfenster. Ich hatte immer das Gefühl, er spielte nur für mich. Die Töne kamen über den Hof in meine Küche, sie tanzten hinein und ließen mein Herz hüpfen vor Freude. Oft stand er danach auf, kam ans Fenster. Sah mich an. Und ich sah ihn an. So ging das. Lange.«

»Und«, meine Stimme ist belegt, von all dem Moder hier, von dem, was ich höre, »und, was passierte dann?«

Henrys Blick ist immer noch weit weg.

»Er kam in meine Küche. Ich wollte gerade schließen. Früher als sonst. Oben war Gunther und – nun, oben war Gunther. Es waren keine Gäste mehr da. Ich wollte raus aus dem Haus, spazieren, irgendwohin, bis es vorbei ist, oben. Da kam Hans in meine Küche. Das hatte er noch nie getan. Er war ganz aufgeregt. Er weinte. Und er lachte zugleich. Er sprach in einem fort. Er sprach sonst nie. Oder nur wenig. Jetzt sprudelte es aus ihm heraus. Er würde fortgehen. In ein Internat. Mit seiner Klavierlehrerin. Ich war wie vom Donner gerührt.

›Fort?‹, fragte ich. ›Ja‹, er lachte, und er weinte zugleich. In ein Musikinternat. Wo er den ganzen Tag Klavier spielen würde. Er wolle ein berühmter Pianist werden. ›Stell dir vor, Henriette‹, rief er, ›ich, ein berühmter Pianist!‹ Und dann weinte er wieder. Und er lachte. Alles durcheinander.«

»Und du?«, frage ich.

Doch Henry hört mich nicht. Längst spricht sie zu sich selbst. Zu den lehmigen Wänden in dieser engen Zelle. Zum Altar. Zu den Kerzen. Zum Bild.

»Irgendwann wurde er still. Er sah mich an, auf diese spezielle Weise. Und ich sah ihn an. Wir waren ganz still.«

Henry schweigt einen Moment. Dann spricht sie weiter. Als wäre sie ganz allein.

»Ich habe ihn liebkost. Ich hatte nie zuvor einen Menschen liebkost. Ich wusste vorher nicht einmal, wie das geht. Als ich eine Nutte war, habe ich alles getan. Alles, was man sich vorstellen kann. Und noch mehr. Doch einen anderen Menschen liebkosen – es war das erste Mal. Für mich. Und für ihn.«

Ich stelle mir Hans und Henry in ihrer Küche vor, und mir wird schlecht. Henry, damals Mitte zwanzig und mit Männern mehr als erfahren, und Hans, gerade mal fünfzehn. Wie hat Mandy ihren Bruder beschrieben? Freundlich. Weltfremd. Harmlos. Ein halbes Kind noch.

»Henry«, sage ich, »das hättest du niemals tun dürfen.«

»Ich weiß.« Henrys Stimme ist nun ganz leer, so wie diese automatischen Ansagen im Fahrstuhl oder bei Hotlines, überartikuliert, aber ohne jedes Gefühl. »Ich weiß«, sagt sie noch einmal. »Gunther ist sehr böse geworden.«

»Gunther?«

»Wegen der Reinheit.«

»Wegen was?«

»Meine Reinheit. Ich hatte sie beschmutzt.«

Immer noch diese leere Stimme. Mir wird mit einem Mal sehr kalt. Gunther, der Hans über den Hof zerrt.

»Henry«, frage ich, »hat Gunther Hans hierhergebracht? In diesen Keller?«

Doch Henry scheint mich gar nicht zu hören. Sie sieht mich an, mit diesem Blick, den ich so gut an ihr kenne. Liebevoll. So liebevoll. Sie streicht mir noch einmal durchs Haar.

»Er war wie du«, flüstert sie.

Sie beugt sich herab. Sie küsst mich mitten auf den Mund. Ihre Lippen sind eiskalt. Sie küsst mich noch einmal. Ich will etwas sagen. Ich will ihre Hand ergreifen. Doch sie springt mit einem einzigen Satz aus der Kammer. Im nächsten Augenblick hat sie die Eisentür fest zugeschlagen. Ein Geräusch, so laut, so schrecklich. Dann der Schlüssel, wie er sich im Schloss dreht. Ich erstarre. Ich begreife nichts. Und zugleich alles. Draußen sich eilig entfernende Schritte. Stille.

*

Jetzt sind es nur noch wenige Meter bis zum Haus. Adrian geht ein wenig langsamer. Er will nicht völlig außer Atem sein, wie ein kleiner Schuljunge, der angerannt kommt. Dabei fühlt er sich genau so. Wie ein kleiner Schuljunge, der zu seiner Angebeteten rennt. Mit roten Wangen und heißem Herz.

Der Weg hier ist noch beschwerlicher. Eigentlich gibt es gar keinen Weg mehr. Als er mit Rosa hierherkam, hat er nicht auf die Beschaffenheit der Straße geachtet. Wie hätte er darauf achten sollen. Nun prüft er jeden Schritt. Schotter, vermutet er, unebener Schotter. Begraben unter einer Schicht von Eis und Schnee. Darauf die Spuren von Autoreifen. Rosa. Gott sei Dank ist sie da.

Doch es ist nicht Rosa, die Adrian erblickt, als er endlich vor dem Haus steht. Er schaut und kneift die Augen zusammen und hat einen Moment das Gefühl, er steht vor dem falschen Häuschen. Er hat sich getäuscht. Er muss noch weiter.

Und doch. Es ist das richtige Häuschen. Die bunt bestickten Gardinen in den Fenstern. Der Steg in den See, von Schilf umrahmt. Das kleine Kajak, das direkt am Steg lag. Damals, als er mit Rosa hier war.

Das kleine Kajak ist noch da. Direkt daneben steht ein Mann, groß, muskulös. Der Mann trägt einen Neoprenanzug. Stiefel. Eine Mütze. Gummiartige Handschuhe. Er ist gerade dabei, das Kajak zu Wasser zu lassen. Er bewegt sich mit einer großen Lässigkeit. Routiniert. Als hätte er dieses Kajak an dieser Stelle schon viele Male zu Wasser gelassen.

Adrian steht an der Gartenpforte von Rosas Häuschen und erstarrt. Da ist kein einziger Gedanke in seinem Kopf. Da ist nur ein ganz schreckliches Gefühl. Das sich breitmacht in ihm. Das ihm die Luft abschnürt.

Er muss ein Geräusch gemacht haben. Der Mann hat ihn bemerkt. Er dreht sich um, wendet sich ihm zu. Vielleicht zehn Meter liegen zwischen ihnen, vielleicht fünfzehn. Adrian sieht ein wettergegerbtes Gesicht und freundliche Augen.

»Hallo«, ruft der Mann. Er winkt. »Nicht wundern. Auf den See zu fahren, wenn es schneit, ist einfach das Beste.«

Der Mann lacht.

*

Der kleine Raum ist etwa einen Meter breit und einen Meter tief. Er ist vollkommen leer, bis auf den kleinen Altar und das Höckerchen, auf dem ich sitze. Die Wände scheinen aus Lehm zu sein. Ebenso der Boden. Es sind genau neunzehn Teelichte, die auf dem Altar brennen. Jedes in einem kleinen durchsichtigen Glas. Das Porträt von Hans ist groß, etwa zwanzig mal dreißig Zentimeter. Es ist eine Farbfotografie. Der Rahmen ist aus Metall und Glas. Das Metall hat sich verfärbt, wahrscheinlich von der Feuchtigkeit. Das Fotopapier ist gewellt. Zwischen den Teelichten steht eine kleine Vase. Messing. Darin Blumen, keine Ahnung, was für welche. Verwelkt.

Ich mache eine Bestandsaufnahme. Ich atme ein und aus und schaue mir alles ganz genau an. Ich bin ruhig. Henry wird gleich zurückkommen. Henry wird gleich zurückkommen. Henry wird gleich zurückkommen. Es ist mein Mantra. Ich wiederhole es unentwegt. Henry wird gleich zurückkommen. Ich bleibe ruhig. Ich atme ein. Und aus. Ich bin ruhig. Henry wird gleich zurückkommen. Bis dahin mache ich eine Bestandsaufnahme. Ich schaue mir alles genau an.

Henry wird gleich zurückkommen. Ich bin ruhig.

Da ist noch etwas in diesem engen Keller. Ich habe es erst gar nicht wahrgenommen. Hinter dem Altar. Da ist ein Schrank. Ein hoher grauer Eisenschrank. Mit einem Vorhängeschloss. Der Schlüssel steckt.

Ich atme ein. Und aus. Ich bin ruhig. Henry wird gleich zurückkommen.

Ich erhebe mich von dem kleinen Hocker. Ich zittere kein bisschen. Ich betaste den Schrank. Neunzehn Teelichte. Und doch ist es so dunkel hier. Der Schrank lässt sich öffnen. Aber nicht, solange der Altar davorsteht.

Ich ziehe das hohe Tischchen ein wenig zu mir hin. Das Porträt fällt herunter. Das Glas zerspringt. Ein paar der Teelichte gehen aus. Ich ziehe den Tisch noch ein bisschen näher. Im Rücken spüre ich die eiserne Tür. Die verschlossene eiserne Tür. Ich atme ein. Und aus. Ich bin ruhig. Henry ist gleich zurück.

Ich tauche unter dem Altar hindurch und auf der anderen Seite wieder hoch. Ich rücke den Altar ganz an die Tür. Das Höckerchen davor. Nun habe ich beides im Rücken. Vor mir den hohen grauen Eisenschrank.

Die Tür geht nicht gleich auf. Sie hat sich verzogen. Ich atme ein. Und aus. Dann ziehe ich fester. Sie öffnet sich.

Der Schrank ist leer. Bis auf etwas auf dem Boden. Etwas ganz Kleines. Ich bücke mich. Hebe es auf. Halte es nah an die Teelichte.

Ein winziges Stückchen blaues Plastik. Wie von einem Müllsack.

Ich schreie.

*

»Ach, verdammte Scheiße.«

Der Mann hat Adrians Blick bemerkt. Nun schaut er ihn an wie einen streunenden Hund. Wie einen streunenden Hund, der einfach nicht kapiert, dass er hier nicht hergehört.

»Das habe ich immer befürchtet«, sagt der Mann, »dass einer von euch mal hier auftaucht, während ich da bin.«

Adrian bringt kein einziges Wort heraus. Er ist zu sehr damit beschäftigt, nicht umzufallen. Zu atmen. Nicht zu weinen.

Der Mann kommt ein paar Schritte auf ihn zu.

»Mensch, Junge. Die ganze Geschichte, ja? Die Datsche von der Oma? Und dass sie schon als Kind hier war? Die Sache mit der Marmelade und den Bohnen und den Enten? Und dass sie nur ganz besondere Menschen mit hierher nimmt?«

Adrian nickt. Das Nicken fühlt sich an, als legte er seinen Kopf unter eine Guillotine.

»Mensch, Junge«, sagt der Mann noch einmal. »Rosa kann nicht anders. Sie ist so. Sie hat einfach zu viel Liebe in sich. Wobei«, er stockt und mustert Adrian, »eigentlich hatte sie mir versprochen, damit aufzuhören. Aber«, und das sagt er mehr zu sich selbst, »wie oft hat sie das schon versprochen.« Er mustert Adrian noch einmal. »Über dich wundere ich mich trotzdem. Dass sie Dicke mag, das wusste ich noch nicht.«

Adrian kann nichts mehr dagegen tun. Die Tränen laufen ihm übers Gesicht.

*

Ich schreie. Ich schreie, wie ich nie zuvor geschrien habe. Niemals. Dieses kleine Stückchen Plastik ist mein Todesurteil. Hans war hier. Und er ist hier gestorben. In diesem grauen Eisenschrank.

Ich schreie. Ich wimmere. Ich schlage mit den Händen gegen die lehmige Wand. Gegen die eiserne Tür. Mit dem Kopf. Ich muss würgen. Gleich muss ich mich wieder übergeben.

Bloß nicht, denke ich, bloß nicht in diesem Kabuff kotzen.

Ich würge.

Und draußen auf dem Gang sagt eine Stimme:

»Kotz doch. Heul doch. Komm, Carolin, kotz doch.«

Eine Stimme, die ich sofort erkenne. Gila. Auf dem Gang vor der eisernen Tür steht Gila.

»Ach, Carolin«, sagt sie nun, »dass es doch so weit kommen musste. Ich war mir ganz sicher, du kommst nie dahinter. Der dumme Willi Schneider. Der dir die Leiche von Hans vor die Füße legte, nachdem er gesehen hatte, wie du bei Mandy duschen warst. Zu feige, um den Mund aufzumachen. Aber Fährten legen. Damit du, die Journalistin, den Fall doch noch aufklärst, nach all den Jahren. Armer Willi Schneider. Er wusste ja nicht, wie doof du bist.«

»Gila«, schreie ich, »lass mich sofort hier raus!«

»Ich habe dir mehrere Chancen gegeben«, sagt sie, von meinem Schreien völlig unbeeindruckt. »Vor Hacki, in Mandys Wohnung. Ich dachte, ich hätte dich genug erschreckt. Dass du abhaust. Ich hätte nicht gedacht, dass du bleibst.«

Ich brauche einen Moment, um zu verstehen, was sie gesagt hat. Dann brülle ich gegen die verschlossene Tür an.

»Du warst das! Du bist mit einem Elektroschocker auf mich losgegangen! Du elende Sau!«

»Ach was«, sagt Gila, immer noch völlig unbeeindruckt, »das war zu deinem Besten, glaub mir. Damit du dich davonmachst. Damit du nicht aus lauter Blödheit noch weiter in die Sache reinstolperst. So wie jetzt.«

Ich meine, Bedauern in ihrer Stimme zu hören.

»Gila«, rufe ich noch einmal, ein bisschen weniger laut, »lass mich raus.«

»Typisch«, antwortet sie, »zu doof, um zu erkennen, wie alles zusammenhängt. Und zu doof, um rechtzeitig abzuhauen. Typisch Carolin.«

»Gila, bitte«, ich kratze ein wenig an der Tür, »bitte lass mich raus.«

Draußen auf dem Gang ist es still. Einen Moment fürchte ich, Gila ist gegangen.

»Gila, bist du da?«

»Und du hast nichts gewusst?«, fragt sie. »Über deine Freundin Henriette, die Hure, und ihren perversen Mann, den Guru?«

Ich schüttele den Kopf. Auch wenn sie das nicht sehen kann. Ich mag nichts sagen.

»Er hätte berühmt werden können«, Gila schluckt, ich kann es durch die Eisentür hören, »ein Star. So ein Talent! Wie lange habe ich die Eltern bequatscht. Diese versoffenen Proleten. Unfassbar, dass solche Menschen ein solches Kind in die Welt gesetzt haben. Mandy, die passt zu ihnen, aber Hans? Es war endlich alles geregelt. Sie hatten zugestimmt. Mit Murren. Und frag nicht, was ich ihnen versprechen musste. Egal. Wir konnten gehen. Ich habe es ihm gesagt, an diesem Nachmittag, in der Klavierstunde. Er konnte es kaum fassen. Und so ist er nach Hause gegangen. Völlig verwirrt. Durcheinander. Ich hätte ihn niemals so gehen lassen dürfen.« Gila weint.

Ich höre es deutlich. Gila steht im Keller und weint.

»Dass er nicht nach Hause gekommen war, sprach sich schnell herum. Alle haben gesucht. Ich auch. Als ich ankam, saß Henry, diese Nutte, in ihrer Küche und starrte stumm in Richtung Hinterhaus. Da habe ich hier alles abgesucht, auch den Keller. Es war purer Zufall, dass ich ihn fand. Ich wünschte, ich hätte ihn nicht gefunden.«

Stille.

»Gila«, sage ich durch die verschlossene Tür, »du warst seine Klavierlehrerin? Du warst Hans' Klavierlehrerin?«

»Ich war fast irre vor Freude, als ich ihn fand. Ich hörte ihn durch die Eisentür, wie er mit sich selber sprach. Ich habe gelacht, so froh war ich. Ich habe tatsächlich gelacht.« Sie spricht, als hätte sie mich nicht gehört. »Er war in dem Schrank. Völlig unterkühlt. Barfuß. Als ich den Schrank aufschloss, glaubte ich, er würde mir in die Arme fallen. Sich freuen.«

Stille.

»Das tat er nicht?«

Pause.

»Nein, das tat er nicht.«

Es wird wieder ganz still vor der Kellertür. Als sie endlich weiterspricht, ist sie so leise, dass ich sie kaum hören kann.

»›Fräulein‹, so nannte er mich. ›Wir können nicht gehen.

Ich bin verliebt. Ich bleibe hier. Nicht ins Internat. Ich liebe sie doch.‹«

»Hans«, flüstere ich, »er wollte bei Henry bleiben.«

»Bei dieser verdammten Hure!«, brüllt Gila.

Ich schrecke hoch, presse mir die Hände an die Schläfen. Sie schreit wie ein verwundetes Tier.

»Wie konnte er! Eine Hure! Und ihr wollte er alles opfern! Seine gesamte Zukunft! Er wäre in dieser Familie verschimmelt, wenn ich nicht gewesen wäre! Niemand hätte ihn gefördert! Nie habe ich etwas gewollt! Dieser Hungerlohn, den sie mir für die Stunden gezahlt haben. Und der Flügel für das Wunderkind, wer hat den wohl abgestottert, wer wohl? Die dumme Klavierlehrerin! Das Fräulein!«

»Du warst seine Klavierlehrerin.« Ich wiege die Worte. Sie bedeuten etwas. Aber was?

»Ich war seine Klavierlehrerin. Aber weißt du, wer ich davor war? Ich war Bettina Weigelt. Die musikalische Hoffnung der Deutschen Demokratischen Republik. Gesegnet mit einer Stimme, die mir Konzerte im kapitalistischen Ausland bescherte. Acht Wochen war ich allein in den USA unterwegs. Ich sollte aufschreiben, wohin ich reise. Und in einem Bundesstaat bleiben. Ich schrieb alles auf, wo ich war. Es waren sechs Bundesstaaten. Es ist nie aufgefallen. Mit den Bundesstaaten der USA kannte man sich in der DDR nicht aus.«

Ein heiseres Lachen vor der Tür. »Und dann der Unfall. Eine Opernsängerin mit nur einem Bein. Damit war es vorbei mit der Karriere in der Deutschen Demokratischen Republik. Und im kapitalistischen Ausland sowieso. Glaub nicht, dass ich Geld hatte. Ich war die Klavierlehrerin. Das Fräulein mit dem einen Bein. Ich fristete dieses Leben, das nicht meins war. Bis Hans kam. Ein Junge aus einem solchen Haushalt, der Klavier spielen wollte. Ein solches Talent.«

Ich höre zu. Spüre Gilas Verzweiflung. Ihre Enttäuschung. Und plötzlich begreife ich.

»Mit ihm wärest du auch wieder berühmt geworden.«

»Oh ja.« Wieder dieses heisere Lachen. »Aber er wollte ja nicht mehr weg. Er war verliebt!« Sie schreit die letzten Worte. »Verliebt! Und ich, ich hatte jahrelang umsonst gehofft und gearbeitet und wieder gehofft. Das Fräulein konnte gehen. Wegen einer Hure.«

Es klingt, als würde Gila draußen vor der Tür ausspucken. Ich traue es ihr zu.

»Gila«, sage ich, »das war doch nur eine Laune. Eines Fünfzehnjährigen. Er hätte sich schon wieder gefangen.«

»Vielleicht«, antwortet sie, »vielleicht.«

Ich kratze wieder an der Tür.

»Was ist passiert?«

»Ich war so wütend.« Sie ist nun wieder ganz leise. »So unglaublich wütend. Da hockt dieser barfüßige Pimpf in diesem Schrank und erklärt mir mit glasigem Blick, er werde nicht mitgehen. Ich war so wütend.«

»Und dann?«

Sie weint nun.

»Ich wusste nicht, dass das passiert. Ich wollte ihm doch nur eine Lektion erteilen.«

Sie weint noch mehr.

»Gila, was hast du getan?«

»Ich sagte niemandem, wo er ist. Ich verschloss den Schrank wieder. Ging hinauf und holte bei dieser Hure einen Eimer mit Wasser. Sie fragte nicht einmal, wofür. Sie saß apathisch in ihrer Küche und starrte auf das Hinterhaus. Ich ging zurück in den Keller und kippte den gesamten Eimer über dem Schrank aus. Er war ja nicht komplett dicht.«

Noch mehr Weinen.

»Es sollte eine Lehre sein.« Gila weint.

Ich stehe vor der verschlossenen Tür und zittere.

»Ich hatte keine Ahnung, was Wasser mit einem ausgekühlten Menschen macht. Als ich zurückkam, hatte er sich komplett ausgezogen. Kälteidiotie nennt man das. Ich habe es später gelesen. Erfrierende glauben, ihnen wäre schrecklich warm. Also ziehen sie sich aus.«

»Gila!« Ich hämmere gegen die Tür. »Was ist passiert?«

»Er ist erfroren«, sagt Gila, »ich kam zurück, es war nicht viel Zeit vergangen. Er war tot.«

*

Adrian ist wieder auf der Allee. Er schlittert über das Eis, halb blind vor Tränen. Was er gerade erlebt hat, war der schlimmste Augenblick seines Lebens. Und er hat viele schlimme Augenblicke erlebt. Er war als Kind schon dick, und er war als Kind schon klüger als alle anderen. Er wurde oft verhöhnt und gehänselt. Er wurde sogar geschlagen. Doch nichts von alldem war so schlimm wie die freundlichen Worte von Rosas Mann. Ja, er war freundlich. Freundlich und verständnisvoll. Ein Mann, der die Eskapaden seiner Ehefrau schon lange mit Gelassenheit hinnimmt. Eskapaden. Plural. Rosa hat viele Liebhaber. Er ist nur einer davon.

Adrian will den Schmerz nicht fühlen. Er schlägt sich mit den Fäusten auf die Brust. Dahin, wo es so wehtut. Er will es einfach nicht fühlen.

Und dann diese letzte Bemerkung. Dass Rosa eigentlich keine Dicken mag. Adrian schlägt noch fester auf seine Brust. Er will das nicht fühlen. Wenn er das fühlt, bricht er zusammen und stirbt.

Adrian läuft und schlittert über das Eis und schlägt sich

auf die Brust. Nur fort von hier, fort von Rosas Häuschen. Die Tränen laufen ihm übers Gesicht.

*

Vor der Zelle ist es still.

»Gila? Bist du noch da?«

»Der dämliche Willi Schneider«, höre ich es aus dem Flur, »dieser elende Schnüffler. Hans lag in meinen Armen und war tot. Meine Welt brach zusammen. Da steht plötzlich dieser Kerl neben mir, hier, im Keller, weiß der Geier, wie lange er mich schon beobachtet hatte. ›Das Kind muss weg‹, sagte er, ›sonst sind wir alle dran.‹ Ich widersprach nicht.«

»Aber warum«, schreie ich aus meiner Zelle heraus, »habt ihr denn nicht an Hans' Familie gedacht?«

»An die Proleten?«, fragt Gila durch die Tür. »Ist das dein Ernst?«

»Sie waren seine Eltern! Und Mandy –«

Gila spricht einfach weiter.

»Willi Schneider war damals noch Hauswart. Er war es gewohnt, die Dinge zu regeln. Er war es gewohnt, dafür zu sorgen, dass das Haus nicht in Scherereien geriet. Die Polizei holte man nicht. Auf gar keinen Fall. Alter DDR-Habitus.« Ein bitteres Lachen. »›Wir lassen ihn erst mal hier im Schrank‹, sagte er. Ich entgegnete nichts. Doch als er ihn packte, nackt, wie er war, hielt ich ihn auf. Seine Sachen waren so nass, ich schaffte es nicht, ihn wieder anzuziehen. In einem offenen Kellerabteil fand ich die Müllsäcke. So blieb Hans hier unten. Niemand hat je hier nach ihm gesucht.«

»Aber er war doch im Klokabuff!«

»Nach ein paar Monaten stand Willi Schneider plötzlich bei mir vor der Tür. Das Haus hatte neue Besitzer. Und die wollten das Haus trockenlegen. Wegen der Feuchtigkeit in den Erdgeschosswohnungen. ›Sie werden die Hauswand ein Meter achtzig tief ausschachten!‹, rief Willi Schneider. Da war uns beiden klar, dass Hans hier nicht mehr sicher war. Wir fanden eine Lösung. Im Hinterhaus wurden gerade die Duschen eingebaut. Wir trafen uns nachts. Es war so grausig. Hans' Leiche war nicht mehr Hans. Ich ekelte mich so sehr, ich konnte Willi Schneider nicht helfen. Und er war auch nicht mehr jung. Er schaffte es gerade bis auf den ersten Treppenabsatz. Bis zu Mandys Dusche. Ausgerechnet. Dort mauerte er die Leiche ein. Und dort blieb sie.«

»Bis zu jener Nacht, in der ich ihn fand.«

»Dieser dämliche Willi Schneider. Was hatte dieser Typ nicht alles auf dem Kerbholz. Überleg mal: Fast vierzig Jahre war er hier Hauswart! Und er hat immer den Dreck weggemacht. Immer. Da kriegt der auf seine alten Tage ein schlechtes Gewissen. Wegen Hans. Ausgerechnet. Immer wieder kam er zu mir in die Bornholmer Straße und stand vor meiner Tür. ›Wir können das so nicht lassen‹, sagte er, ›der Junge braucht ein Grab.‹ ›Der Junge hat ein Grab‹, antwortete ich und schlug ihm die Tür vor der Nase zu. Aber der alte Sack ließ nicht locker. Es war, als hätte ich mit einem brennenden Pulverfass zu tun. Ich gab meine alte Wohnung auf und zog hierher, zu ihm in den Seitenflügel, um ihn besser im Blick zu haben. Ich hatte längst meinen Namen geändert. Es tat zu weh, die frühere Opernsängerin mit einem Bein zu sein. Hier fing ich neu an, unter lauter Zugezogenen, die mich nicht kannten.«

Gila schweigt einen Augenblick. »Eine Zeitlang ging das gut. Wir freundeten uns fast an, zumindest glaubte er das. Ich stellte sogar meine altes E-Piano in seine Wohnung und spielte ihm darauf vor. Er war glücklich dann.«

»Und doch«, sage ich aus meiner Zelle heraus.

»Und doch«, antwortet Gila auf dem Flur. »Wir hatten ständig Streit. Er wurde immer bekloppter. Und dann zogst du zu Mandy. Da holte er Hans aus dem Kabuff. Er dachte allen Ernstes, eine Journalistin, die deckt den Fall auf.«

Ein höhnisches Lachen.

»Aber dann wäre er doch mit dran gewesen!«, rufe ich.

»Das war ihm egal. Lungenkrebs. Endstadium. Bis die Polizei ermittelt hätte, wäre er eh tot gewesen. Und du siehst ja, wie die Polizei ermittelt. Er wollte, dass Hans ein Grab bekommt. Und dass sie mich drankriegen.«

Gila spricht weiter. Ihr Ton ist beiläufig nun, als spräche sie nur, um eine eigentlich fertige Geschichte noch zu vervollständigen. Als wäre nichts mehr von Belang.

»Ich dachte noch, Mandy sitzt eh im Knast, gebe ich der Polizei ein Beweismittel. Die Müllsäcke steckten schon die ganze Zeit in dem kleinen Schwein, seit der Nacht, in der ich dich von Hacki nach Hause geschleppt hatte. Ich hätte nicht gedacht, dass es dein Schwein ist, also echt, Caro.«

Ich weiß es längst, ich muss es trotzdem von ihr hören.

»Du warst das damals in der Wohnung. Nachdem die Polizei da war.«

»Ganz genau.« Immer noch dieser beiläufige Ton, heiter fast. »Ich wollte nur nachsehen, ob die Bullen die Müllsäcke gefunden hatten. Natürlich nicht. Diese Idioten. Und Willi Schneider, der drehte immer mehr durch. Auch wegen Mandy. Dann erfuhr ich, dass Adrian an der Sache dran ist. Verdammt, Adrian! Wenn der sich Willi Schneider vorgenommen hätte, wäre alles aus gewesen.«

Ich mag nicht fragen, was ich fragen muss.

»Ganz genau«, sagt Gila. »Ich habe ihn umgebracht. Es war ganz leicht. Der Krebs hatte schon ganze Arbeit geleistet. Als er wieder mal den Müll durchwühlte, kam ich von hinten.

Mehr als den Elektroschocker brauchte ich nicht. Und entsorgt habt ihr ihn ja recht vorbildlich.«

Wieder ein Lachen. Ein Kichern. Wie von einem kleinen Mädchen, das einen Witz gehört hat.

Mir ist kalt. Mir ist so schrecklich kalt.

»Gila«, sage ich, »lass mich hier raus. Wir regeln das. Wir kriegen das alles wieder hin.«

»Klar doch«, sagt Gila, »so, wie Willi Schneider das regeln wollte. Weißt du was, Carolin? Vergiss es.«

Und damit ist sie weg. Ich höre ihre Schritte.

Es wird still. Ich bin wieder allein.

*

Adrian schlittert über die Straße und weint. Er stöhnt und wimmert. Dieser Schmerz, er weiß nicht, wie er ihn überleben soll. Ob er ihn überleben will.

Beinahe hätte er die Schritte hinter sich nicht gehört. Der große muskulöse Mann ist schon fast bei ihm. Er rennt leichtfüßig übers Eis, hält mühelos das Gleichgewicht. Er fasst Adrian am Arm, dreht ihn zu sich um.

»Junge«, sagt er, »da ist noch was.«

Adrian will nichts mehr hören. Er versucht, sich loszureißen, weiterzugehen. Der Mann ist stark. Er hält ihn fest.

»Kennst du eine Bettina?«, fragt er. »Eine Bettina Weigelt?«

Adrian hält inne. Er ist verzweifelt. Er ist am Ende. Und natürlich weiß er, wer Bettina Weigelt ist. Dieser Mann soll ihn loslassen.

»Ja«, schnieft er, »sie heißt nun Gila.«

»Genau«, sagt der Mann. Er schaut Adrian forschend an. Es scheint, dass er etwas sagen will, aber nicht weiß, wie.

»Gila«, sagt Adrian und versucht sich loszureißen, »also meinetwegen Bettina, was ist mit ihr?«

Der Mann zögert.

»Also«, sagt er.

»Ja?« Adrian.

Der Mann gibt sich einen Ruck.

»Sie ist die beste Freundin meiner Frau. Also, von Rosa.«

Adrian schluckt. Der Mann spricht weiter.

»Rosa macht sich Sorgen. Sie sagte, sie hätte da jemanden kennengelernt. Der schnüffele in Bettinas Vergangenheit rum. Also, meinetwegen in Gilas. Bist du das? Schnüffelst du rum?«

Adrian dreht sich der Magen um. Und er hatte gedacht, schlimmer könne es nicht kommen. Rosa sagt über ihn, den weltbesten Rechercheur, er würde rumschnüffeln? Am liebsten würde er einfach sterben.

»Bist du das«, fragt der Mann noch einmal, er drückt Adrians Arm noch fester, »bist du der Schnüffler?«

Adrian laufen schon wieder die Tränen übers Gesicht. Außer einem Nicken bringt er nichts zustande.

»Hör gut zu«, der Mann quetscht seinen Arm so fest, Adrian würde sich wehren, normalerweise.

»Hör gut zu«, wiederholt der Mann, »Bettina hängt da in irgendwas mit drin. Hat mit diesem Jungen zu tun, den sie vor Kurzem in Prenzlauer Berg gefunden haben. Der zwanzig Jahre tot in der Dusche war. Es stand in allen Zeitungen. Weißt du, wovon ich rede?«

Adrian nickt, stumm. Plötzlich versteht er Carolin, die sich in solchen Situationen übergeben muss.

»Also«, sagt der Mann, »Bettina hängt da irgendwie mit drin. Und Rosa macht sich schreckliche Sorgen. Sie reißt mir den Kopf ab, wenn sie erfährt, dass ich dir das gesagt habe.

Aber sie macht sich solche Sorgen. Wegen Bettina. Sie hat doch jetzt diese neue Karriere. Als Moderatorin, abends, im Radio.«

Adrian nickt wieder. Sein Arm tut ihm mittlerweile sehr weh.

»Und wenn nun jemand hingeht, also du, und in ihrer Vergangenheit rumschnüffelt, dann, sagt Rosa, ist Bettina zu allem fähig.«

»Bitte«, sagt Adrian, »bitte, könnten Sie mich loslassen?«

Er bringt es nicht fertig, diesen Mann, der der Mann von Rosa ist, zu duzen. Es ist ihm peinlich. Das alles ist ihm so peinlich. Niemals zuvor wurde er so gedemütigt. Er will nach Hause. Er will, dass der Mann ihn loslässt. Dass er aufhört, Dinge zu sagen, die ihm wehtun.

»Bitte«, sagt er noch einmal, »bitte lassen Sie mich los.«

Und als der Mann ihn loslässt, geht er weiter. Einfach immer weiter, diese schreckliche vereiste Landstraße entlang. Adrian will nichts mehr hören, nichts mehr sehen. Nichts mehr fühlen. Er will nur noch nach Hause.

*

Lebendig begraben. Papa hätte womöglich einen guten Krimi draus gemacht. Keine Ahnung. Ich habe nie einen von Papas Krimis gelesen. Ich mag keine Krimis.

Die alte Caro würde nun kotzen. Und schreien. Und gegen die Tür schlagen. Und weinen. Und das tue ich. Ich schreie. Ich hämmere gegen die Tür. Ich weine. Doch ich kotze nicht.

»Bloß nicht kotzen«, sage ich mir in einem fort vor, »nicht in diesem schrecklichen Kabuff.«

Ich übergebe mich nicht. Da ist dieses Neue in mir, das hart ist und klar. Ich mache eine weitere Bestandsaufnahme.

Von den neunzehn Teelichten brennen noch zwölf. Wie lange brennen die Dinger? Ich habe keine Ahnung.

Die Schachtel mit den Streichhölzern liegt auf dem Boden. Ich öffne sie. Elf Stück.

Die Tür zum Flur. Ich rücke den Altar wieder an die alte Stelle, vor den Schrank. Ein weiteres Teelicht erlischt.

Ich sehe mir die Tür genau an. Sie hat von innen keine Klinke. Nicht einmal einen Griff. Ich kann meinen kleinen Finger durch das Schloss stecken, so groß ist es. Vielleicht, denke ich, vielleicht.

Ich suche auf dem Boden. Der Bilderrahmen, in dem Hans' Foto steckte. Er ist zerbrochen. Das Metall ist dünn und scharf. Vielleicht kriege ich es zwischen Tür und Rahmen geschoben. Vielleicht ins Schloss. Vielleicht.

Ich mache mich an die Arbeit.

*

Adrian rennt. Er rennt und stolpert und rennt weiter. Ihm ist es nun egal, ob er sich beide Beine bricht auf dieser elenden Allee im Brandenburger Nirgendwo. Er will bloß weg. Weg von Rosas Datsche. Weg von ihrem freundlichen Ehemann. Von ihrem freundlich-besorgten Ehemann. Der irgendeinen Scheiß faselt von wegen, Gila sei zu allem fähig. Als wenn er, Adrian, das nicht wüsste. Diese Frau ist völlig durchgeknallt, immer schon.

Und, das Schlimmste: Sie ist Rosas beste Freundin. Wie müssen die beiden über ihn gelacht haben. Bei dem Gedanken allein möchte Adrian am liebsten vor Scham im Erdboden versinken. Gila, die ihn immer nur gepiesackt hat. Für die er der Rechercheur war, tagaus, tagein. Nie ein Wort des Lobes, nie ein Wort der Anerkennung. Als wäre er ein Automat, der in der Ecke steht und Informationen ausspuckt. Gegen den man treten, über den man schimpfen kann. Weil er sich nicht wehrt.

Und nun sitzt sie garantiert irgendwo mit Rosa. Und sie lachen über ihn. Über den dicken, schwitzenden Adrian. Den Rosa gefickt hat, ja, das ist das richtige Wort, denn Liebe war das nicht, gefickt hat sie ihn. Und das nur, um ihn auszuhorchen. Ihn, den Schnüffler.

Adrian, der Rechercheur, nimmt einen kurzen, aufblitzenden Gedanken wahr. Das, was der Mann noch gesagt hat. Das war wichtig. Dem müsste er nachgehen.

Aber Adrian ist auf dieser eisbuckligen Landstraße kein Rechercheur mehr. Er ist ein einziger Schmerz, eine einzige große Verzweiflung. Er rennt und schlittert und weint. Kein Gedanke an das, was der Mann noch gesagt hat.

*

Das dünne Metall des Bilderrahmens zersplittert in tausend Stücke, als ich versuche, es zwischen Tür und Rahmen zu schieben. Massiver Stahl gegen Tinnef. Keine Chance. Und überhaupt, wie soll ich dieses Schloss knacken. Ich hantiere mit dem Metall in dem übergroßen Schloss herum, es lässt sich durchstecken, das schon, aber damit hat es sich. Wo müsste ich drücken, wo drehen? Ich habe keine Ahnung. Wahrscheinlich zeigen sie das im Fernsehen in irgendwelchen Krimis. Aber ich gucke keine Krimis.

Ich weiß nicht, wie viel Zeit vergangen ist, seit Henry mich eingesperrt hat in diesem Loch. Seit Gila gegangen ist. Ist es schon Mittag? Abend?

Wird denn niemand nach mir suchen? Ich denke an Mandy. Die ihren eigenen Bruder hier unten nicht gefunden hat. Warum sollte sie mich hier finden? Bliebe Adrian. Der weltbeste Rechercheur. Ein bitteres Lachen in meiner Kehle. Als ob Adrian nach mir suchen würde.

Henry wird nicht kommen. Ich wiederhole mein Mantra nicht mehr. Sie hat Hans hier unten sterben lassen. Sie hat mich hier eingesperrt. Gila muss es mitbekommen haben. Henry wird auch mich hier unten sterben lassen.

Da ist etwas zwischen ihr und Gunther, das ich nie bemerkt habe. Weil ich nie darauf geachtet habe. Nie darüber nachgedacht.

»Du lebst in deiner eigenen Welt«, hat Mandy gesagt.

Wie schrecklich recht sie hat. Ich habe nichts über Henrys Vergangenheit gewusst. Nichts über die perversen Umtriebe von Gunther. Nichts über das Band, das Henry mit ihm verbindet. Das so stark ist, dass sie Menschen sterben lässt, die sie liebt.

Ich schlucke. Mein Hals fühlt sich rau an. Wie lange ist es her, dass ich mit Mandy Toast mit Nutella gegessen habe? Wie lange kann ich überleben, ohne Essen, ohne Trinken?

Ich atme ein. Und aus. Ich mache eine Bestandsaufnahme. Noch eine.

Wie lange kann man hier unten atmen? Durch die Tür kommt bestimmt ein bisschen Luft. Gibt es noch eine weitere Luftzufuhr? Ich blicke hinauf, stelle mich auf die Zehenspitzen. Suche die Decke ab. Sie ist so voller uralter Spinnweben, es ist ein Dach aus Spinnweben. Unmöglich zu sehen, ob darüber ein Loch ist, durch das Luft in diese Zelle kommt.

Ich setze mich wieder auf das Höckerchen. Ich bin ganz ruhig.

Wie lange brennt ein Teelicht. Ich habe keine Ahnung. Ich lösche alle bis auf eins.

Bestandsaufnahme.

Wie viel Grad mögen es hier unten sein. Ich habe nur Jeans und Sweatshirt an. Turnschuhe. Es ist kalt hier unten. Sehr kalt.

Ich bleibe ganz ruhig. Bestandsaufnahme.

*

»Hallo Kleiner. Habe ich dich doch gefunden.«

Da ist ein Van. Mitten auf dieser gottverlassenen Brandenburger Allee steht ein Van. Darin sitzt ein Typ, glatzköpfig, in einem ärmellosen T-Shirt, das Oberarme wie Baumstämme präsentiert. Der Typ ist so riesig, er passt fast nicht hinein in diesen großen Wagen. Und Adrian, den noch nie jemand Kleiner genannt hat, wird tatsächlich ganz klein. Mitten auf dieser schrecklichen Straße, erschöpft, durchgefroren, weinend steht er da.

»Ich will nach Hause, nach Berlin«, stammelt er.

»Fein«, sagt der Riese, »gut, dass ich deine Notiz gefunden habe. Da muss ich auch hin.«

Der Riese hält ihm die Beifahrertür auf. Adrian klettert in den Van. Warm ist es hier. Der Sitz ist ganz weich. Er muss gleich noch mehr weinen.

»Hej, hej, Kleiner«, sagt der Riese, »du bist ja ganz fertig. Schnall dich an, lehn dich zurück, ich bringe dich jetzt nach Hause.«

Und Adrian schnallt sich an und lehnt sich zurück. Nach Hause. Endlich.

*

Der arme Hans. Wie muss er gefroren haben. Eingepfercht in diesen Schrank.

Ich sitze vor dem Schrank, betrachte ihn. Ich schreie nicht. Ich sehe das Grauen. Ich fühle es. Ich schreie nicht.

Bestandsaufnahme. Nüchtern.

Hans kann nicht besonders groß gewesen sein mit seinen fünfzehn Jahren, sonst hätte er nicht hineingepasst. Der Schrank ist vielleicht eins achtzig hoch. Insgesamt. Ich stelle mich daneben. Eins achtzig, so wie ich. Der Schrank steht auf eisernen Füßen, jeweils um die zehn Zentimeter hoch. Eins siebzig, rechne ich, größer kann Hans nicht gewesen sein. Eher kleiner.

Ich sitze wieder auf dem Höckerchen. Ich friere. Ich denke nach. Ich bin ganz ruhig. Ich atme ein. Und aus.

Ich muss in Bewegung bleiben, sonst werde ich zu kalt. Ich stehe auf, hüpfe auf der Stelle. Sehe mich um, im Schein des einen Teelichts. Die Wände aus Lehm. Keine roten Backsteine. Wann hat das aufgehört? Als Henry mich in den Keller führte, waren die Wände gemauert. Hier sind sie es nicht mehr. Ist das hier überhaupt noch Keller? Wo befinde ich mich? Unter unserem Haus? Oder ganz woanders? Was ist das für ein Loch, in dem ich stecke?

Ich schreie nicht. Ich atme. Ein. Und aus.

Ich bleibe ruhig. Ich denke nach.

*

Der Riese, erfährt Adrian, heißt Georg. Oder Gregor. Oder so ähnlich. Es interessiert ihn nicht. Georg oder Gregor redet an einem Stück. Er macht irgendwas mit Armbrustschießen und mit Kochen. Falls Adrian das richtig verstanden hat. Er hat nicht so genau hingehört. Irgendwas hatte der Riese hier im Brandenburgischen zu tun. Ein Seminar oder ein Kurs oder so. Adrian ist es egal. Er will nur nach Hause. Endlich.

»Hast du Hunger?«, fragt der Riese.

Adrian überlegt. Hat er Hunger? Ja.

»Ja«, antwortet er.

»Super!« Der Riese greift in eine Tupperdose neben sich und reicht ihm ein belegtes Brot. »Das musst du probieren!«

Adrian nimmt das Brot und beißt hinein. Es schmeckt irgendwie trocken und salzig. Nicht sein Geschmack.

»Und?«, fragt der Riese.

»Lecker«, sagt Adrian. Er versucht ein Lächeln.

»Das freut mich!« Der Riese hat Adrian auf die Schulter geschlagen, gar nicht mal so fest, aber es reicht, damit Adrian in seinem Sitz nach vorne kippt. Sofort spürt er wieder den Griff von Rosas Mann. Wie er ihn am Arm festhielt. Und wie es ihm, Adrian, nicht gelang, sich loszureißen. Dieser große, trainierte Mann. Und er, Adrian, der dicke Schnüffler. Da sind sie wieder, die Tränen.

»Mensch«, ruft der Riese, »du hattest aber Hunger! Hab noch ganz viel davon!«

Er zeigt auf seine Tupperdose, die groß ist und voller belegter Brote. »Jetzt isst du dich erst mal richtig satt!«

»Danke«, sagt Adrian, er wischt sich verstohlen die Tränen weg und kaut auf dem trockenen, salzigen Etwas. »So hungrig bin ich gar nicht.«

»Nicht so bescheiden!« Der Riese lacht ein dröhnendes Lachen. »Ist genug da! Und alles selbst gemacht!«

»Hm«, sagt Adrian höflich, »selbst gebacken?«

»Selbst gebacken«, dröhnt der Riese, »und selbst geschossen!«

»Selbst ge- was?«, fragt Adrian, den Mund auf mit dem trockenen Brot und dem Salzigen drin.

»Selbst geschossen!«, lacht der Riese und zeigt mit dem Daumen hinter sich, auf die Ladefläche des Vans.

Adrian sieht sich um. Und starrt in die toten Augen von zwei Wildschweinen, eng nebeneinander auf der Ladefläche des Vans liegend. Die Beine in dieselbe Richtung. Löffelchenstellung. Fast zärtlich sieht es aus, wie sie da so liegen. Wenn sie bloß nicht so tot wären.

*

Es ist so still. Es ist so furchtbar still hier unten. Kein einziges Geräusch. Alles, was ich höre, ist mein eigener Herzschlag. Mein Atem.

Was, wenn das hier schon gar kein Keller mehr ist. Sondern ein Erdloch, gegraben vor Jahrzehnten, für was auch immer. Wie lange bin ich Henry gefolgt in diesem Gewirr von Kellergängen? Wohin hat sie mich gebracht?

Diese Stille. Diese entsetzliche Stille. Wo bin ich? Wenn ich schreie, wird irgendwer mich hören?

Ich schreie. Ich schreie, so laut ich kann. Doch der Lehm der Wände schluckt meine Schreie. Ich kann sie spüren, wie sie in diesem Keller bleiben, dumpf an die Wand prallen, in sich zusammensacken. Kein Schrei verlässt diesen Kerker.

Der Schrank. Der Schrank ist aus Metall. Da gab es diese Messingvase, auf dem Altar. Ein Teelicht nur. Sie liegt auf dem Boden. Klein ist sie, kleiner als meine Hand. Ich schlage sie gegen den Schrank. Laut. Ein Geräusch, metallisch. Wird der Lehm auch diesen Klang verschlucken? Ich schlage noch einmal. Und noch einmal. Ich höre nicht mehr damit auf.

*

Adrian sitzt in dem Van neben Georg oder Gregor und würgt. Er hat nichts gegen Fleisch, nein, gar nicht, er isst es gerne.

Aber so? Er spürt die toten Blicke der Wildschweine im Nacken. Schaut auf das Brot in seiner Hand. Das dunkle Fleisch. So salzig.

»Und du hast –«, stammelt er.

»Selbst geschossen.« Der Riese strahlt übers ganze Gesicht. »Mit der Armbrust. Was ein Mann selbst erledigen kann, das sollte er erledigen. Die hier«, er zeigt auf seine übervolle Tupperdose, »sind vom letzten Mal. Köstlich, nicht?«

Adrian nickt. Und kaut. Und würgt.

Er will einfach nur endlich nach Hause.

*

Ich klopfe. Das Geräusch schrillt in meinen Ohren. So laut. So metallen.

So dunkel ist es hier. So eng. So furchtbar kalt. Ich klopfe. Ich klopfe wie eine Verrückte. Schnell. Laut. Immer lauter. Es muss mich doch jemand hören! Wie irre schlage ich die kleine Messingvase gegen den metallenen Schrank.

Beinahe hätte ich das Geräusch nicht gehört.

Ein Schlüssel, der sich im Schloss dreht. Da ist jemand auf dem Gang.

»Hilfe!«, schreie ich. »Ich bin hier!«

»Weiß ich doch«, sagt eine vertraute Stimme.

Gila. Auf dem Flur steht Gila und schließt die Tür auf.

»Gila«, schreie ich, »Gila! Hol mich hier raus!«

»Vorsicht«, antwortet Gila, »der Schlüssel klemmt. Geh ein wenig von der Tür weg.«

Ich tue, was sie sagt. Gila ist zurückgekommen! Gleich bin ich frei!

Da, die Tür geht auf. Gila, sie ist da. Ich stürze ihr entgegen.

Der Schlag kommt völlig unerwartet. Und doch so vertraut. Ein Schmerz in meiner Brust. Ich gehe zu Boden. Und während ich falle, spüre ich es. Ein Schwall eiskaltes Wasser, über mich ausgekippt.

Dann geht die Tür wieder zu. Das Geräusch des Schlüssels. Dunkelheit.

*

Adrian ist endlich zu Hause. Der Riese hat ihn bis vor die Tür gefahren. Er hat ihm noch sechs von den salzigen Broten eingepackt, in eine Extra-Tupperdose. Er hat ihm eine Visitenkarte in die Hand gedrückt, »für alle Fälle«, wie er sagte. Adrian hat die Visitenkarte achtlos eingesteckt und sich bedankt. Nur weg von diesem Van und den toten Wildschweinen. Nur weg von allem.

Die Tupperdose hat er in den Kühlschrank gestellt. Er wird keins dieser ekligen Brote mehr essen, niemals. Er ist nur einfach zu erschöpft, um sie zu entsorgen.

Adrian wünscht sich, er hätte Erfahrung mit Drogen. Egal was, er würde sich jetzt gerne was reinpfeifen. Vergessen. Sich verabschieden ins Nirwana. Aber Adrian hat nie Drogen genommen. Er weiß, wo es welche gibt, natürlich. Aber er ist so erschöpft. Und so unendlich traurig.

Er verwirft den Gedanken an die Drogen. Er zieht seine durchnässten Schuhe aus und kriecht, angezogen, wie er ist, ins Bett. Zieht sich die Decke über den Kopf. Und weint.

*

Da ist etwas mit meinem Herz. Es schlägt nicht mehr. Das heißt, es schlägt schon. Aber wie! Das ist kein monotoner Rhythmus. Kein Klopf-klopf. Das ist ein wildes, ein ganz wildes Klopfen, ein Wettrennen. Die Schläge sind einander dicht auf den Fersen, überholen einander. Prallen zusammen. Explodieren. Ja, so fühlt es sich an. Als ob mein Herz gleich explodieren würde. Nach dem nächsten schnellen Ritt, den diese irren Schläge in meinem Herz vollführen. Mein ganzer Körper vibriert davon.

Ich kauere auf dem Boden dieses Verlieses, seltsam verrenkt. Da ist kein einziger Gedanke in meinem Kopf. Alles, was ich wahrnehme, ist mein Herz. Mein durchdrehendes Herz. Mein völlig irres Herz. Gleich, denke ich, ist es vorbei.

So liege ich. Lange. Ein zuckendes Bündel.

Irgendwann spüre ich es. Die Kälte. Ich bin nass. Von Kopf bis Fuß nass. Aus meinen Kleidern läuft das Wasser. Und es ist so kalt in diesem Kabuff. Ich zittere. Mein ganzer Körper bebt. Wegen des Wassers. Wegen der Kälte. Wegen dieses irren Wettrennens in meinem Herz.

Keine Gedanken. Nur Bilder. Fetzen von Bildern. Gila in der Tür. Gila mit einem Eimer voller Wasser.

Dann kommen die anderen Bilder. Eins schrecklicher als das andere. Hans. In diesem Schrank. Ich. In diesem Kellerloch. Kaltes Wasser. Zwanzig Jahre.

Ich zittere. Ich bebe.

*

Adrian hat nun doch beschlossen, zu nehmen, was da ist. Er hat noch eine angebrochene Flasche Gin. Und Wodka. Mit dem Wodka fängt er an. Er geht in seine kleine Küche, kippt sich ein Wasserglas halb voll. Trinkt in einem Zug. Der Wodka brennt in seinem Mund, in seinem Hals. Gut so. Adrian gießt das Glas noch einmal halb voll. Und noch mal. Geht damit zurück ins Bett. Zieht sich die Decke über den Kopf. Ein Geräusch. Sein Handy klingelt. Wann hat er das an die Steckdose angeschlossen? Einen Moment ist er versucht zu hoffen, Rosa sei es. Im nächsten Moment trifft ihn der Schmerz wie eine Keule. Er lässt das Handy klingeln. Und holt sich sicherheitshalber auch noch die Flasche Gin ans Bett.

*

Mein Herz hat sich ein wenig beruhigt. Es schlägt nicht mehr ganz so wild und durcheinander. Nur noch ein bisschen. Es klappert mehr, als dass es klopft. Wie ein Motor, der stottert.

Da sind zwei Gedanken in meinem Kopf. Der eine: Gila hat mich mit Wasser überschüttet. Ich werde erfrieren. Wie Hans. Der andere: Ich muss hier raus.

Alle Teelichte sind erloschen. Ich taste nach den Streichhölzern. Finde die Packung, sie zerfällt in meinen Fingern. Patschnass.

Es dauert, bis ich mich aufgerichtet habe. Meine Knie sacken unter mir weg. Der Schmerz in meiner Brust ist entsetzlich. Das war wieder der Elektroschocker. Das kenne ich schon. Doch diesmal hat Gila mich nicht so gut erwischt wie die beiden anderen Male. Ich habe nicht das Bewusstsein verloren. Ich kann mich bewegen.

Bilderfetzen in meinem Kopf. Eine heiße Badewanne. Jens, wie er meinen wehen Arm im Wasser hin- und herbewegt. Mich streichelt. Mich küsst.

Ich schüttele mich. Schüttele die Bilder weg. Das Wasser, das an mir herunterläuft.

Die Bilder verschwinden. Das Wasser nicht. Ich bin klatschnass.

Es ist dieser Moment, in dem etwas einsetzt, was ich nie

zuvor erfahren habe. Das Klare, Harte in mir wird größer. Und sehr, sehr wütend. Doch es ist keine wilde Wut, keine sinnlose. Es ist eine sehr zielgerichtete Wut, und sie ist riesig.

Ein Instinkt erwacht, den ich bislang nicht kannte. Es ist mein Überlebensinstinkt.

Und in genau diesem Moment nehme ich es wahr. Es ist nicht stockdunkel im Kabuff. Von ganz weit oben fällt ein wenig Licht herein. Fahles Licht. Ein wenig fahles Licht.

Als Erstes ziehe ich mir die nassen Kleider aus. Bloß weg damit. Ich rubbele mich selbst von oben bis unten ab. Ich wünschte, ich hätte ein trockenes Handtuch. Doch nichts in diesem Kellerloch ist noch trocken. Also rubbele ich mich mit meinen Händen ab. Mit meinen Fäusten. Ich schlage und traktiere mich. Erhitze meinen Körper. Wenn ich mich besser sehen könnte, ich wäre bestimmt wieder krebsrot. Doch ich sehe fast nichts. Nur ein ganz wenig fahles Licht.

Während ich mich reibe und schlage, arbeitet mein Gehirn. Ich bemerke es in einem kurzen Moment der Verwunderung. Mein Gehirn funktioniert wie eine hervorragend geölte Maschine. Es checkt die Möglichkeiten. Berechnet Chancen und Risiken.

Risiko Nummer eins: Ich bleibe hier drin und verrecke.

Es ist das einzige Risiko. Es reicht.

Chance Nummer eins: Jemand holt mich hier raus. Aber Gila wird es nicht sein. Sie will, dass ich sterbe. Und Henry wird es auch nicht sein. Sie hat schon Hans hier verrecken lassen. Zu seinen Lebzeiten hätte ich auf Willi Schneider hoffen können. Jetzt nicht mehr. Bleiben Adrian und Mandy. Okay, Chance Nummer eins ist ziemlich klein.

Chance Nummer zwei: Ich befreie mich.

Ich spüre ein wildes Lachen in mir aufsteigen. Ein irres Lachen. Ich befehle ihm zu schweigen.

Chance Nummer zwei. Ich muss mich befreien. Es muss gehen. Irgendwie.

Mein Gehirn arbeitet.

Und während es arbeitet, schlage und reibe ich mich. Bloß nicht kalt werden. Mein Herz stottert immer noch. Vorsichtig springe ich kurz auf der Stelle. Lasse es sofort wieder sein, mein Herz vollführt wilde Kapriolen. Ich atme. Ein. Aus. Ich zittere. Ein. Aus.

»Beruhige dich«, sage ich zu meinem Herz, »bitte beruhige dich.«

*

Adrian schläft. Rücklings liegt er in seinem Bett, den Mund weit offen. Er hat noch ziemlich viel Gin getrunken. Und dann hat er sich in den Schlaf geweint. Jetzt schläft er tief und fest. Sein Handy klingelt, schon wieder. Adrian hört es nicht.

*

Das Wunder geschieht. Mein Herz beruhigt sich. Ich kann es spüren. Als ob es einmal Klack gemacht hätte, als ob jemand einen Schalter umgelegt hätte. Klopf-klopf. Keine Kapriolen mehr, kein Wettrennen. Nur ein ganz normales Klopf-klopf.

Ich kann mich jetzt wieder besser auf den Beinen halten. Ich atme. Ein. Und aus. Es ist so schrecklich kalt. Ich springe ein bisschen auf der Stelle. Es geht. Ich mache ein paar Yogaübungen. Tiefe Vorbeuge. Aufrichten. Tief setzen wie auf einen Stuhl. Meine Hände, schräg nach oben ausgestreckt, streifen den Schrank. Eine scharfe Kante. In meinem Gehirn macht es Klack. So könnte es gehen. Könnte das klappen? Ich stehe da, mit offenem Mund. Traue meinem eigenen Gedanken nicht. Das ist eine so aberwitzige Idee. Ich kann kaum glauben, dass ich darüber nachdenke. Ist das möglich? Es muss. Es muss einfach möglich sein.

Was hat Gila erzählt? Dass Willi Schneider fürchtete, man würde Hans finden, wenn man das Haus ausschachtet? Also muss dieses Verlies direkt an der Außenwand des Kellers sein. Wenn nicht sogar außerhalb.

Es muss einen Weg geben. Es muss einfach einen geben.

Und von oben kommt Licht. Ein wenig fahles Licht.

Ich brauche nur einen kurzen Moment und bin auf dem Schrank. Ich ziehe mich an der scharfen Kante hinauf. Ich verletze mich dabei, spüre Blut an beiden Händen. Egal. Da ist dieses Harte, Entschlossene in mir. Es führt mich.

Der Raum ist niedrig. Ich kann auf dem Schrank gerade so hocken. Mein Kopf stößt fast an die Decke, an die Decke aus uralten Spinnweben.

Die Spinnweben fühlen sich ganz weich an. Samtig. Ein dichtes, samtiges Gewebe. Dazwischen harte Brocken. Ich kann sie nur ertasten. Ich sehe kaum meine eigene Hand vor Augen. Tote Insekten, sage ich mir, nichts Schlimmes. Ich würge nicht. Ich kotze nicht. Ich tauche tiefer mit den Armen hinein in das Gespinst. Bewege mich, als würde ich schwimmen. Bahne mir einen Weg. Richte mich ein wenig auf. Wie hoch ist dieser Raum. Wann kommt die Decke. Da ist sie. Hart, kalt. Ziegelsteine. Es ist kein Erdloch, in dem ich hocke. Es ist eine gemauerte Zelle.

*

Immer noch dieses verdammte Klingeln. Hört das denn nie auf. Adrian dreht sich stöhnend zur Seite. In seinem Kopf schwappt sein Gehirn hin und her, als läge es in einem Topf voller Brühe. Adrian trinkt so gut wie nie. So viel Wodka. So viel Gin. Er will schlafen. Er will vergessen. Und wenn das schon alles nicht geht, dann will er wenigstens weiter trinken. Die Ginflasche steht neben seinem Bett. Er versucht, sie zu greifen, es ist so dunkel, er wirft sie um.

»Verdammte Scheiße!«, stöhnt er.

»Bist du also doch da!«, schreit jemand auf dem Flur. »Adrian! Mach auf! Mach endlich auf!«

Das war kein Handyklingeln gerade. Das war die Türklingel. Jetzt schrillt sie schon wieder los. Adrian presst sich die Hände auf die Ohren.

»Mach! Endlich! Auf!«, schreit es von draußen.

Adrian erhebt sich, mühsam. Wie spät ist es überhaupt? Es muss mitten in der Nacht sein. Er wankt zur Tür. Öffnet sie. Davor steht eine Frau, die ganz viele Klamotten übereinanderträgt. Das Gesicht rot vor Zorn.

*

Eine gemauerte Decke. Ich hocke auf dem Schrank, über und über von Spinnweben bedeckt. Sie kleben an mir, auf meinem nackten Körper, ziehen schmatzende Schlieren. Ich zittere. Vor Kälte. Vor Entsetzen. Und vor Verzweiflung.

Was hatte ich gedacht? Dass ich mich aus diesem Verlies ausgraben kann? Durch eine Lehmwand hindurch? Womit? Mit bloßen Händen?

Da ist ein böses Lachen in mir. Über mich selbst. Über meinen völlig schwachsinnigen Überlebensinstinkt.

»Wie blöd kann man sein«, schimpfe ich mit mir selbst, »blöde, blöde Carolin.«

Ich bin so wütend. Mir ist danach, mich selbst zu schlagen. Irgendwo gegenzutreten. Etwas kaputtzumachen.

Trampeltier. Garantiert hat Mama mich so genannt. Weil ich immer ausflippe und trampele und Sachen zertrümmere, wenn ich wütend bin. Onkel Florian hat es später bestimmt nur deshalb nicht mehr gesagt, weil Papa es ihm garantiert verboten hatte. So wie Papa alles von mir fernhielt, was nicht schön und nicht einfach war. Sogar seinen eigenen Tod hat Papa von mir ferngehalten.

»Du brauchst nicht zu kommen« hatte er am Telefon gesagt, ein ums andere Mal. »Nein, wirklich nicht, du musst nicht kommen.«

»Aber ich komme!«, hatte ich geantwortet. »Natürlich komme ich.«

Ich tat es nicht.

Irgendwann ging Papa nicht mehr ans Telefon.

»Er ruft zurück«, sagte Onkel Florian.

Er rief nie mehr zurück.

Ich hocke auf dem eisernen Schrank und denke an meinen Vater. Daran, dass ich einfach immer so weitergemacht habe, wie er es mir vorgemacht hat. Das Schwierige, das Hässliche gibt es nicht.

Und wohin hat mich das gebracht? In ein Verlies, lebendig begraben.

Es ist ein einziger Schlag. Er baut sich in mir auf wie ein heiß lodernder Blitz. Und er verlässt meinen Körper mit einer Wucht, die alles zertrümmern könnte. Mein rechter Arm schlägt gegen die Wand oberhalb des Schrankes. Durch die Spinnweben hindurch, die dort noch hängen. Ein Schlag, so voller Wut. So gewaltig.

Ein Splittern. Fahles Licht.

Sonntag, 10. Oktober 2011

Das also ist die Mitbewohnerin von Caro. Also die Frau, die Caro bei sich wohnen lässt. Die doch eigentlich im Gefängnis sitzt. Mandy. Seit wann ist die raus? Und redet die immer so viel?

Adrian ist diese fremde Frau in seiner Wohnung unheimlich. Er glaubt nicht, dass sie etwas mit dem Tod ihres Bruders zu tun hat. Das hat er irgendwie nie geglaubt. Aber was tut sie hier? Und was will sie von ihm?

Adrian ist sturzbetrunken. Und todtraurig. Und eigentlich will er sich nur weiter ins Nirwana saufen. Aber diese schreckliche Mandy. Die redet. Und redet. In einem fort. Adrian versteht nicht einmal die Hälfte. Sie hat ihn ausfindig gemacht. Über die Redaktion. Na bravo. Irgendetwas will sie von ihm. Was faselt die da von einem Klopfen. Das aufgehört hat. Na und? Er soll mitkommen. Was soll das? Er geht nirgendwo hin. Es ist vier Uhr nachts! Mandy soll abhauen. Jetzt sofort. Und sie soll endlich aufhören zu reden.

Jetzt sagt sie etwas, das ihn an etwas erinnert. Etwas, worüber er nachdenken wollte. Worüber er beinahe nachgedacht hätte. Wenn er nicht so traurig gewesen wäre. Wegen Rosa. Oh, Rosa. Er mag nicht an sie denken. Er darf nicht an sie denken. Er muss sich konzentrieren.

Diese Mandy. Was hat sie da gerade gesagt? Adrian spürt, wie sein Gehirn in seinem Schädel hin- und herschwappt wie in Brühe. Das soll aufhören. Verdammt. Er muss sich konzentrieren. Er muss sich jetzt ganz dringend konzentrieren.

*

Das Erste, was ich sehe, ist Gras. Und Unkraut. Es ist nicht hell da draußen. Aber auch nicht ganz dunkel. Ist es Abend? Ist es schon wieder Morgen? Ich habe keine Ahnung.

Der Schlitz ist ganz schmal. Ich kann gerade so hindurchschauen. Und was ich sehe, bringt mein Herz zum Jubilieren. Gras. Unkraut. Dies hier ist ein Garten.

Etwas raschelt. Ganz in der Nähe. Da bewegt sich etwas. Bewegt sich da etwas? Mein Herz rast. Und stockt. Und rast.

Da bewegt sich etwas.

Mir ist, als legte sich eine kalte Hand in meinen Nacken. Da. Es raschelt wieder. Die eiskalte Hand in meinem Nacken. Ich rücke noch ein wenig näher an den Spalt. Kneife die Augen zusammen.

Da ist etwas.

Eine Wanderratte. Klein und schmal. Schwarze Knopfaugen. Fein geformte Öhrchen. Eine spitze Schnauze. Darin, schwarzviolett verfärbt, ein Finger.

Ich schreie. Unter mir bricht der Schrank zusammen. Ich falle. Ich kotze.

*

Verdammte Gila. Adrian sitzt auf seinem Fahrrad und schwitzt und strampelt. Er ist immer noch sturzbetrunken. Der Schweiß fließt in Strömen an seinem Körper hinab. Dass Mandy auf dem Gepäckträger sitzt, macht die Sache nicht einfacher. Und jetzt muss er auch noch den Weinbergsweg hoch nach Prenzlauer Berg. Und ständig irgendwelchen Partygängern ausweichen. Das schafft er nicht. Mandy muss absteigen und nebenherlaufen. Sie läuft und spricht und spricht. Als hätte sie jahrelang geschwiegen, um nun alles auf einmal zu erzählen. Was ja wohl auch ein bisschen so ist.

Verdammte Gila. Und Rosas Mann hat gesagt, sie ist zu allem fähig.

Natürlich hat Adrian gewusst, dass Gila einst Bettina Weigelt war. Gefeierte Opernsängerin zu DDR-Zeiten. Und er hat auch mitgekriegt, dass sie Hans' Klavierlehrerin war. Aber da beginnt der Fehler. Er hat es bloß mitgekriegt. Er hat nicht geschaltet. Hat nicht eins und eins zusammengezählt. Adrian, der angeblich weltbeste Rechercheur, hat gepennt. Und warum? Weil er Rosa im Kopf hatte. Rosa, die ihn für einen Schnüffler hält. Und die wiederum ihn ausgehorcht hat, für Gila, ihre beste Freundin.

Rosa. Gila. Die Namen hämmern in seinem Kopf. In seinem so verdammt blöden Kopf. Am liebsten würde Adrian diesen blöden Kopf gegen die nächste Laterne rammen. Fest. Und noch einmal. Noch fester. So lange, bis er besinnungslos liegenbleibt auf diesem verfickt steilen Weinbergsweg. Fallen. Vergessen.

Nie wieder wird er Carolin sagen, dass sie doof ist. Nie wieder. Denn der Doofe hier, das ist er. Er, der dicke, dumme Adrian, der so verliebt war in Rosa, dass er blöd geworden ist vor lauter Liebe. Wie einen Hund hat sie ihn über ihr Stöckchen springen lassen, als sie ihn auf diese Missbrauchsgeschichte ansetzte. Auf den dünnen Mann, der irgendwas über Henry und Gunther erzählt hat, und über eine ominöse Grenze, über die sie gegangen seien. Alles Bullshit. Die Einzige, die hier Dreck am Stecken hat, davon ist Adrian nun überzeugt, ist Gila. Verdammte Gila.

Er kennt Gila. Und er kennt ihren Ehrgeiz, von dem sie zerfressen ist. Der sie am Leben gehalten hat, als sie ganz unten war. Dieser Ehrgeiz hat aus Gila, der Ex-Opernsängerin mit nur einem Bein, Gila, die neue Stimme des Ostens, gemacht. Die neue Star-Moderatorin.

Er kennt Gila so gut. Deshalb weiß er, dass der freundliche Mann von Rosa recht hat. Gila will wieder Karriere machen. Wenn sie wirklich etwas zu tun hat mit dem Tod von Hans, dann wird sie alles tun, damit das niemals herauskommt. Wirklich alles.

Und nun Mandy. Und das, was sie erzählt. Ein Klopfen, das aufgehört hat.

»Verdammte Gila«, schimpft Adrian vor sich hin. Dann hält er kurz an. Um Luft zu holen. Und um jemanden anzurufen.

*

Ich atme. Ein. Und. Aus. Ich hatte es fast geschafft. Ein. Und aus. Ich schaffe es. Ich komme hier raus.

Ich rappele mich auf.

Auf einmal scheint alles so einfach. So logisch. Was hat Gila erzählt von wegen, früher hätten die Leute hier Tiere gehalten? Noch zu DDR-Zeiten? Kühe im Keller? Pisse, die bis heute die Wände hochsteigt? Irgendwie müssen die Kühe rein- und rausgekommen sein. Wohl kaum durch den Hausflur. Also durch den Garten.

Der Keller hat einen Ausgang zum Garten.

Ich taste mich ab. Überall Spinngewebe. Mein Fußknöchel blutet. Egal. Ich richte mich auf. Steige über die Reste des eisernen Schrankes.

Tatsächlich. Hinter dem zerbrochenen Schrank ist eine Tür. Eine alte, vermoderte Holztür.

Früher muss der Garten tiefer gelegen sein. Die Tür steckt zum großen Teil im Erdreich. Nur ein winziges Stück ragt heraus. Eine uralte Scheibe aus blindem Glas. Ich habe sie mit meinem Arm zertrümmert. Auch mein rechter Ellbogen blutet. Ich sehe es erst jetzt, im fahlen Licht. Egal.

Die Ratte. Der Finger. Ich bin zu Hause. In Mandys Garten. Ganz in der Nähe muss Willi Schneider liegen. Egal. Ich mache jetzt, dass ich hier rauskomme.

*

Adrian ist endlich angekommen. Und die Situation ist genau so, wie Mandy sie beschrieben hat. Als er sie sieht, im Garten, im Mondschein, ist ihm, als müsste ihm das Blut in den Adern gefrieren. Bloß dass sein Blut voller Alkohol ist. Er ist immer noch fürchterlich betrunken. Wie soll er das bloß hinkriegen.

»Wir müssen uns beeilen!«, wispert Mandy. »Schnell, nun mach schon!«

Sie hat recht. Doch Adrian weiß nicht, was er tun soll. Er weiß weder ein noch aus.

*

Ich stelle mich auf die Zehenspitzen. Wenn ich mich ganz lang mache, kann ich hinaussehen. In unseren Garten. Gleich habe ich es geschafft. Gleich bin ich frei.

Ich bin erschöpft. Ich bin total durchgefroren. Egal. So viele Jahre Yoga. So viele Jahre auf den Händen stehen. Auf den Händen balancieren. Ich schaffe das.

Und tatsächlich. Es ist beinahe ein Kinderspiel. Mit den Resten des zerbrochenen Bilderrahmens, in dem einst Hans' Foto steckte, entferne ich die letzten Scherben der kleinen Scheibe. Sie ist ganz klein. Vielleicht dreißig Zentimeter hoch. Etwas weniger breit als die Tür. Egal. Das geht.

Dann ziehe ich mich hoch. Ich ziehe mich allein an meinen Fingerspitzen am Rahmen der zerbrochenen Scheibe hoch. Jeder einzelne Muskel tut genau das, was er soll. Da ist wieder ein kleines Jubilieren in mir. Ich schaffe das.

Ich drehe den Kopf zur Seite, schiebe ihn als Erstes durch den schmalen Spalt. Immer noch hängt mein ganzes Gewicht an meinen Fingerspitzen, die sich in den Rahmen krallen. Es geht.

Luft. Frische, fantastisch frische, kühle Luft. Ich atme tief ein. Noch einmal. Blinzle die Tränen weg.

Ich schiebe mich weiter durch den schmalen Spalt. Die Schultern. Die Brüste. Ich liege mit meinem ganzen Gewicht darauf. Es tut weh. Egal. Weiter.

Jetzt habe ich die Hände schon im Gras. Es ist ganz feucht. Ist das geschmolzener Schnee? Ist das Morgentau? Wie lange war ich in diesem schrecklichen Verlies? Egal. Weiter.

Mein Po flutscht fast durch den schmalen Spalt. Meine Beine sowieso.

Ich bin draußen. Ich bin frei.

Ich drehe mich auf den Rücken. Sehe in den Himmel. In diesen fantastischen Berliner Nachthimmel. So wie in jener Nacht, in der ich den Garten entdeckte. In der ich auf der weißen Plastikbank lag. Sie muss hier ganz in der Nähe sein.

Ich schaue mich nicht um. Alles, was ich tue, ist, in den Himmel zu gucken. Es ist eiskalt hier draußen. Es ist nass. Es ist egal. Ich schaue in den Himmel. Der Mond. So viele Sterne. Wolken. Bläue. So schön. Ich bin frei. Endlich.

»Das hätte ich nicht gedacht.«

Diese Stimme. Mit einem Mal ist mein Herz wieder ein stotternder Motor. Mein Atem setzt aus. Ich ringe nach Luft. Da ist keine Luft. Kein Schrei. Nur Entsetzen. Blankes Entsetzen.

»Dass du das geschafft hast, also echt, Caro, das hätte ich nicht gedacht.«

Sie steht direkt neben mir. Sie hat etwas in der Hand. Ich brauche es nicht anzuschauen. Ich weiß, was es ist. Der Elektroschocker. Diesmal wird sie mich nicht davonkommen lassen. Nicht noch einmal.

»Also wirklich.«

Gila steht da, den Elektroschocker wägend in der Hand, als überlegte sie noch, was sie damit tun soll.

»Bitte«, flüstere ich. Doch kein Laut verlässt meine Lippen.

»Mal sehen«, sagt Gila, »dieses schicke Teil hat mir mal Willi Schneider besorgt. Natürlich nicht legal, natürlich nicht. Wie passend, nicht wahr?«

Forschend schaut sie mir ins Gesicht. Ich erwidere nichts. Kein Wort. Kein Atem. Nichts.

»Das lässt sich einstellen, er hat es mir erklärt.«

Ein Lachen. Wie von einem kleinen Mädchen.

»Wir müssen es diesmal ein bisschen stärker machen. Nur ein bisschen. Und ich muss es dir direkt auf die Brust aufsetzen. Aber so sollte es gehen.«

Gila beugt sich zu mir hinab. Ich sehe sie nicht an. Ich sehe den Elektroschocker nicht an. Ich schaue in den Himmel. Der Mond. So viele Sterne. Wolken. So viel Bläue. So schön.

Durch den Himmel zuckt ein schwarzer Blitz. Ssssst macht der Blitz. Dann schlägt er in Gila ein. Ich sehe es nicht. Ich schaue weiter in den Himmel. Ich höre nur das Geräusch. Wie wenn man Schaschlik fürs Grillen aufspießt. Nur viel lauter.

Etwas Schweres landet auf meiner Brust. Doch es ist nicht der Elektroschocker. Es ist Gila. Etwas ragt aus ihrem Rücken. Verdammt, ist das ein Pfeil?

Ein Schrei. Mandy. Sie hockt neben mir, wuchtet Gila von mir runter.

Neben ihr Adrian. Er hält Mandy den Mund zu.

»Still«, keucht er, »verdammt, sei still.«

Adrian hat eine schreckliche Fahne.

Ich bin ganz voller Blut. Ist das meins? Gilas? Mir ist so schlecht. Ich muss schon wieder kotzen. Dann verliere ich das Bewusstsein. Aber kurz vorher ist mir noch so, als sei da ein Riese, der mich hochhebt und forträgt.

So schön. So schön ist es hier. Herrlich warm. Das hat das Fräulein gemacht. Das Fräulein hat nach ihm geguckt. So wie es immer nach ihm guckt.

Das Fräulein hat ihm alles beigebracht. Er verdankt ihr alles. Einfach alles. Das wunderbare Fräulein.

Das arme Fräulein. Nur ein Bein. Es tut ihm so leid. Und für ihn ist es egal. Für ihn ist das Fräulein wunderbar.

Sie hat recht. Natürlich wird er mit ihr ins Internat gehen. Klavier spielen. Sein Leben lang wird er Klavier spielen. Überall auf der Welt. Es wird wunderbar. Die Konzertsäle werden voll sein. Er wird berühmt sein.

Es wird so schön.

Das alles hat das Fräulein gemacht. Das wunderbare Fräulein. Er wird es nicht enttäuschen. Er wird mitgehen. Er freut sich schon. Er freut sich schon so sehr.

Schön ist es hier. So warm.

Bald geht er mit dem Fräulein weg. Es wird wunderbar.

Dezember 2011

Ich war eine Woche lang in der Charité. Es war super. Es gab ein trockenes, warmes Bett, ein richtiges Klo und eine Dusche. »Herzrhythmusstörungen, Unterkühlung, diverse Verletzungen unklarer Ursache«, steht in meinem Krankenbericht.

Nach einer Woche durfte ich gehen, vollständig genesen. Den Ärzten war ich ein Rätsel. Auch, weil ich einfach vor dem großen Tor der Charité im Wedding gelegen hatte, vollkommen nackt, verdreckt und blutig. Es wurde kein Wagen gesehen, gar nichts.

»Als hätte man Sie dort hingetragen«, sagte einer der Ärzte, »aber das schafft doch keiner.«

Ich habe nichts gesagt. Adrian behauptet, da wäre niemals ein Riese gewesen in Mandys Garten. Ich glaube ihm nicht. Aber irgendwie scheint es mir besser zu schweigen.

Natürlich habe ich mich nach Professor Jens Wächter in der Orthopädie erkundigt. Er arbeitet dort nicht mehr. Das Schild für seinen Porsche ist abmontiert. Ich stand vor dem leeren Parkplatz und erwartete Professor Dreiklang mit seinen Würgeschlangenhänden. Aber auch von ihm keine Spur.

Willi Schneider gilt offiziell als vermisst. Ebenso wie Gila. Aber weil niemand die beiden wirklich vermisst, und weil die Berliner Polizei so arbeitet, wie sie arbeitet, werden die Akten wohl bald geschlossen.

Ich habe so eine Idee, wo die beiden sein könnten. Ich habe Adrian und Mandy danach gefragt. Sie sagten, ich solle lieber nicht fragen. Also habe ich es gelassen. Gilas Sendung, die meine war und die sie nur ein einziges Mal moderiert hat, wurde eingestellt. Keine Stimme des Ostens mehr.

Adrian hat zum Glück einen neuen Job. In Hamburg. Er ist jetzt kein Rechercheur mehr, sondern ein echter Journalist. Man kann seinen Namen in der Zeitung lesen. Über richtig großen Artikeln. Gerade erst haben seine Recherchen dazu geführt, dass ein ganzes Netzwerk von Kinderschändern ausgehoben wurde. In der Zeitung war ein verpixeltes Bild von einem sehr dünnen Mann. »Der Beschuldigte, der unseren Reporter auf die Spur brachte«, stand darunter. Der dünne Mann sitzt nun im Gefängnis. Ebenso wie sechzehn weitere. Super Job, den Adrian da macht.

Das ewig schlecht gelaunte Ehepaar aus dem Münsterland ist bei Nacht und Nebel ausgezogen.

Gunther wohnt nach wie vor im Vorderhaus. Wenn wir uns sehen, tue ich so, als sähe ich ihn nicht. Er macht es genauso.

Henry hat mir geschrieben. Sie ist irgendwo zur Kur. Wo, das hat sie nicht erwähnt. Ich weiß nicht, ob ich sie besuchen würde.

Eigentlich habe ich dafür auch gar keine Zeit. Ich habe nämlich einen neuen Job. Mandy und ich, wir haben das Café im Vorderhaus übernommen. Natürlich können wir keine solchen Torten backen wie Henry. Wir haben es versucht, es war ein Desaster. Seitdem gibt es Buletten. Buletten mit Spreewälder Gurken und Pappbrötchen. Die Gäste reißen uns die Dinger aus der Hand. Die Buletten sind der letzte Schrei in Prenzlauer Berg. Wir verkaufen die ersten morgens um acht und die letzten abends um sieben. Wir haben sogar einen ganz kleinen Extra-Verkaufsstand auf dem Bürgersteig, »Buletten to go«. Den bauen wir jedes Mal schnell ab, wenn das Ordnungsamt kommt.

Wir würden all die Arbeit nicht schaffen, wenn es nicht jemanden geben würde, der uns hilft. Es ist Mandys Mama.

Sie stand eines Morgens auf dem Bürgersteig, als ich das Rollo hochzog. Sie hatte eine saubere Schürze an und roch nicht nach Alkohol. Seitdem ist sie einfach da.

Ich wohne wieder zu Hause, also bei Mandy. Noch. Ich habe nämlich Zikram dazu gebracht, mir Willi Schneiders Wohnung zu geben. Sie wird allerdings erst renoviert. Ich habe ein bisschen was von Papas Geld genommen. Damit lasse ich zwei topschicke neue Badezimmer einbauen, eins bei Mandy, eins bei mir. Mit Badewannen.

Schlimmer als der Tod ist nur die Angst

Christine Drews
KÄLTER ALS DIE ANGST
Kriminalroman
304 Seiten
ISBN 978-3-404-17788-2

Carla Delbrück wurde grausam ermordet. Zunächst sieht alles nach einer Beziehungstat aus, auch wenn ihr Ehemann jegliche Schuld leugnet. Tatsächlich bekam die Tote anonyme Drohbriefe, die in Zusammenhang mit einer angeblich längst aufgeklärten Bluttat stehen. Wurde Carla Delbrück Opfer eines Nachahmungstäters? Oder wusste sie mehr über den Mord von damals? Charlotte Schneidmann und Peter Käfer ermitteln – ohne zu ahnen, dass sie einen ruchlosen Killer jagen, der sich gerade erst warm läuft ...

Subtiler Nervenkitzel mit Sogwirkung – der neue Psychothriller der Spiegel-Bestsellerautorin

Jenny Blackhurst
DAS BÖSE IN
DEINEN AUGEN
Psychothriller
Aus dem Englischen
von Sabine Schilasky
432 Seiten
ISBN 978-3-404-17689-2

Als die Kinderpsychologin Imogen Reid den Fall der elfjährigen Ellie Atkinson übernimmt, weigert sie sich, den seltsamen Gerüchten um das Mädchen zu glauben. Ellie sei gefährlich, so heißt es. Wenn sie wütend wird, passieren schreckliche Dinge. Imogen hingegen sieht nur ein zutiefst verstörtes Kind, das seine Familie bei einem Brand verloren hat und ihre Hilfe benötigt. Doch je näher sie Ellie kommt, desto merkwürdiger erscheint ihr das Mädchen. Dann ereignet sich ein mysteriöser Todesfall – und Imogen fürchtet, dass es ein großer Fehler war, Ellie zu vertrauen …

Bastei Lübbe